El Infinito Naufragio

antología general

JOSÉ EMILIO PACHECO

HOTEL DE LAS LETRAS

El Infinito Naufragio

antología general

JOSÉ EMILIO PACHECO

selección y prólogo de LAURA EMILIA PACHECO

HOTEL DE LAS LETRAS

EL INFINITO NAUFRAGIO
Antología de José Emilio Pacheco

© 2019, Herederos de José Emilio Pacheco

© Laura Emilia Pacheco, por la selección y el prólogo

Diseño de portada: Éramos tantos

D. R. © 2019, Editorial Océano de México, S.A. de C.V.
Homero 1500 - 402, Col. Polanco
Miguel Hidalgo, 11560, Ciudad de México
info@oceano.com.mx

Primera edición: 2019

ISBN: 978-607-557-041-9

Impreso en México / Printed in Mexico

Prólogo

Sobre todo poeta, José Emilio Pacheco consagró su vida a la literatura, a la palabra escrita sobre la arena de los días. Fue heredero de la mejor literatura mexicana, hispánica y universal; miembro de la estirpe de poetas conscientes de que el nombre secreto del Mal es el tiempo, que todo lo consume.

El infinito naufragio, antología general de su obra, plantea un recorrido por los momentos más significativos de la poesía, narrativa y ensayística de José Emilio Pacheco. Dedicada a todos los lectores, pero en especial a aquellos que por primera vez se acercan a la literatura de uno de los autores más reconocidos en nuestro idioma, esta antología alude a la vida misma en la que cada mañana comenzamos con la ilusión de una nueva oportunidad y cada noche realizamos un balance que, no pocas veces, nos lleva a naufragar en el desencanto.

Polígrafo, su obra comprende la novela vanguardista (*Morirás lejos*, 1967) y la traducción de poetas de todas las latitudes y de todos los tiempos (*Aproximaciones*, 1984). Lo mismo abordó, otorgándole altura literaria, la más encarnizada actualidad (semana a semana durante décadas en su columna Inventario) que temas filosóficos como la fugacidad de la vida y la eterna destrucción de todas las cosas (en su obra poética, que comprende catorce volúmenes), narraciones memorables (como *Las batallas en el desierto*, 1981), églogas y haikus. Un humanista obsesionado en dotar de belleza a la vida absurda. La literatura en nuestro idioma sería incomprensible sin sus ensayos, relatos y poemas, testimonios de un escritor que, como pocos, experimentó la gravedad y responsabilidad de las palabras.

Los primeros libros de poemas de José Emilio Pacheco (*Los elementos de la noche*, 1963; *El reposo del fuego*, 1966) revelan a un autor que —como Palas— nació ataviado con los instrumentos de su arte. Dueño de una perfección formal fuera de la ordinario, Pacheco optó por cantar sobre el lado sombrío de la vida. Pocos años después, en *No me preguntes cómo pasa el tiempo* (1969), incorporaría el coloquialismo para enriquecer su reflexión sobre la Historia en poemas que "sí se entienden" (aunque este entendimiento esté revestido de arduos retos literarios). Libro a libro, desde *Irás y no volverás* (1973) hasta *La edad de las tinieblas* (2009), la poesía de Pacheco fue ahondando en su comprensión del hombre y la naturaleza, en convivencia y combate frontal contra la muerte. Sus poemas incorporan la vasta tradición poética universal lo mismo que fragmentos de crónicas, noticias de periódico y relatos. Siempre fluida y precisa, la mirada poética de Pacheco es un testimonio desolado de amor al mundo.

Poeta ejemplar, José Emilio Pacheco fue asimismo un narrador capaz de conmover mediante la fuerza del recuerdo (como en *Las batallas en el desierto*) y de sorprender con audacias formales, como en *Morirás lejos*, novela que narra el dolor de los judíos perseguidos a través de los siglos como metáfora del dolor de todos los hombres. La presente antología incluye relatos de *La sangre de Medusa*, 1958; *El viento distante*, 1963; y *El principio del placer*, 1972; con un divertimento tardío: "La niña de Mixcoac" (2012), un cuento fantástico: detrás de un encuentro inocente entre un niño y una niña se revela una historia oscura de violencia y locura. Sin que se le haya reconocido así, Pacheco forma parte de los narradores latinoamericanos que a finales de los años sesenta y principios de los setenta impactaron al mundo con sus novelas. Quizá el elemento que hermana todos sus relatos sea el atisbo de un mundo fantástico que asoma por los resquicios de lo real.

La sección final del libro, que reúne una treintena de artículos de *Inventario* (2017), refleja con claridad las múltiples apetencias intelectuales de José Emilio Pacheco. Divididos en tres secciones: Retratos (breves semblanzas de escritores inmersos en sus circunstancias históricas), Diálogos (conversaciones imaginarias de héroes, villanos, escritores y terroristas) y Temas (artículos de índole tan variada como el sándwich, las cucarachas y el Himno Nacional), los inventarios dan cuenta del ingenioso aparato literario perfeccionado por Pacheco, que conjuga erudición y levedad, información y goce estético. La preocupación constante por el mundo aparece de forma muy marcada en estos textos que muestran la mirada aguda y la sensibilidad abierta de Pacheco. En esta sección, aunque lo mismo se encuentra en sus poemas y relatos, aparece un elemento que recorre su obra: el humor, a veces satírico, a veces irónico, nunca hiriente.

Toda antología es injusta. Siempre habrá un texto faltante o uno que sobre, según el juicio y la memoria de cada lector. Se dejó fuera, por ejemplo, *Las batallas en el desierto*, la célebre novela corta de Pacheco, por exceder los límites de esta edición, pero se incluyó muchos otros que conforman un retrato completo de su vasta obra.

Muestra de los múltiples talentos literarios de José Emilio Pacheco, *El infinito naufragio* es una afirmación rotunda de la vida ante un presente que nos acecha y nos acosa con la destrucción; un homenaje a la memoria contra el olvido, a la cultura contra la entropía, a la vida contra el tiempo.

LAURA EMILIA PACHECO

Bibliografía básica

Poesía

Los elementos de la noche, México, Universidad Nacional Autónoma de México, 1963, 72 p.

El reposo del fuego, México, Fondo de Cultura Económica, 1966, 79 p.

No me preguntes cómo pasa el tiempo, México, Joaquín Mortiz, 1969, 127 p.

Irás y no volverás, México, Fondo de Cultura Económica, 1973, 149 p.

Islas a la deriva, México, Siglo xxi, 1976, 159 p.

Desde entonces, México, Ediciones Era, 1980, 112 p.

Tarde o temprano, México, Fondo de Cultura Económica, 1980, 332 p.

Los trabajos del mar, México, Ediciones Era, 1983, 83 p.

Miro la tierra, México, Ediciones Era, 1986, 78 p.

Ciudad de la memoria, México, Ediciones Era, 1990, 58 p.

El silencio de la luna, México, Ediciones Era, 1996, 175 p.

Escenarios, con Vicente Rojo, México, Galería López Quiroga, 1996, 93 p.

La arena errante, México, Ediciones Era, 1999, 124 p.

Siglo pasado, México, Ediciones Era, 2000, 56 p.

Tarde o temprano, México, Fondo de Cultura Económica, 2009, 838 p.

Como la lluvia, México, Ediciones Era, 2009, 198 p.

La edad de las tinieblas, México, Ediciones Era, 2009, 113 p.

Circo de noche, México, Ediciones Era/El Colegio Nacional, 2010, 70 p.

Nuevo álbum de zoología, con dibujos de Francisco Toledo, México, Ediciones Era/El Colegio Nacional, 2013, 158 p.

Los días que no se nombran. Antología personal, México, Ediciones Era/El Colegio Nacional/Universidad Nacional Autónoma de México, 2014, 420 p.

Narrativa

La sangre de medusa, México, Cuadernos del unicornio, 1958, 16 p.
El viento distante y otros relatos, México, Ediciones Era, 1963, 59 p.
Morirás lejos, México, Joaquín Mortiz, 137 p.
El principio del placer, México, Joaquín Mortiz, 163 p.
Las batallas en el desierto, México, Ediciones Era, 1981, 68 p.
La sangre de Medusa y otros cuentos marginales, México, Ediciones Era, 1990, 136 p.
"La niña de Mixcoac", en *Sólo cuento*, compilación de Eduardo Antonio Parra, México, Universidad Nacional Autónoma de México, 2012.
De algún tiempo a esta parte. Relatos reunidos, México, Ediciones Era/ El Colegio Nacional, 2014, 443 p.

Ensayo

Ramón López Velarde. *La lumbre inmóvil*, México, Ediciones Era, 2018, 138 p.
Jorge Luis Borges, México, Ediciones Era/El Colegio Nacional, 2019, 116 p.

Traducciones

Aproximaciones, México, Penélope, 1984, 194 p.
El cantar de los cantares, México, Ediciones Era/El Colegio Nacional, 2009, 2014, 48 p.
Cuatro cuartetos, de T. S. Eliot, México, Ediciones Era/El Colegio Nacional, 2017, 191 p.

Guión cinematográfico

El castillo de la pureza, con Arturo Ripstein, México, Editorial Novaro, 1973, 127 p.

Periodismo literario

Inventario, tres tomos, México, Ediciones Era/El Colegio Nacional, 2017. i, 726 p.; ii, 687 p.; iii, 662 p.

Poemas

Los elementos de la noche

LA ENREDADERA

Verde o azul, fruto del muro, crece.
Divide cielo y tierra. Con los años
se va haciendo más rígida, más verde.
Costumbre de la piedra, cuerpo ávido
de entrelazadas puntas que se tocan.
Llevan la misma savia, son una misma planta
y también son un bosque. Son los años
que se anudan y rompen. Son los días
del color del incendio. Son el viento
que atraviesa la luz y encuentra intacta
la sombra que se alzó en la enredadera.

Lento muere el verano.
En silencio se apagan sus gemidos.
Un otoño temprano
hundió verdes latidos,
árboles por la muerte merecidos.

La luz nos atraviesa.
De tu cuerpo se adueña y lo decora.
El fuego que te besa
se consume en la hora,
diluida en la tarde asoladora.

Vivimos el presente
en función del mañana y el pasado.
Pero si el día no miente,
no estaré ya a tu lado
en otro tiempo que nació arrasado.

Bajo estas soledades
se han unido el desierto y la pradera.
Y la dicha que invades
ya no te recupera
y durará lo que la noche quiera.

Creciste en la memoria
hecha de otras imágenes, mentida.
Ya no habrá más historia
para ocupar la vida
que tu huella sin sombra ni medida.

Inútil el lamento,
inútil la esperanza, el desterrado

sollozar de este viento.
Se ha llevado
el rescoldo de todo lo acabado.

Esperemos ahora
la claridad que apenas se desliza.
Nos encuentra la aurora
en la tierra cobriza
faltos de amor y llenos de ceniza.

No volveremos nunca
a tener en las manos el instante.
Porque la noche trunca
hará que se quebrante
nuestra dicha y sigamos adelante.

El oscuro reflejo
del ayer que zozobra en tu mirada
es el oblicuo espejo
donde flota la nada
de esta reunión de sombras condenada.

La llama que calcina
a mitad del desierto se ha encendido.
Y se alzará su ruina
sobre este dolorido
y silencioso estruendo del olvido.

El mundo se apodera
de lo que es nuestro y suyo. Y el vacío
todo lo hunde y vulnera,
como el río
que humedece tus labios, amor mío.

Vuelve a mi boca, sílaba, lenguaje
que lo perdido nombra y reconstruye.
Vuelve a tocar, palabra, el vasallaje
donde su propio fuego se destruye.

Regresa, pues, canción hasta el paraje
en que el tiempo se incendia mientras fluye.
No hay monte o muro que su paso ataje.
Lo perdurable, no el instante, huye.
Ahora te nombro, incendio, y en tu hoguera
me reconozco: vi en tu llamarada
lo destruido y lo remoto. Era

árbol fugaz de selva calcinada,
palabra que recobra en el sonido
la materia deshecha del olvido.

PRESENCIA

Homenaje a Rosario Castellanos

¿Qué va a quedar de mí cuando me muera
sino esta llave ilesa de agonía,
estas breves palabras con que el día
regó ceniza entre la sombra fiera?

¿Qué va a quedar de mí cuando me hiera
esa daga final? Acaso mía
será la noche fúnebre y vacía.
No volverá a su luz la primavera.

No quedará el trabajo ni la pena
de creer ni de amar. El tiempo abierto,
semejante a los mares y al desierto,

ha de borrar de la confusa arena
todo cuanto me salva o encadena,
Y si alguien vive yo estaré despierto.

1

Muro que sin descanso pule el tiempo,
altar de piedra y polvo ya deshecho,
puerta cerrada de un jardín que nunca
ha existido o yace entre sus ruinas,
reino del musgo, losa que se yergue
contra el paso de nadie y bajo el tiempo.

2

Toda la noche se ha poblado de agua.
Contra el muro del día
el mundo llueve.

3

Una vez, de repente, a medianoche
se despertó la música. Sonaba
como debió de sonar antes que el mundo
supiera que es la música el lamento
de la hora sin regreso, de los seres
que el instante desgasta a cada instante.

4

Sobre un espacio del segundo el tiempo
deja caer la luz sobre las cosas.

5

Ya devorado por la tarde el tigre
se hunde en sus manchas,
sus feroces marcas,
legión perpetua que lo asedia, hierba,
hojarasca, prisión
que lo hace tigre.

6

Cierra los ojos, mar.
Que tu mirada
se vuelva hacia la noche
honda y extensa,
como otro mar de espumas y de piedras.

El reposo del fuego

14
(Las palabras de Buda)

Todo el mundo está en llamas.
.   Lo visible
arde y el ojo en llamas lo interroga.

Arde el fuego del odio.
                              Arde la usura.
Arde el dolor.
                    La pesadumbre es llama.
Y una hoguera es la angustia
en donde arden
                        todas las cosas:

Llama,
          arden las llamas,
fuego es el mundo.
                              Mundo y fuego
Mira
        la hoja al viento,
tan triste,
              de la hoguera.

No me preguntes cómo pasa el tiempo

MANUSCRITO DE TLATELOLCO

(2 DE OCTUBRE DE 1968)

1. *Lectura de los "Cantares mexicanos"**

Cuando todos se hallaban reunidos
los hombres en armas de guerra cerraron
las entradas, salidas y pasos.
Se alzaron los gritos.
Fue escuchado el estruendo de muerte.
Manchó el aire el olor de la sangre.

La vergüenza y el miedo cubrieron todo.
Nuestra suerte fue amarga y lamentable.
Se ensañó con nosotros la desgracia.

Golpeamos los muros de adobe.
Es toda nuestra herencia una red de agujeros.

---

* Con los textos traducidos del náhuatl por Ángel María Garibay y Miguel León-Portilla en *Visión de los vencidos* (1959).

2. *Las voces de Tlatelolco*[*]
(2 DE OCTUBRE DE 1978: DIEZ AÑOS DESPUÉS)

Eran las seis y diez. Un helicóptero
sobrevoló la plaza.
Sentí miedo.

Cuatro bengalas verdes.

Los soldados cerraron
las salidas.

Vestidos de civil, los integrantes
del Batallón Olimpia
—mano cubierta por un guante blanco—
iniciaron el fuego.

En todas direcciones
se abrió fuego a mansalva.

Desde las azoteas
dispararon los hombres de guante blanco.
Disparó también el helicóptero.

Se veían las rayas grises.

Como pinzas
se desplegaron los soldados.
Se inició el pánico.

* Con los textos reunidos por Elena Poniatowska en *La noche de Tlatelolco* (1971).

¶ La multitud corrió hacia las salidas
y encontró bayonetas.
En realidad no había salidas:
la plaza entera se volvió una trampa.

—Aquí, aquí Batallón Olimpia.
Aquí, aquí Batallón Olimpia.

Las descargas se hicieron aun más intensas.
Sesenta y dos minutos duró el fuego.

—¿Quién, quién ordenó todo esto?

Los tanques arrojaron sus proyectiles.
Comenzó a arder el edificio Chihuahua.

Los cristales volaron hechos añicos.
De las ruinas saltaban piedras.

Los gritos, los aullidos, las plegarias
bajo el continuo estruendo de las armas.

Con los dedos pegados a los gatillos
le disparan a todo lo que se mueva.
Y muchas balas dan en el blanco.

—Quédate quieto, quédate quieto:
si nos movemos nos disparan.

—¿Por qué no me contestas?
¿Estás muerto?

¶ —Voy a morir, voy a morir.
Me duele.

Me está saliendo mucha sangre.
Aquél también se está desangrando.

—¿Quién, quién ordenó todo esto?

—Aquí, aquí Batallón Olimpia.

—Hay muchos muertos.
Hay muchos muertos.

—Asesinos, cobardes, asesinos.

—Son cuerpos, señor, son cuerpos.

Los iban amontonando bajo la lluvia.
Los muertos bocarriba junto a la iglesia.
Les dispararon por la espalda.

Las mujeres cosidas por las balas,
niños con la cabeza destrozada,
transeúntes acribillados.

Muchachas y muchachos por todas partes.
Los zapatos llenos de sangre.
Los zapatos sin nadie llenos de sangre.
Y todo Tlatelolco respira sangre.

—Vi en la pared la sangre.

—Aquí, aquí Batallón Olimpia.

¶ —¿Quién, quién ordenó todo esto?

—Nuestros hijos están arriba.
Nuestros hijos, queremos verlos.

—Hemos visto cómo asesinan.
Miren la sangre.
Vean nuestra sangre.

En la escalera del edificio Chihuahua
sollozaban dos niños
junto al cadáver de su madre.

—Un daño irreparable e incalculable.

Una mancha de sangre en la pared,
una mancha de sangre escurría sangre.

Lejos de Tlatelolco todo era
de una tranquilidad horrible, insultante.

—¿Qué va a pasar ahora,
qué va a pasar?

HOMENAJE A LA CURSILERÍA

> Amiga que te vas:
> quizá no te vea más.
> RAMÓN LÓPEZ VELARDE

Dóciles formas de entretenerte, olvido:
recoger piedrecillas de un río sagrado
y guardar las violetas en los libros
para que amarilleen ilegibles.

Besarla muchas veces y en secreto
en el último día,
antes de la terrible separación;
a la orilla
del adiós tan romántico
y sabiendo
(aunque nadie se atreva a confesarlo)
que nunca volverán las golondrinas.

ALTA TRAICIÓN

No amo mi patria.
Su fulgor abstracto
es inasible.
Pero (aunque suene mal)
daría la vida
por diez lugares suyos,
cierta gente,
puertos, bosques, desiertos, fortalezas,
una ciudad deshecha, gris, monstruosa,
varias figuras de su historia,
montañas
—y tres o cuatro ríos.

Sobre tu rostro
    crecerá otra cara
de cada surco en que la edad
    madura
y luego se consume
    y te enmascara
y hace que brote
    tu caricatura.

La poesía tiene una sola realidad: el sufrimiento.
Baudelaire lo atestigua, Ovidio aprobaría
afirmaciones semejantes.
Y esto por otra parte garantiza
la supervivencia amenazada de un arte
que pocos leen y al parecer
muchos detestan,
como una enfermedad de la conciencia, un rezago
de tiempos anteriores a los nuestros
cuando la ciencia cree disfrutar
del monopolio eterno de la magia.

El emperador quiere huir de sus crímenes
pero la sangre no lo deja solo.
Pesan los muertos en el aire muerto
y él trata (siempre en vano) de ahuyentarlos.

Primero lograrían borrar con pintura la sombra
que arroja el cuerpo del emperador
sobre los muros del palacio.

AUTOANÁLISIS

He cometido un error fatal
—y lo peor de todo
es que no sé cuál.

En el polvo del mundo se pierden ya mis huellas;
me alejo sin cesar
No me preguntes cómo pasa el tiempo.
LI KIU LING, traducido por MARCELA DE JUAN

Al lugar que fue nuestro llega el invierno
y cruzan por el aire las bandadas que emigran.
Después renacerá la primavera,
revivirán las flores que sembraste.
Pero en cambio nosotros
ya nunca más veremos
la casa entre la niebla.

CONVERSACIÓN ROMANA (1967)

Oremos por las nuevas generaciones
abrumadas de tedios y decepciones;
con ellas en la noche nos hundiremos…
AMADO NERVO, *Oremus* (1898)

En Roma aquel poeta me decía:
—No sabes cuánto me entristece verte
escribir prosa efímera en periódicos.

Hay matorrales en el foro. El viento
unge de polvo el polen.

Ante el gran sol de mármol Roma pasa
del ocre al amarillo, el sepia, el bronce.

Algo se está quebrando en todas partes.
Se agrieta nuestra edad. Es el verano
y no se puede caminar por Roma.

Tanta grandeza avasallada. Cargan
los autos contra gentes y ciudades.
Centurias y falanges y legiones,
proyectiles o féretros, chatarra,
ruinas que serán ruinas.

Aire mortal carcome las estatuas.
Barbarie son ahora los desechos:
plásticos y botellas y hojalata.
Círculo del consumo: la abundancia
se mide en el raudal de sus escombros.
Pero hay hierbas, semillas en los mármoles.

¶ Hace calor. Seguimos caminando.
No quiero responder ni preguntarme
si algo escrito hoy dejará huellas
más profundas que un casco desechable
o una envoltura plástica arrojada
a las aguas del Tíber.

Acaso nuestros versos duren tanto
como un modelo Ford 69
—y muchísimo menos que el Volkswagen.

DISCURSO SOBRE LOS CANGREJOS

En la costa se afirma que los cangrejos
son animales hechizados
y seres incapaces de volverse
a contemplar sus pasos.

De las tercas mareas aprendieron
la virtud del repliegue, el ocultarse
entre rocas y limo.

Caminantes oblicuos,
en la tenacidad de sus dos pinzas
sujetan el vacío que penetran
sus ojillos feroces como cuernos.

Nómadas en el fango y habitantes
en dos exilios:
extranjeros
ante los pobladores de las aguas
y ante los animales de la tierra.

Trepadores nocturnos,
armaduras errantes,
hoscos, pétreos, eternos fugitivos,
siempre rehúyen la inmortalidad
en imposibles círculos cuadrados.

Su frágil caparazón
incita al quebrantamiento,
al pisoteo…

¶ (Hércules vengó así la mordedura
y Juno que lo envió en misión suicida
para retribuirlo situó a Cáncer
entre los doce signos del Zodiaco
a fin de que sus patas y tenazas
encaminen al sol por el verano,
el tiempo en que germinan las semillas.)

Se ignora en cuál momento dio su nombre
a ese mal que es sinónimo de muerte.
Aun cuando termina el siglo veinte
permanece invencible
—y basta su mención para que el miedo
cruce el rostro de todos los presentes.

Los halcones son águilas domesticables.
Son perros
de aquellos lobos.
Son bestias de una cruenta servidumbre.

Viven para la muerte.
Su vocación es dar la muerte.
Son los preservadores de la muerte
y la inmovilidad.

Los halcones: verdugos, policías.
Con su sadismo y servilismo ganan
una triste bazofia compensando
nuestra impotente envidia por las alas.

Irás y no volverás

Con aire de fatiga entraba el mar
en el desfiladero.
        El viento helado
dispersaba la nieve de la montaña.
Y tú
parecías un poco de primavera,
               anticipo
de la vida yacente bajo los hielos,
calor
    para la tierra muerta,
cauterio
de su corteza ensangrentada.

Me enseñaste los nombres de las aves,
la edad
      de los pinos inconsolables,
la hora
      en que suben y bajan las mareas.
En la diafanidad de la mañana
se borraban las penas
          del extranjero,
el rumor
      de guerras y desastres.

¶ El mundo
                volvía a ser un jardín
          (lo repoblaban
                      los primeros fantasmas),
          una página en blanco,
                            una vasija
          en donde sólo cupo aquel instante.

          El mar latía. En tus ojos
          se anulaban los siglos,
                          la miseria
          que llamamos historia,
                              el horror
          agazapado siempre en el futuro.
          Y el viento
                    era otra vez la libertad
          (en vano
          intentamos anclarla en las banderas).

          Como un tañido funerario entró
          hasta el bosque un olor de muerte.
          Las aguas
          se mancharon de lodo y de veneno.
          Los guardias
          brotaron como surgen las tinieblas.
          En nuestra incauta dicha merodeábamos
          una fábrica atroz en que elaboran
          defoliador y gas paralizante.

Odian a César y al poder romano.
Se privan de comer la última uvita
pensando en los esclavos que revientan
en las minas de sal o en las galeras.

Hablan de las crueldades del ejército
en Iliria y las Galias.
Atragantados
de jabalí, perdices y terneras
dan un sorbo
de vino siciliano
para empinar los labios pronunciando
las más bellas palabras:
la uuumaaaniiidaad, el ooombreee, todas ésas
—tan rotundas, tan grandes, tan sonoras—
que apagan la humildad de otras más breves
—como, digamos por ejemplo, *gente*.

Termina la función. Entran los siervos
a llevarse los restos del convite.
Entonces los patricios se arrebujan
en sus mantos de Chipre.
Con el fuego del goce en sus ojillos,
como un gladiador que hunde el tridente,
enumeran felices los abortos
de Clodia la toscana,
la impotencia de Livio, los avances
del cáncer en Vitelio.
Afirman que es cornudo el viejo Claudio
y sentencian a Flavio por corriente,
un esclavo liberto, un arribista.

¶ Luego al salir despiertan a patadas
al cochero insolado
y marchan con fervor al Palatino
a ofrecer mansamente el triste culo
al magnánimo César.

CONTRAELEGÍA

Mi único tema es lo que ya no está.
Sólo parezco hablar de lo perdido.
Mi punzante estribillo es *nunca más*.
Y sin embargo amo este cambio perpetuo,
este variar segundo tras segundo,
porque sin él lo que llamamos vida
sería de piedra.

LOS HEREDEROS

Mira a los pobres de este mundo. Admira
su infinita paciencia.
Con qué maestría han rodeado todo.
Con cuánta fuerza miden el despojo.
Con qué certeza
saben que estás perdido:
tarde o temprano
ellos en masa heredarán la tierra.

MAR ETERNO

Digamos que no tiene comienzo el mar:
empieza en donde lo hallas por vez primera
y te sale al encuentro por todas partes.

Sitio de aquellos cuentos infantiles,
eres la tierra entera.
A todas partes
vamos a no volver.
Estamos por vez última
en dondequiera.

OTRO HOMENAJE A LA CURSILERÍA

Me preguntas por qué de aquellas tardes
en que inventamos el amor no queda
un solo testimonio, un triste verso.
(Fue en otro mundo: allí la primavera
lo devoraba todo con su lumbre.)
Y la única respuesta es que no quiero
profanar el amor invulnerable
con oblicuas palabras, con ceniza
de aquella plenitud, de aquella lumbre.

"BIRDS IN THE NIGHT"
(Vallejo y Cernuda se encuentran en Lima)

Al partir de las aguas peruanas la anchoveta
ha puesto en crisis a la industria pesquera
y ha provocado en las ciudades del litoral
la invasión de las hambrientas aves marinas.

Excélsior, 1972

Toda la noche oigo el rumor alado desplomándose
y, como en un poema de Cisneros,
albatros, cormoranes y pelícanos
se mueren de hambre en pleno centro de Lima,
baudelaireanamente son vejados.

Aquí por estas calles de miseria
(tan semejante a México)
César Vallejo anduvo, fornicó, deliró
y escribió algunos versos.

Ahora sí lo imitan, lo veneran
y es "un orgullo para el continente".

En vida lo patearon, lo escupieron,
lo mataron de hambre y de tristeza.

Dijo Cernuda que ningún país
ha soportado a sus poetas vivos.

Pero está bien así:
¿No es peor destino
ser el Poeta Nacional
a quien saludan todos en la calle?

Islas a la deriva

HORAS ALTAS

En esta hora fugaz
hoy no es ayer
y aún parece muy lejos la mañana.

Hay un azoro múltiple,
extrañeza
de estar aquí, de ser
en un ahora tan feroz
que ni siquiera tiene fecha.

¿Son las últimas horas de este ayer
o el instante en que se abre otro mañana?

Se me ha perdido el mundo
y no sé cuándo
comienza el tiempo de empezar de nuevo.

Vamos a ciegas en la oscuridad,
caminamos sin rumbo por el fuego.

TULUM

Si este silencio hablara
sus palabras se harían de piedra.
Si esta piedra tuviera movimiento
sería mar.
Si estas olas no fuesen prisioneras
serían piedras
en el observatorio,
serían hojas
convertidas en llamas circulares.

De algún sol en tinieblas
baja la luz a este fragmento de un planeta muerto.
Aquí todo lo vivo es extranjero
y toda reverencia profanación
y sacrilegio todo comentario.

Porque el aire es sagrado como la muerte,
como el dios
que veneran los muertos en esta ausencia.

Y la hierba se arraiga y permanece
en la piedra comida por el sol
—*centro del tiempo, abismo de los tiempos,*
fuego en el que ofrendamos nuestro tiempo,

Tulum se yergue frente al sol. Es el sol
en otro ordenamiento planetario. Es núcleo
del universo que fundó la piedra.

Y circula su sombra por el mar.
La sombra que va y vuelve
hasta mudarse en piedra.

Era tan sólo un párroco de aldea,
criollo o tal vez mestizo, que de repente
abrió los ojos al horror del mundo,
vio la pena infinita, el sufrimiento
en la tierra, en las aguas, en el aire.
Y le dijo a otro párroco que Dios
no era responsable de todo esto:
El mundo cayó en manos del demonio
y el gran usurpador al que venera
la ceguedad cristiana
tiene al único Dios en el infierno.

El cura que escuchó la confesión
escribió al Santo Oficio. El denunciado
ardió en la leña verde, fue a reunirse
con su Dios —que es amor— en el infierno.

MÉXICO: VISTA AÉREA

Desde el avión ¿qué observas? Sólo costras,
pesadas cicatrices de un desastre.
Sólo montañas de aridez, arrugas
de una tierra antiquísima, volcanes.

Muerta hoguera, tu tierra es de ceniza.
Monumentos que el tiempo erigió al mundo,
mausoleos, sepulcros naturales.
Cordilleras y sierras nos separan.
Somos una isla entre la sed, y el polvo
reina sobre el encono y el estrago.

Sin embargo, la tierra permanece
y todo lo demás pasa, se extingue.
Se vuelve arena para el gran desierto.

Quién impuso esta ley infame que obliga
a confinarnos en atroces
reservaciones de corrupción y olvido
en que medra la zarza
mientras los días opacan
la menuda perpetuidad del mármol.

Baja la noche por la enredadera
y aquí abajo decimos a la muerte
lo que el grano de arena susurra
a la ola que lo alza en vilo.

Vil sonido, como hachas
en un bosque invisible:
la desintegración
de la carne que no retorna.

Crueldad de abandonarnos a nuestros restos.
Mejor el fuego
o los cuervos de la montaña.

Nada hay capaz de compensar
la humillación de hundirse aquí abajo,
pudriéndose
sin que la caja funeral
nos permita volver al polvo.

Si cuando vivos somos diferentes, en cambio
todas las calaveras se parecen.
Son la imagen y el fruto de la muerte.

El cráneo con textura ya de marfil
observa detenidamente la noche.
Y visto al sesgo en el espejo parece
un cascarón de huevo que ya dio alas
a quien latía en su interior fecundante.

Está vacío, ya es vacío, pero sin él
no habría existido la existencia.
Y sin decirlo quiere interrogarnos,
hacer de nuevo las preguntas eternas:

¿Llevamos siempre adentro la propia muerte
o (contra Rilke) carga el esqueleto
pesadumbre de carne, corrupción
sobre la calavera incorruptible?

Es la piedra pulida por ese mar
al que no vemos sino encarnado en sus obras.
El tiempo hizo la mueca de este horror;
también esculpe con su transcurrir
la belleza del mundo. Y así pues,
resulta un acto de justicia poner
sobre su frente la gastada inscripción:
Este cráneo se vio como hoy nos ve.
Como hoy lo vemos
nos veremos un día.

Desde entonces

EN RESUMIDAS CUENTAS

¿En dónde está lo que pasó
y qué se hizo de tanta gente?

A medida que avanza el tiempo
vamos haciendo más desconocidos.

De los amores no quedó
ni una señal en la arboleda.

Y los amigos siempre se van.
Son viajeros en los andenes.

Aunque uno existe para los demás
(sin ellos es inexistente),

tan sólo cuenta con la soledad
para contarle todo y sacar cuentas.

Ya somos todo aquello
contra lo que luchamos a los veinte años.

Hubo una edad (siglos atrás, nadie lo recuerda)
en que estuvimos juntos meses enteros,
desde el amanecer hasta la medianoche.
Hablamos todo lo que había que hablar.
Hicimos todo lo que había que hacer.
Nos llenamos
de plenitudes y fracasos.
En poco tiempo
incineramos los contados días.
Se hizo imposible
sobrevivir a lo que unidos fuimos.
Y desde entonces la eternidad
me dio un gastado vocabulario muy breve:
"ausencia", "olvido", "desamor", "lejanía".
Y nunca más, nunca más, nunca, nunca.

Winner take nothing

Años de errar en el desierto. Salvé la vida porque el verdugo se compadeció y entregó el recién nacido a unos pastores. Cuando alcancé la mayoría de edad me dijeron: "Eres hijo del rey asesinado. Acaudilla a los desafectos, recobra lo que te pertenece."

Las tropas del impostor no me alcanzaron. Años de errar en el desierto. Me enseñaron el arte de la guerra las tribus mercenarias. Al invocar el nombre de mi padre levanté ejércitos. Tras veinte años de combate, gracias a la valentía de mis soldados y la astucia de mis lugartenientes, tomé la capital, hice pedazos al tirano y me senté en el trono que no se comparte.

Ahora soy rey. No se lo deseo a nadie. En los ojos de cada uno de mis compañeros de lucha observo el odio y el brillo de la daga que tarde o temprano se clavará en mi espalda.

Hay viejas amistades parecidas al odio. Nos conocemos y nos refle-
jamos. Cada uno descubre los móviles del otro. Ya no podemos
engañarnos con desplantes o subterfugios. Mutuamente nos he-
mos vuelto incómodos testigos. Odiamos sabernos proyectos que
no se cumplieron, realidades que contrarían lo que esperábamos
de nosotros mismos.

Reunirnos todos los días en el café se ha vuelto una obligación
mecánica. Nada queda del afecto y la alegría compartida de los
antiguos años. A la menor oportunidad sacamos las garras: módi-
cos tigres condenados a dar vueltas en el mismo foso del zoológico
hasta que se mueran de viejos o en un instante de sinceridad se
entredevoren.

Los trabajos del mar

EL PULPO

Oscuro dios de las profundidades,
helecho, hongo, jacinto,
entre rocas que nadie ha visto,
allí en el abismo,
donde al amanecer, contra la lumbre del sol,
baja la noche al fondo del mar y el pulpo le sorbe
con las ventosas de sus tentáculos tinta sombría.

Qué belleza nocturna su esplendor si navega
en lo más penumbrosamente salobre del agua madre,
para él cristalina y dulce.
Pero en la playa que infestó la basura plástica
esa joya carnal del viscoso vértigo
parece un monstruo. Y están matando
/ a garrotazos / al indefenso encallado.

Alguien lanzó un arpón y el pulpo respira muerte
por la segunda asfixia que constituye su herida.
De sus labios no mana sangre: brota la noche
y enluta el mar y desvanece la tierra
muy lentamente mientras el pulpo se muere.

La manada de perros sigue a la perra
por las calles inhabitables de México.
Perros muy sucios, cojitrancos y tuertos, malheridos
y cubiertos de llagas supurantes.
Condenados a muerte
y por lo pronto al hambre y la errancia.
Algunos cargan
signos de antigua pertenencia a unos amos
que los perdieron o los expulsaron.
Y mientras alguien se decide a matarlos
siguen los perros a la perra.
La huelen todos, se consultan, se excitan
con su aroma de perra.
Le dan menudos y lascivos mordiscos.
La montan
uno por uno en ordenada sucesión.
No hay orgía
sino una ceremonia sagrada
en estas condiciones más que hostiles:
los que se ríen,
los que apedrean a los fornicantes,
celosos
del placer que electriza las vulneradas pelambres
y de la llama seminal encendida
en la orgásmica vulva de la perra.

La perra-diosa,
la hembra eterna que lleva
en su ajetreado lomo las galaxias, el peso
del universo que se expande sin tregua.

¶ Por un segundo ella es el centro de todo.
Es la materia que no cesa. Es el templo
de este placer sin posesión ni mañana
que durará mientras subsista este punto,
esta molécula de esplendor y miseria,
átomo errante que llamamos la Tierra.

MOZART: *QUINTETO PARA CLARINETE Y CUERDAS*
EN "LA" MAYOR, K. 581

La música llena de tiempo brota y ocupa el tiempo.
Toma su forma de aire, vence al vacío
con su materialidad invisible. Crece
entre el instrumento y el don
de *tocar* realmente su cuerpo de agua,
fluidez que huye del tacto, manantial hecho azogue,
porque inmovilizada sería silencio la música.

La corriente de Mozart tiene
la plenitud del mar y como él justifica el mundo.
Contra el naufragio y contra el caos que somos
se abre paso en ondas concéntricas
el placer de la perfección, el goce absoluto
de la belleza incomparable
que no requiere idiomas ni espacio.
Su delicada fuerza habla de todo a todos.
Entra en el mundo y lo hace luz resonante.
En Mozart y por Mozart habla la música:
nuestra única manera de escuchar
el caudal y el rumor del tiempo.

MALPAÍS

> Malpaís: Terreno árido, desértico e ingra-
> to; sin agua ni vegetación; por lo común
> cubierto de lava.
>
> FRANCISCO J. SANTAMARÍA,
> *Diccionario de mejicanismos*

Ayer el aire se limpió de pronto
y aparecieron las montañas.
Siglos sin verlas. Demasiado tiempo
sin algo más que la conciencia de que están allí circundándonos.
Caravana de nieve el Iztaccíhuatl.
Crisol de lava en la caverna del sueño,
nuestro Popocatépetl.

Ésta fue la ciudad de las montañas.
Desde cualquier esquina se veían las montañas.
Tan visibles se hallaban que era muy raro
fijarse en ellas.
Sólo nos dimos cuenta de que existían las montañas
cuando el polvo del lago muerto,
los desechos fabriles, la ponzoña
de incesantes millones de vehículos
y la mierda arrojada a la intemperie
por muchos más millones de excluidos,
bajaron el telón irrespirable
y ya no hubo montañas. Pocas veces
se deja contemplar —azul, inmenso— el Ajusco.
Aún reina sobre el valle pero lo están acabando
entre fraccionamientos, taladores y, lo que es peor, incendiarios.
Lo creímos invulnerable. Despreciamos
nuestros poderes destructivos.

¶ Cuando no quede un árbol,
cuando ya todo sea asfalto y asfixia
o malpaís, terreno pedregoso sin vida,
ésta será de nuevo la capital de la muerte.

En ese instante renacerán los volcanes.
Vendrá de lo alto el gran cortejo de lava.
El aire inerte se cubrirá de ceniza.
El mar de fuego lavará la ignominia,
se hará llama la tierra y lumbre el polvo.
Entre la roca brotará una planta.
Cuando florezca volverá la vida
a lo que convertimos en desierto de muerte.

Soles de lava, astros de ira, indiferentes deidades,
allí estarán los invencibles volcanes.

Miro la tierra

LAS RUINAS DE MÉXICO
(ELEGÍA DEL RETORNO)

III

Llorosa Nueva España que, deshecha,
te vas en llanto y duelo consumiendo…
FRANCISCO DE TERRAZAS,
Nuevo Mundo y conquista

1

La tierra desconoce la piedad.
El incendio del bosque o el suplicio
del tenue insecto bocarriba que muere
de hambre y de sol durante muchos días
son insignificantes para ella
—como nuestras catástrofes.
La tierra desconoce la piedad.
Sólo quiere
prevalecer transformándose.

2

La tierra que destruimos se hizo presente.
Nadie puede afirmar: "Fue su venganza."
La tierra es muda: habla por ella el desastre.

La tierra es sorda: nunca escucha los gritos.
La tierra es ciega: nos observa la muerte.

3

Los edificios bocabajo o caídos de espaldas.
La ciudad de repente demolida
como bajo el furor de los misiles.
La puerta sin pared, el cuarto desnudo,
harapos de concreto y metal que fueron morada
y hoy forman el desierto de los sepulcros.

4

Mudo alarido de este desplome que no acaba nunca,
las construcciones cuelgan de sí mismas. Parecen
grandes camas deshechas puestas de pie
porque sus habitantes ya están muertos.
Pesa la luz de plomo. Duele el sol
en la Ciudad de México.

5

El lugar de lo que fue casa lo ocupa ahora
un hoyo negro (y representa al país entero).
Al fondo de ese precario abismo yacen pudriéndose
escombros y basura y algo brillante.
Me acerco a ver qué arde amargamente en la noche
y descubro mi propia calavera.

Isla en el golfo de la destrucción plural indiscriminada,
nunca estuvo tan sola esta casa sola.
No se dobló ni presenta grietas.
Contra la magnitud del sismo la pequeñez
fue la mejor defensa.
Sigue indemne, pero deshabitada.
Nadie quiere ser náufrago
en este mar de ruinas donde nada previene
contra el oleaje de la piedra.

Del edificio que desventró en su furia salvaje
al embestir el toro de la muerte,
brotan varillas como raíces deformadas.
Sollozan hacia adentro
por no ser vegetales,
capaces de hundirse en tierra, renacer,
a fuerza de paciencia reconstruirse,
y levantar lo caído.

Raíces inorgánicas estas varillas que nada más soportan
su irremediable vergüenza.
Las vencieron
la corrupción y la catástrofe. Parecen
tallos sobrevivientes de árbol caído.
Pero son flechas
que apuntan a la cara de los culpables.

8

Entre las grandes losas despedazadas, los muros
hechos añicos, los pilares, los hierros,
intacta, ilesa,
la materia más frágil de este mundo:
una tela de araña.

9

Esos huecos sembrados
con tezontle color de sangre
o plantas moribundas
que algunos llaman "jardines",
tratan de conjurar la omnipotencia de la muerte
y no logran
sino que llene su vacío la muerte.
(Quizá "vacío"
es el nombre profundo de la muerte.)

Al pisar
los monumentos que la nada erigió a la muerte
sentimos
que allá abajo se encuentran todavía
desmoronándose los muertos.

10

Las fotos más terribles de la catástrofe
no son fotos de muertos. Hemos visto
ya demasiadas. Éste es el siglo

de los muertos. Nunca hubo tantos
muertos sobre la tierra. ¿Qué es un periódico
sino un recuento de muertos
y objetos de consumo para gastar
la vida y el dinero y ocultarnos tras ellos
contra la omnipotencia de la muerte?

No: las fotos más atroces de la catástrofe
son esos cuadros en color donde aparecen muñecas
indiferentes o sonrientes, sin mengua, sin tacha,
entre las ruinas que aún oprimen
los cadáveres de sus dueñas, la frágil vida
de la carne que como hierba ya fue cortada.

Invulnerabilidad de los plásticos que en este caso
tuvieron nombre
y existencia de alguna forma.
Acompañaron, consolaron, representaron la dicha
de aquellas niñas que intolerablemente nacieron
para ver desplomarse su futuro
en el fragor de este fin de mundo.

11

Hay que cerrar los ojos de los muertos
porque vieron la muerte y nuestros ojos
no resisten esa visión.
Al contemplarnos
en esos ojos que nos miran sin vernos
brota en el fondo nuestra propia muerte.

Esta ciudad *no tiene historia,*
sólo martirologio.
El país del dolor,
la capital del sufrimiento,
el centro deshecho
del inmenso desastre interminable.

Hay un hombre que ha dejado de ser indefenso y falible.
Ahora es el rey. No se parece a los mortales. La adulación
edificó en su interior una estatua
y él se siente como ella.
De mármol es su carne
y las palabras salen de su boca
ya fijadas en bronce.
En lugar de vivir,
escribe con sus actos su biografía.
El cortesano
le dice en voz muy alta o en susurros: "Señor,
eres el sabio, el justo, el infalible, el más fuerte.
Y cuanto haces lo bendice tu pueblo.
Tú jamás te equivocas, y si no aciertas
aplaudiremos tus errores.
No escucharás
la ira de la turba ni el rezongo amarillo
de la impotencia y de la envidia. Permítenos
gozar el resplandor de tu corona.
Que nos envuelva tu manto
en el poder que es como el fuego sagrado.
No pienses
que muchos sufren por tus decisiones.
¿Acaso has meditado
en los animales que dan
su carne a tu banquete
o en los árboles
que fueron destruidos para hacer el papel
en que se estampan tus decretos?

¶ "Mañana serás polvo y error. Sobre ti
descenderá el granizo de las condenas,
la flecha incendiaria
de las ballestas enemigas.
Pero no importa: eres el rey,
tuviste, tienes
lo que cien mil disputan y uno solo conquista.
En ti adquiere hueso y carne el poder.
Disfrútalo
porque sin él no serías nada.
No serás nada
cuando el poder, que también es prestado
y no se comparte,
salga de ti,
encarne en otro y de nuevo
seas como yo,
el indefenso, el falible,
el cordero entre zarzas que mira el trono
y ve cernirse contra él y su pueblo
la eterna sombra indestructible del buitre."

Ciudad de la memoria

CARACOL

Homenaje a Ramón López Velarde

1

Tú, como todos, eres lo que ocultas. Adentro
del palacio tornasolado, flor calcárea del mar
o ciudadela que en vano
tratamos de fingir con nuestro arte,
te escondes indefenso y abandonado,
artífice o gusano: caracol
para nosotros tus verdugos.

2

Ante el océano de las horas alzas
tu castillo de naipes,
vaso de la tormenta,
recinto de un murmullo nuevo y eterno,
huracán que el océano deslíe en arena.

3

Sin la coraza de lo que hiciste, el palacio real
nacido de tu genio de constructor,

eres tan pobre como yo,
como cualquiera de nosotros.
No tienes fuerza y puedes levantar
una estructura misteriosa insondable.
Nunca terminará de resonar al oído
lo que esconde y preserva tu laberinto.

4

En principio te pareces a los demás: la babosa,
el caracol de cementerio.
Eres frágil como ellos y como todos.
Tu fuerza reside
en el prodigio de tu concha,
evidente y recóndita manera
de estar aquí en este mundo.

5

Por ella te apreciamos y te acosamos. Tu cuerpo
no importa mucho y ya fue devorado.
Ahora queremos autopsiarte en ausencia,
hacerte mil preguntas sin respuesta.

6

Defendido del mundo en tu externo interior
que te revela y encubre,
eres el prisionero de tu mortaja,
expuesto como nadie a la rapiña.

Durará más que tú, provisional habitante,
tu obra mejor que el mármol,
tu *moral de la simetría*.

7

A vivir y a morir hemos venido.
Para eso estamos.
Nos iremos sin dejar huella.
El caracol es la excepción.
Qué milenaria paciencia
irguió su laberinto erizado,
la torre horizontal en que la sangre del tiempo
se adensa en su interior y petrifica el oleaje,
mares de azogue opaco en su perpetua fijeza.
Esplendor de tinieblas, lumbre inmóvil,
la superficie es su esqueleto y su entraña.

8

Ya nunca encontrarás la liberación:
habitas el palacio que secretaste.
Eres él. Sigues aquí por él.
Estás para siempre
envuelto en un perpetuo sudario:
tiene impresa la huella de tu cadáver.

9

Pobre de ti, abandonado, escarnecido, tan frágil
si te desgajan de tu interior que también es tu cuerpo,

la justificación de tu invisible tormento.
Cómo tiemblas de miedo a la intemperie
de los dominios en que eras rey
y las olas te veneraban.

10

Del habitante nada quedó en la playa sombría.
Su obra
vivirá un poco más
y al fin también se hará polvo.

11

Cuando se apague su eco
perdurará sólo el mar
que nace y muere desde el principio del tiempo.

12

Agua que vuelve al agua, arena en la arena,
la materia que te hizo único
pero también afín a nosotros,
jamás volverá a unirse.
Nunca habrá nadie
igual que tú,
semejante a ti,
hondo desconocido en tu soledad
pues, como todos,
eres lo que ocultas.

El jardín en la isla:
aquí las rosas,
no florecen: llamean.
Sostienen como nubes entre el verdor
la materia del aire.
¿Qué hemos hecho
para ser dignos de esta gloria?
Mañana
ya no habrá rosas
pero en la memoria
continuará su incendio.

El silencio de la luna

1

En las paredes de esta cueva
pinto el venado
para adueñarme de su carne,
para ser él,
para que su fuerza y su ligereza sean mías
y me vuelva el primero
entre los cazadores de la tribu.

En este santuario
divinizo las fuerzas que no comprendo.
Invento a Dios,
a semejanza del Gran Padre que anhelo ser
con poder absoluto sobre la tribu.

En este ladrillo
trazo las letras iniciales,
el alfabeto con que me apropio del mundo al simbolizarlo.
La T es la torre y desde allí gobierno y vigilo.
La M es el mar desconocido y temible.

Gracias a ti, alfabeto hecho por mi mano,
habrá un solo Dios: el mío.
Y no tolerará otras deidades.

Una sola verdad: la mía.
Y quien se oponga a ella recibirá su castigo.

Habrá jerarquías, memoria, ley:
mi ley: la ley del más fuerte
para que dure siempre mi poder sobre el mundo.

2

Al contemplar por vez primera la noche
me pregunté: ¿será eterna?
Quise indagar la razón del sol, la inconstante
movilidad de la luna,
la misteriosa armada de estrellas
que navegan sin desplomarse.

Enseguida pensé que Dios es dos:
la luna y el sol, la tierra y el mar, el aire y el fuego.
O es dos en uno:
la lluvia / la planta, el relámpago / el trueno.

¿De dónde viene la lumbre del cielo?
¿La produce el estruendo? ¿O es la llama
la que resuena al desgarrar el espacio?
(como la grieta al muro antes de caer
por los espasmos del planeta siempre en trance de hacerse).

¿Dios es el bien porque regala la lluvia?
¿Dios es el mal por ser la piedra que mata?
¿Dios es el agua que cuando falta aniquila
y cuando crece nos arrastra y ahoga?

¶ A la parte de mí que me da miedo
la llamaré Demonio.
¿O es el doble de Dios, su inmensa sombra?
Porque sin el dolor y sin el mal
no existirían el bien ni el placer,
del mismo modo que para la luz
son necesarias las tinieblas.

Nunca jamás encontraré la respuesta.
No tengo tiempo. Me perdí en el tiempo.
Se acabó el que me dieron.

3

Ustedes, los que escudriñen nuestra basura
y desentierren puntas
de pedernal, collares de barro
o lajas afiladas para crear muerte;
figuras de mujeres en que intentamos
celebrar el misterio del placer
y la fertilidad que nos permite seguir aquí contra todo
—enigma absoluto
para nuestro cerebro si apenas está urdiendo el lenguaje—,
lo llamarán *mamut*.
Pero nosotros en cambio
jamás decimos su nombre:
tan venerado es por la horda que somos.

El lobo nos enseñó a cazar en manada.
Nos dividimos el trabajo, aprendimos:
la carne se come, la sangre fresca se bebe,
como fermento de uva.

Con su piel nos cubrimos.
Sus filosos colmillos se hacen lanzas
para triunfar en la guerra.
Con los huesos forjamos
insignias que señalan nuestro alto rango.

Así pues, hemos vencido al coloso.
Escuchen cómo suena nuestro grito de triunfo.

Qué lastima.
Ya se acabaron los gigantes.
Nunca habrá otro mamut sobre la tierra.

4

Mujer, no eres como yo
pero me haces falta.

Sin ti sería una cabeza sin tronco
o un tronco sin cabeza. No un árbol
sino una piedra rodante.

Y como representas la mitad que no tengo
y te envidio el poder de construir la vida en tu cuerpo,
diré: nació de mí, fue un desprendimiento:
debe quedar atada por un cordón umbilical invisible.

Tu fuerza me da miedo.
Debo someterte
como a las fieras tan temidas de ayer.
Hoy, gracias a mi crueldad y a mi astucia,
labran los campos, me transportan, me cuidan,
me dan su leche y hasta su piel y su carne.

¶ Si no aceptas el yugo,
 si queda aún como rescoldo una chispa
 de aquellos tiempos en que eras reina de todo,
 voy a situarte entre los demonios que he creado
 para definir como El Mal cuanto se interponga
 en mi camino hacia el poder absoluto.

 Eva o Lilit:
 escoge pues entre la tarde y la noche.

 Eva es la tarde y el cuidado del fuego.
 Reposo en ella, multiplica mi especie
 y la defiende contra la gran tormenta del mundo.

 Lilit, en cambio, es el nocturno placer,
 el imán, el abismo, la hoguera en que ardo.
 Y por tanto la culpo de mi deseo.
 Le doy la piedra, la ignominia, el cadalso.

 Eva o Lilit: no lamentes mi triunfo.
 Al vencerte me he derrotado.

Durante mucho tiempo combatimos sin vernos las caras. Ellos eran los otros, los enemigos. Los veíamos caer o volar en pedazos. Sus proyectiles nos daban muerte o nos mutilaban. Nuestras relaciones sólo tenían tres nombres: miedo, odio, desprecio.

Hoy se ha firmado la paz. Arrojamos las armas, avanzamos por lo que fue la tierra de nadie. Vemos las líneas de trincheras, los escombros, las fortificaciones, los despojos. Los otros salen a nuestro encuentro con la mano extendida para mostrar que no ocultan armas.

Alegría, asombro, reconocimiento. El enemigo no es un monstruo. Posee como nosotros una cara, un nombre, una historia que no existió antes ni se repetirá. Tiene padres, mujer, hijos, amigos, un pasado, un porvenir, un dolor, una vergüenza y cuando menos un recuerdo de dicha.

Trágico error la guerra. Somos hermanos. Con ser tan distintos nos parecemos tanto. Brindamos con aguardientes miserables. Intercambiamos raciones agusanadas. La fraternidad les da sabor de ambrosía. Nunca más, nunca más volveremos a entrematarnos.

De vuelta a casa, quienes nos esperaron y nos enviaban al frente regalos y cartas alentadoras, se nos muestran hostiles. Sentimos que nos reprochan haber sobrevivido y nos preferirían muertos y heroicos.

Todo nos separa. Ya no tenemos de qué hablar. Donde hubo afecto hay resentimiento, rabia donde existió la gratitud. Los mismos a quienes creímos conocer de toda la vida se han vuelto extraños. Qué desprecio en sus ojos y cuánto odio en sus caras. Los

¶ nuestros son los otros ahora. Cambia de nombre el enemigo. El campo de batalla se traslada.

Aún no rompe el día y el canto de los pájaros ya ha comenzado. Nunca sabremos lo que dicen pero es evidente el intercambio: preguntas y respuestas indescifrables para nuestros oídos, jeroglíficos de aire, enigma del que jamás encontraremos la clave.

Sus picos desgarran las tinieblas. La luz llega en sus alas. Vuelo de claridad, señal de vida, anuncio de que tampoco será eterna esta noche.

Al despertar el sol nace la tierra. Y de su lumbre se alza otro día nuestro.

Toda moneda tiene anverso y reverso: anversidad
es la situación en que están respecto una de otra
las figuras de sus dos caras,
unidas para siempre en el mismo sitio, ligadas
por la materia que les da existencia; dos planos
del mismo objeto, en lazo indisoluble,
en cercanía tan íntima, tan próximas
que si alguna de las dos no existiera
la moneda perdería razón de ser:
las necesita a ambas, no puede
partirse en dos sin aniquilarse:
la moneda es moneda porque tiene anverso y reverso;
y a pesar de esto, o por todo esto, las dos figuras,
sentenciadas a coexistir mientras su espacio de metal no muera,
no se verán jamás ni se unirán nunca.

EL ERIZO

A Vicente Quirarte

El erizo tiene miedo de todo y quiere dar miedo
en el fondo del agua o entre las piedras.
Es una flor armada de indefensión,
una estrella color de sangre,
derruida en su fuego muerto.

Zarza ardiente en el mar, perpetua llaga
resiste la tormenta en su lecho de espinas.
El erizo no huye: se presenta
en guerra pero inerme ante nuestros ojos.

Al fondo de su cuerpo la boca, herida abierta, discrepa
de su alambre de púas, su carcaj
de flechas dirigidas a ningún blanco.

Testigo vano de su hiriente agonía,
el erizo no cree en sí mismo ni en nada.
Es una esfera
cuya circunferencia está en el vacío.
Es una isla
asediada de lanzas por todas partes.

Soledad del erizo, martirio eterno
de este San Sebastián que nació acribillado.
El erizo nunca se ha visto.
No se conoce a sí mismo.
Tan sólo puede imaginarse a partir
de los otros erizos,
su áspero prójimo,
su semejante rechazante.

¶ Bajo el mar que no vuelve avanza el erizo
con temerosos pies invisibles.
Se dirige sin pausa hacia la arena
en donde está la fuente del silencio.

EL SILENCIO DE LA LUNA:
TEMA Y VARIACIONES

> *… et iam Argiva phalanx instructis navibus ibat*
> *a Tenedo, tacitae per amica silentia lunae…*
> *Eneida* II, 254-255

> … ya la falange de las griegas naves
> de Ténedos venía, bajo el velo
> del silencio amistoso de la luna…
> AURELLO ESPINOSA PÓLIT,
> *Virgilio en verso castellano*

1

El aire está en tiempo presente.
La luna por definición en pasado.
Tenues conjugaciones de la noche.
El porvenir ya se urde
en los fuegos que hacen el alba.
Invisible para nosotros, porvenir nuestro,
como otro sol en la maleza del día.

2

Noviembre, y no me fijo en los troncos desnudos,
sólo en las siemprevivas y en las plantas perennes.
Ignoro la respuesta: su verdor,
enmedio del desierto de la grisura,
¿es permanencia, obcecación, desafío?
O quizá por indiferentes
desconocen la noche de los muertos.

Al prescindir del viaje renunciaron al goce
de la resurrección
que habrán de disfrutar sus semejantes:
siemprevivas porque antes ya se han muerto,
perennes porque saben renacer como nadie.

3

Cuánto ocaso en el día que ya se va
y parece el primero en estar muriendo.
Son las últimas horas del gran ayer.
De mañana ignoramos todo.

4

Después de tanto hablar
guardemos un minuto de silencio
para oír esta lluvia que disuelve la noche.

La arena errante

LAS FLORES DEL MAR

Danza sobre las olas, vuelo flotante,
ductilidad, perfección, acorde absoluto
con el ritmo de la marea,
la insondable música
que nace allá en el fondo
y es retenida
en el santuario de las caracolas.

La medusa no oculta nada,
más bien despliega
su dicha de estar viva por un instante.
Parece la disponible, la acogedora
que sólo busca la fecundación
no el placer ni el famoso amor
para sentir: "Ya cumplí.
Ya ha pasado todo.
Puedo morir tranquila en la arena
donde me arrojarán las olas que no perdonan."

Medusa, flor del mar. La comparan
con la que petrifica a quien se atreve a mirarla.
Medusa blanca como la Xtabay de los mayas
y la Desconocida que sale al paso y acecha,
desde el Eclesiastés, al pobre deseo.

¶ Flores del mar y el mal las medusas.
  Cuando eres niño te advierten:
  "Limítate a contemplarlas.
  No las toques. Las espectrales
  te dejarán su quemadura,
  la marca a fuego que estigmatiza
  a quien codicia lo prohibido."

  Y uno responde en silencio:
  "Pretendo asir la marea,
  acariciar lo imposible."

  Pero no: las medusas
  no son de nadie celestial o terrestre.
  Son de la mar que nunca será ni mujer ni prójimo.

  Son peces de la nada, plantas del viento,
  gasas de espuma ponzoñosa
  (sífilis, sida).

  En Veracruz las llaman *aguas malas*.

LA ARENA ERRANTE

[Otro poema de Veracruz]

Los misteriosos médanos cambiaban
de forma con el viento.
Me parecían las nubes que al derrumbarse por tierra
se transformaban en *arena errante*.
De mañana jugaba en esas dunas sin forma.
Al regresar por la tarde
ya eran diferentes y no me hablaban.

Cuando soplaba el Norte hacían estragos en casa.
Lluvia de arena como el mar del tiempo.
Lluvia de tiempo como el mar de arena.
Cristal de sal la tierra entera inasible.
Viento que se filtraba entre los dedos.
Horas en fuga, vida sin retorno.
Médanos nómadas.

Al fin plantaron
las casuarinas para anclar la arena.
Ahora dicen: "Es un mal árbol.
Destruye todo."
Talan las casuarinas.
Borran los médanos.

Y a la orilla del mar que es mi memoria
sigue creciendo el insaciable desierto.

Ante el juez todos estamos indefensos. Él, en su silla alta, su escritorio de roble, su peluca, su mazo, su vestuario de sumo sacerdote. Nosotros, con la bata ridícula del enfermo al que hacen toda clase de exámenes para diagnosticar que ya no tiene remedio.

Animales de laboratorio ante el supremo experimentador, nos sabemos condenados de antemano. El fiscal termina su diatriba. Nos arroja una última mirada de cólera y desprecio. Nuestro defensor calla, anonadado por las fulminaciones de la parte enemiga. Sorprenden la acumulación de cargos y la ferocidad con que nos acusan de crímenes no cometidos.

Qué superioridad la del señor juez, con qué ojos de asesino desdén nos mira, cómo disfruta de nuestra humillación irremediable. Al fin nos sentencia primero a la picota y después al cadalso. Intentamos decir unas palabras. Los guardias nos cierran la boca con tizones. No tenemos derecho a nada. Entonces comprendemos que nuestro delito fue haber nacido.

1

Hace un momento estaba y ya se fue el sol,
doliente por la historia que hoy acabó.

Se van los pobladores de la luz. Los reemplazan
quienes prefieren no ser vistos por nadie.

Ahora la noche abre las alas. Parece un lago
la inundación, la incontenible mancha de tinta.

Mundo al revés cuando todo está de cabeza,
la sombra vuela como pez en el agua.

2

El día de hoy se me ha vuelto ayer.
Se fue entre los muchos
días de la eternidad —si existiera.

El día irrepetible ha muerto
como *arena errante* en la noche
que no se atreve a mirarnos.

Fuimos despojo
de su naufragio en la hora violenta,
cuando el sol no se quiere ir
y la luna se niega a entrar
para no vernos como somos.

3

Volvió de entre los muertos el halcón.
En los desfiladeros de la ciudad,
entre los montes del terror y las cuevas
de donde brotan las tinieblas,
se escuchan
un aleteo feroz, otro aleteo voraz
y algo como un grito pero muy breve.

Mañana en la cornisa no habrá palomas.
El trabajoso nido abandonado,
el amor conyugal deshecho,
la obra inconclusa para siempre.

En la acera unas cuantas plumas,
ahora llenas de sangre.

COSAS

A la memoria de José Donoso

Ternura
de los objetos mudos que se irán.
Me acompañaron
cuatro meses o cincuenta años
y no volveré a verlos.
Se encaminan
al basurero en que se anularán como sombras.

Nadie nunca podrá rehacer
los momentos que han zozobrado.
El tacto de los días sobre las cosas,
la corriente feroz en la superficie
en donde el polvo dice:
"Nada más yo
estoy aquí para siempre."

Se hace presente.
Desafía al mundo entero la voraz humedad
y destila una gota más que arrojarla.
La deja libre por fin.
En un susurro le ordena:
"Invade ese lugar
en donde nadie te espera.
Rompe la cárcel metálica
en que te confinaron para servirlos.

"Los ofende tu avara lluvia,
tu leve ruido seco los enloquece.
Harán lo imposible
por cerrarte el camino,
como si fueras
la tempestad y no una simple gota de agua.

"La casa estalla por lo más delgado: los tubos.
Déjate caer a menudas pausas.
Sal a afrentarlos.

"Eres el minucioso poder del agua,
condenado en la brevedad que nadie puede parar.
Eres el triunfo
de lo insignificante
contra el significado de su orden, prendido
con alfileres a la nada y el caos."

Siglo pasado (desenlace)

ENCUENTRO

Ya me encontré a mí mismo en una esquina del tiempo.
No quise dirigirme la palabra,
 en venganza por todo lo que me he hecho con saña.
Y me seguí de largo y me dejé hablando solo
—con gran resentimiento por supuesto.

Como la lluvia

LA MIRADA DEL OTRO

El pez en el acuario
Mudo observa
El espacio que mide con su vuelo.

Del agua sólo sabe:
"Esto es el mundo".
De nosotros lo azoran los enigmas.

"¿Quiénes serán? Extraños prisioneros
De la Tierra y el aire.
Si vinieran aquí se asfixiarían.

"Los compadezco. Pobres animales
Que dan vueltas eternas al vacío.

"Viven para ser vistos.
Son carnada
De un poderoso anzuelo inexplicable.

"Algún día
He de verlos inertes, boca arriba,
Flotantes en la cima de su Nada."

EL MAÑANA

A los veinte años nos dijeron: "Hay
Que sacrificarse por el Mañana".

Y ofrendamos la vida en el altar
Del dios que nunca llega.

Me gustaría encontrarme ya al final
Con los viejos maestros de aquel tiempo.

Tendrían que decirme si de verdad
Todo este horror de ahora era el Mañana.

Los pájaros que incendian la mañana
No estaban aquí anoche.
Tal vez se abrían camino en las tinieblas
Y como el Sol-jaguar de los aztecas
Absorbían la sangre de los muertos
(Basta leer las noticias)
Para resucitar entre las frondas
Como heraldos dichosos o sombríos
De que la absurda vida sigue intacta
Y nada pudo contra el día la noche.

En vano trato
De recordar lo que pasó aquel día.
Estuve en algún lado,
Hablé con alguien,
Leí algún libro…
Lo he olvidado todo.

A tan sólo unos meses de distancia
Parece que las cosas sucedieron
En el siglo XIV antes de Cristo.

¿Qué dije, qué pensé?
No tengo idea.
Jamás me enteraré de lo ocurrido.

Salí de las tinieblas,
Voy a ellas.

Todo es nunca por siempre en nuestra vida.

La edad de las tinieblas

ELOGIO DEL JABÓN

El objeto más bello y más limpio de este mundo es el jabón oval que sólo huele a sí mismo. Trozo de nieve tibia o marfil inocente, el jabón resulta lo servicial por excelencia. Dan ganas de conservarlo ileso, halago para la vista, ofrenda para el tacto y el olfato. Duele que su destino sea mezclarse con toda la sordidez del planeta.

En un instante celebrará sus nupcias con el agua, esencia de todo. Sin ella el jabón no sería nada, no justificaría su indispensable existencia. La nobleza de su vínculo no impide que sea destructivo para los dos.

Inocencia y pureza van a sacrificarse en el altar de la inmundicia. Al tocar la suciedad del planeta ambos, para absolvernos, dejarán su condición de lirio y origen para ser habitantes de las alcantarillas y lodo de la cloaca.

También el jabón por servir se acaba y se acaba sirviendo. Cumplido su deber será laja viscosa, plasta informe contraria a la perfección que ahora tengo en la mano.

Medios lustrales para borrar la pesadumbre de ser y las corrupciones de estar vivos, agua y jabón al redimirnos de la noche nos bautizan de nuevo cada mañana. Sin su alianza sagrada, no tardaríamos en descender a nuestro infierno de bestias repugnantes. Lo sabemos, preferimos ignorarlo y no darle las gracias.

Nacemos sucios, terminaremos como trozos de abyecta podredumbre. El jabón mantiene a raya las señales de nuestra asquerosidad primigenia, desvanece la barbarie del cuerpo, nos permite salir una y otra vez de las tinieblas y el pantano.

Parte indispensable de la vida, el jabón no puede estar exento de la sordidez común a lo que vive. Tampoco le fue dado el no ser cómplice del crimen universal que nos ha permitido estar un día más sobre la Tierra.

Mientras me afeito y escucho un concierto de cámara, me niego a recordar que tanta belleza sobrenatural, la música vuelta espuma del aire, no sería posible sin los árboles destruidos (los instrumentos musicales), el marfil de los elefantes (el teclado del piano), las tripas de los gatos (las cuerdas).

Del mismo modo, no importan las esencias vegetales, las sustancias químicas ni los perfumes añadidos: la materia prima del jabón impoluto es la grasa de los mataderos. Lo más bello y lo más pulcro no existirían si no estuvieran basados en lo más sucio y en lo más horrible. Así es y será siempre por desgracia.

Jabón también el olvido que limpia del vivir y su exceso. Jabón la memoria que depura cuanto inventa como recuerdo. Jabón la palabra escrita. Poesía impía, prosa sarnosa. Lo más radiante encuentra su origen en lo más oscuro. Jabón la lengua española que lava en el poema las heridas del ser, las manchas del desamparo y el fracaso.

Contra el crimen universal no puedo hacer nada. Aspiro el aroma a nuevo del jabón. El agua permitirá que se deslice sobre la piel y nos devuelva una inocencia imaginaria.

Pasa el día entero sentado a una mesa del bar. Ya casi nadie se le acerca. El dueño lo juzga parte del mobiliario y le regala licor barato y sobras de comida. Cuando la muerte se aproxima el consuelo único es la narración. Vivir para él es sólo recordar su épica de oro.

"Yo fui el campeón y los campeones nunca dejan de serlo. Aquella noche en el cuarto round todos me daban por muerto. Era el viejo de treinta y cuatro años contra el retador de veinte. Sangraba de las cejas y mi mánager iba a tirar la toalla. Pero una vez más salí del pozo en que me habían hundido sus golpes, acorralé al muchacho en una esquina y mi izquierda infalible lo derrumbó como un poste."

Después habla de los presidentes, los empresarios y los gángsters ya desaparecidos que lo colmaron de beneficios y regalos. Exagera las fortunas derrochadas en estrellas de cine y otras mujeres, "a las que sin el boxeo nunca me hubiera atrevido a mirar de frente".

Termina siempre con el relato del alcoholismo, las parrandas, los daños físicos de su profesión, los divorcios, los falsos amigos que lo ayudaron a consumir los millones de dólares, el descenso a un infierno de miseria y soledad que se ha alargado muchos años.

Si alguien hace un gesto de lástima o intenta darle dinero contesta: "Por favor no me compadezcan. Perdí por decisión mis últimas peleas hasta que ya nadie quiso contratarme. Me llegó el fin como les llega a todos. Y ahora soy un guiñapo, estoy en la calle, me quedé sin nada, sí —pero no me noquearon. Nadie jamás me vio tendido en la lona".

Relatos

La sangre de Medusa

LA SANGRE DE MEDUSA

> *... la espada sin honor, perdido todo*
> *lo que gané, menos el gesto huraño.*
> GILBERTO OWEN

Cuando Perseo despierta sus primeras miradas nunca son para Andrómeda. Sale al jardín, se lava el rostro en la fuente de mármol y observa desde la terraza la ciudad de Micenas. Se sabe amo absoluto, semidiós respetado. Sin embargo lo habitan la tristeza y el recuerdo de sus viejas hazañas. Tendido bajo un árbol, contempla el vientre que se alza cada día más entre su túnica y espera, cabizbajo, el llamado de Andrómeda.

Fermín Morales apagó el cigarro antes de entrar en la vecindad. A su esposa le molestaba verlo fumar y él quería ahorrarse una nueva disputa. Cruzó el zaguán húmedo y subió por la escalera desgastada. Al entrar en su cuarto vio a Isabel: cubierta por una bata de franela, hojeaba en la cama *Confidencias*, *La Familia* y *Sucesos para Todos*. Los rizos artificiales le recordaron a Fermín un nudo de serpientes que de niño había observado en una feria en Nonoalco.

Perseo ya no visita sus caballerizas. Le entristece ver a Pegaso, anciano, ciego, con las alas marchitas, ruina de aquel hijo del viento que nació de la sangre de Medusa. Hoy la cabeza de la Gorgona y su cabellera de serpientes adornan el escudo de Atenea. Pero Medusa venga su derrota.

Pegaso ya no es el mismo que tantas veces se reflejó desde los cielos sobre el Mediterráneo, ni el que avisó a Perseo que una Hespéride lo había descubierto cuando cortaba las manzanas de oro en el jardín prohibido. Al ver a su caballo alado el rey de Micenas no puede evitar que lo llenen la melancolía y la sensación de que su paso por la tierra ya se acerca al final.

Tiempo atrás el Oráculo de Delfos vaticinó a Acrisio, rey de Argos, que moriría a manos de su nieto. Para impedirlo encerró a Dánae en una cámara subterránea de bronce, con sólo una abertura que dejaba pasar el aire y la luz. Dánae era la única hija de Acrisio y la mujer más bella del reino. Zeus, convertido en lluvia de oro, logró violar la cárcel inexpugnable y engendró a Perseo en el vientre de Dánae.

Nueve meses después Acrisio no se atrevió a matarlos por temor a las Furias que persiguen a quienes derraman su propia sangre. Metió en un cofre a la madre y al hijo y los echó al mar. Las olas llevaron su carga a la isla de Sérifos. Polidecto recibió en su corte a Dánae y al niño que llevaba en los brazos.

Perseo llegó a la adolescencia. Polidecto quiso alejarlo para quedarse con Dánae. Le dio el encargo de ir a la isla de las Gorgonas, que estaba en Occidente, cerca del Gran Océano, y traerle la cabeza de Medusa. Así, Polidecto condenaba a muerte a Perseo: nadie en el mundo podía sobrevivir a la Gorgona que con sólo mirarlos petrificaba a los vivos.

No obstante, como hijo de Zeus, Perseo era un semidiós y merecía la ayuda del Olimpo. Cubierto por el escudo de Atenea, defendido por la espada de Hermes y el casco de Hades, Perseo entró en la cueva de las Gorgonas. Para no verla de frente y transformarse en piedra bajo su mirada, se guió por la imagen de Medusa reflejada en el escudo. Se acercó a ella y la decapitó de un solo tajo.

Un caballo alado brotó de su sangre. El héroe montó en Pegaso y fue a Sérifos para liberar a su madre. Petrificó a Polidecto y a sus cortesanos al mostrarles la cabeza muerta de la Gorgona. En vez de asumir el trono Perseo dio el reino de la isla a su amigo Lidys, el pescador que había rescatado el cofre en la playa.

Dánae le pidió reconciliarse con su abuelo. Perseo se trasladó a Argos, derrocó al usurpador Preto y devolvió el poder a Acrisio. A pesar de todo, el Oráculo de Delfos era infalible. La profecía se cumplió: durante los juegos que celebraron la victoria Perseo lanzó un disco de metal y sin proponérselo dio muerte a Acrisio. No quiso permanecer en la ciudad manchada de sangre y decidió fundar Micenas.

Isabel tenía cincuenta y cinco años cuando conoció a Fermín que apenas iba a cumplir veinte. Ambos trabajaban en el Ministerio de Comunicaciones. Fermín era muy tímido y nunca se había acercado a ninguna mujer. A los seis meses se casaron. Él se empleó como chofer particular y ella dejó la oficina. Desde entonces habitaron en la vecindad de las calles de Uruguay. Su existencia se transformó en una interminable reyerta.

Perseo recorre sus dominios. Observa la Puerta de los Leones, las murallas ciclópeas, piedras invulnerables erguidas para cercar el sitio en que poco a poco va muriendo el rey de Micenas. Camina bajo el sol recién nacido y observa su sombra ya encorvada. Su padre Zeus no lo preservó del tiempo. Cronos, su abuelo, lentamente lo devora como si en Perseo se vengara de Zeus por haberlo desterrado del Olimpo. El viento asedia la ciudad amurallada. Desde la terraza Andrómeda observa a Perseo y también siente que la historia del héroe ha llegado a su fin.

Isabel opinaba que en la guerra de los sexos las mujeres sólo podían librarse de la opresión y el martirio mediante el ejercicio del poder absoluto. Exigió a Fermín que le entregara íntegras sus quincenas y no fuera sin permiso a ningún sitio. Los sábados iban juntos al cine y los domingos a Chapultepec. Los celos de Isabel acosaban a Fermín y eran motivo de continuas escenas. Incapaz de pedir el divorcio o alejarse de ella, se limitaba a esperar la muerte de su esposa que en 1955 había cumplido setenta años.

Perseo se tiende sobre la hierba. Tose, se agita, mira a su alrededor y cree que el día amaneció nublado. No quiere aceptar el oscurecimiento de sus ojos. Se levanta, camina hacia el palacio. Los guardias lo saludan elevando sus lanzas. En la cámara real las esclavas visten a Andrómeda. Perseo la mira, oculto tras una cortina.

También Andrómeda es distinta a la princesa etíope que compitió en hermosura con las hijas de Nereo, el dios del mar. Celosas de Andrómeda, las Nereidas la ataron a una roca para que la devorase un monstruo marino. Perseo llegó cabalgando en Pegaso. Venció al dragón y se casó con Andrómeda. Hoy el amor entre los dos es sólo el recuerdo de aquellos días que sucedieron al combate.

Fermín puso algún reparo a la cena. Isabel lo echó de la casa. Vagó por las calles, ávido de huir y temeroso de regresar. Sin embargo volvió a las pocas horas e imploró perdón. Isabel, en respuesta, le arrojó a la cara la olla de fideos. Fermín tomó un cuchillo de cocina y lo clavó siete veces en el cuerpo de Isabel que se desplomó como una estatua rota.

Las vecinas se asomaron a la puerta. Fermín bajó las escaleras y se echó a correr hacia San Juan de Letrán. Media hora después, cuando los policías lo capturaron en la Alameda, no opuso resistencia ni dio explicaciones. Quedó en un silencio que ya jamás iba a romper.

Dijeron que había enloquecido a raíz del crimen. En realidad se limitaba a escuchar el viento en las ramas y el agua en las fuentes. Hoy pasa los días tratando de apresar el polvo suspendido en un rayo de luz.

Alza la vista al cielo. A su lado el mundo parece más opaco, más hastiado de ser y de acabarse. Al centro de la tumba que los sepulta en vida Perseo y Fermín son el mismo hombre y sus historias forman una sola historia. El sol hiere sus ojos. En su prisión de piedra él espera que llegue el caballo con alas que nació de la sangre de Medusa.

TERUEL

El tictac del reloj se abría paso entre el silencio nocturno. Desde la cama en que lo torturaban el calor y la fiebre, Néstor contaba, doce veces cada hora, otros cinco minutos como aquellos que no se apartarían de su memoria. Un año antes él y su padre habían llegado a Veracruz y al segundo piso de ese edificio cerca del mar. Estaba de nuevo en primer año, pues los certificados escolares se perdieron, con todas las cosas de la familia, cuando dejaron Barcelona y cruzaron los Pirineos bajo la nieve. Como si los años anteriores no existiesen, Néstor había vuelto a deletrear, a hacer sumas y restas elementales, a llenar de frases cuadernos enteros.

Al salir de la escuela caminaba por los muelles para reunirse con su padre en el viejo café lleno de mesas de mármol y abanicos eléctricos. A veces algún otro se sentaba con ellos. A la conversación volvían los mismos nombres: Barcelona, Madrid, Guadalajara, El Jarama, Brunete, Guernica, Teruel y tantos otros que para Néstor se mezclaban en la confusión de cuanto vivió y perdió antes de sus siete años. Todo aquello lo separaba de sus compañeros. Nadie más en su escuela había sufrido bajo un bombardeo como aquel de marzo de 1938 en Barcelona. Nunca iba a olvidarlo: en él murió su madre.

Por la noche, en la terraza hasta la que llegaba el olor del mar, su padre le contaba obsesivamente la misma historia de una batalla que a Néstor le parecía librada en otro siglo: 1937, en otro mundo: Teruel. Héroes sin nombre quedaron allá muertos bajo la nieve y la metralla. Los sobrevivientes como Néstor y su padre escucharon un día en el campo francés los nombres de México y de Cárdenas. Y subieron a un barco y cruzaron el amargo mar.

Aquella tarde, en vez del frío y la nieve de Teruel durante la batalla, la arena de los médanos azotó la ciudad. Néstor entró llorando en su casa. Confesó que acababa de pelearse (y perder) con un niño que se burlaba de él por ser distinto, por no ir a misa y hablar con un acento diferente. Su padre lo llamó *cobarde*, le volvió la espalda y salió del departamento.

Comprendió que sólo había una posibilidad de ser digno de su padre y de los muertos en Teruel, un último recurso para que nadie volviera nunca a llamarlo *cobarde*. En un cajón del escritorio estaba la salamanquesa, la venenosa lagartija, el reptil transparente que Néstor había atrapado en el jardín. Una vecina que asistió a la persecución y la captura le ordenó liberar a la salamanquesa: tenía una lengua afilada y ponzoñosa que si llegaba a picarlo le iba a causar la muerte.

Desobedeció: guardó a la salamanquesa en un frasco de cristal, hizo algunas perforaciones en la tapa de hojalata, arrancó unas briznas de hierba para que le sirvieran de alimento al reptil; le puso agua en una cajita metálica que había contenido *Pastillas del Dr. Andreu* y guardó el recipiente en el último cajón del escritorio. Durante varios días olvidó a la salamanquesa y el peligro que representaba. Pero bajo la doble humillación del pleito perdido y la injuria de su padre, Néstor comprendió que sólo el enfrentarse a ella podía reconciliarlo consigo mismo.

Había caído la noche. Néstor entró en la sala oscurecida donde sólo brillaba la carátula del reloj, un Westclox corriente y demasiado sonoro que en esos momentos le pareció tan vivo como el animal que estaba a punto de ponerlo a prueba. Arrastró una silla, puso el reloj en el escritorio y se dejó caer sobre el asiento de bejuco.

Abrió el cajón, destapó el frasco y metió la mano derecha hasta tocar las briznas. La salamanquesa no tardaría en morderlo y envenenarlo. Así Néstor demostraría que no fue un cobarde y supo morir como los héroes de Teruel. Se dio un plazo de cinco minutos. Empezó a contarlos en la esfera del reloj.

Sintió el sudor frío que le bajaba por la frente. En cualquiera de esos segundos la salamanquesa le clavaría el dardo de su lengua para vengarse de la derrota y el encierro. Tres minutos pasaron sin que Néstor sintiera la mordedura esperada. Sus dedos trituraban las briznas. El miedo y la angustia no eran tan fuertes como su orgullo: él no retiraría la mano hasta vencer o morir en esa guerra secreta y sin testigos. Contra las paredes de vidrio la salamanquesa se movía ágil y tensa como cuando la vio surgir entre las grietas del muro.

Al cumplirse el plazo Néstor sacó la mano y, sin acordarse de tapar el frasco, cerró sin fuerzas el cajón. Su padre lo encontró desmayado junto al escritorio. Lo alzó en brazos y lo dejó en la cama. Abrió el cajón, vio a la salamanquesa lanzarse contra él y antes de que lograra herirlo le dio muerte.

Néstor pasó dos días consumido por la fiebre. Por las noches, en medio del silencio, contaba una y otra vez en la carátula luminosa del reloj cinco minutos como aquellos de la guerra secreta en que demostró que no era un cobarde: él también tenía derecho a sobrevivir porque contempló de frente a la muerte como los héroes de Teruel.

El torturador

1

La luz del alba te desprende de los objetos y te aísla en el patio de la prisión. Tocas el dorso de tu mano. Se ha vuelto como la piel del otro, el hombre que acabas de atormentar. Yace sin sentido en un charco de sangre, pero resistió, asumió toda la responsabilidad, no delató a nadie. Martínez se acerca a ti y dice que, según el jefe, se excedieron en el castigo: Altamirano ha muerto.

Te encoges de hombros, enciendes el primer cigarro de la mañana, pasas por el salón donde conversan otros como tú, entras en el cuarto de baño, te miras al espejo. No hay asco ni miedo: después de todo, cumples tu deber, obedeces órdenes, defiendes a la sociedad.

Tienes sólo treinta años y sientes que ya son demasiados. El pelo crespo empieza a agrisarse y a ralear. Dos surcos profundos se adelantan a unir la nariz y las comisuras. Acaso lamentes, quizá sientas vergüenza de que esta noche el torturado haya sido precisamente Altamirano. Te admira su valor para no culpar a nadie y su generosidad para no escupirte como hizo con los demás torturadores. O bien, el negarse a reconocerte ¿fue una humillación más de las muchas que te infirió con su bondad? La prueba última de que se consideraba superior ¿radicó en hacer como si nunca antes te hubiera visto, no rogarte que lo compadecieras lo mismo que él se condolió de ti?

En otro mundo, en otra vida, recuerdas, Altamirano te permitió entender que eras igual a tu prójimo y no tenías razón para sentirte inferior a nadie. Te habló de un mañana en que todos los habitantes de la tierra fraternizarían en una sociedad sin oprimidos ni opresores. Incluso te dio una fecha para el sueño realizado: 1960. El impensable, el inconcebible año de entonces que ahora, 7 de diciembre, está a punto de terminar y confundirse con los otros años.

Pobre Altamirano. Creyó en la bondad esencial de sus semejantes y acabó como res en el matadero. Todos lo traicionaron. Tú más que nadie. Pero no fue por gusto: obedeciste órdenes, te repites. Altamirano había puesto en peligro la seguridad nacional con un plan que él y otros cinco ilusos elaboraron para trastornar el sistema de comunicaciones en el país.

Te echas agua en la cara. Te lavas las manos. Sales. Martínez sugiere que vayan al burdel. Contestas que prefieres ir a los baños de vapor del Hotel Regis y a desayunarte con don Ernesto Domínguez Puga en el café de la farmacia para después dormir hasta las cuatro o cinco de la tarde.

Martínez te toma del brazo y te encamina hacia el Pontiac estacionado en la calle sin pavimento. No te preocupes, dice: pronto encontrarán el cadáver de Altamirano con ropa interior de mujer y con las uñas y los labios pintados. Los periódicos de nota roja mostrarán la foto y dirán: "Sádico crimen entre homosexuales".

2

Donata abrió los ojos en la barraca de la comadrona. Observó al niño que la mujer le presentaba en silencio. Hizo un esfuerzo y recordó la noche en que llegó a Tampico el acorazado *General Grant*. Los tripulantes irrumpieron ya ebrios en el Salón Tahití. Nadie sacó a bailar a Donata. Hasta que al fin, impulsado por voces que ella no entendía, se levantó de una mesa el cocinero del barco. No la invitó a la pista. Dejó en sus manos unos cuantos dólares y la siguió por el pasillo poblado de macetas hasta el cuarto húmedo y opaco, lleno de espejos y mantas floreadas.

—*Isaiah Murrow, from Texarkana* —dijo por toda presentación cuando ya estaban desnudos en la cama—. *What's your name?…*

—Jenny —mintió Donata al sentir el cuerpo sudoroso, las manos metálicas que se aferraban a sus caderas, la boca jadeante pegada a sus senos.

El hombre la penetró con urgencia. Donata fingió placer y sintió extrañeza cuando él la besó en los labios y le dijo algo para ella incomprensible. A los pocos minutos Isaiah Murrow eyaculó, se puso de pie, se lavó en la palangana, le dio las gracias y un dólar de plata y fue a reunirse con los otros marinos. Había sido el séptimo cliente de esa noche. Donata estaba muy fatigada y no acudió en busca del irrigador como siempre. Se quedó inmóvil en el lecho y se durmió pensando en aquel nombre, Texarkana. A los diecisiete años Donata Morales quedó embarazada. Se negó a abortar porque no tenía a nadie en el mundo y un hijo le daba seguridad y la justificaba. Perdió su empleo en el Salón Tahití. Con sus ahorros pagó un alumbramiento que le costó mucho dolor y mucha sangre. Dio a luz un niño idéntico a su padre, Isaiah Murrow, el de Texarkana.

Donata jamás recuperó la esbeltez adolescente que le había ganado tanta clientela en el Salón Tahití. Se hizo alcohólica y descendió a prostituirse en las calles. A los veintidós años un ebrio le cortó la garganta en un cuarto de hotel sólo para ver qué se sentía. Macrina, la mujer a quien Donata lo confiaba, le explicó a José Morales que su madre se había ido a Francia en un barco y pronto iba a regresar y a traerle muchos regalos. Poco después Macrina abandonó a José en la fonda en donde trabajaba de mesera y huyó para no cargar con la responsabilidad.

3

No me molesten. No les he hecho nada. Tengo doce años como casi todos ellos. Me gustaría jugar e ir a la escuela. Pero lo único que hago es darme de golpes con quienes me persiguen. Antes era peor. Ahora ya sé pelear y estoy acostumbrado. Ya no hay quien se me ponga si no es en montón. Y ni así pueden conmigo. Por eso me tiran piedras y me agarran entre todos. *Negro negro negro*, como si ellos fueran tan blancos. Son iguales que yo aunque no quieran reconocerlo. Pero ellos dicen que son morenos o mulatos y en cambio yo soy negro como de África. ¿Qué será África?

Vuelvo a casa ensangrentado, con la camisa rota. Doña Eusebia se enoja y me grita: Nunca vas a aprender, hijo de puta. Le molesta mucho tener que darme la comida y dejarme dormir en un colchón mugroso. A veces la ayudo a barrer, a trapear, a lavar platos. Cuando los rompo o quedan grasientos doña Eusebia me da de coscorrones. Si quiero servir las mesas, los clientes de la fonda me gritan y me insultan, me tratan peor que doña Eusebia. Como ya estoy grande para dejarme, les contesto y me peleo con ellos.

Hoy le di en toda la madre a Guillermo, que debe de tener como quince años. A este pinche indio se le ocurrió que me tumbaran en bola y fue el que me pegó con más gusto. Acabo de encontrarlo solo en el muelle, agachado sobre su caña. No sabe pescar. Qué va a saber si es de la sierra y está recién llegado el muy pendejo. De una patada en la espalda lo tiré al agua. Por poco se ahoga. Lo sacaron unos petroleros, todo lleno de aceite y chillando de miedo como un marica. Ahora sí se le va a quitar lo sabroso. Cómo me gustaría encontrarme de uno por uno a todos esos cabrones.

El verano encerraba en un pozo de calor a Monterrey. La noche hervía en la Plaza de Armas. José Morales terminó de lustrar unos zapatos, recibió algunas monedas y siguió conversando con Teodoro:

—¿Así que tú también te pelaste de la Correccional de Ciudad Victoria?

—Pues aquí nomás. ¿A poco sólo tú tienes tus mañas?

—A mí me salió peor —dijo Morales—. Después me agarraron robando espejos de coche y, aunque todavía soy menor de edad, o eso creo porque no tengo acta de nacimiento, me mandaron al bote en San Luis Potosí con pura gente de lo peor. Allí me enseñaron todo lo bueno y lo malo que sé, desde bolear zapatos hasta abrir puertas con ganzúa.

"Cuando menos el botellón me aseguraba casa y comida. Yo no quería salir pero me echaron a la calle. Ahora hasta para ser cargador necesitas papeles y escuela. No encontraba chamba, dormía en los parques y comía basura arrebatándosela a los perros. No me quedó más remedio que meterme a una feria. Me daban algo de lana por pasarme de seis a doce, con la cabeza pintada para verme más negro de lo que soy, asomado a un hueco, esquivando las bolas de hilacha que me tiraban para divertirse. El que me ponía un chingadazo en la frente o en el hocico se llevaba un muñeco de barro o cualquier otra pendejada. Hasta que un cabrón quiso hacerse el muy salsa con su chamaca, envolvió una piedra dentro de la bolita y me descalabró. Salí furioso y le tiré los dientes a madrazos. Se armó un escándalo de la chingada y me pelé antes de que llegara la policía.

"Me vine para acá y hace un año que ando de bolero. Apenas gano para comerme unos tacos, pagar el cuarto, ir al cine y al box que me gusta mucho. Todo se me va en los materiales. He querido buscarle por otro lado pero no sé leer bien, aunque algo aprendí en el bote. Francamente más vale andar con tu cajón que trabajar de gato o lavando coches en una gasolinería. ¿No crees?"

—Para mí que estoy cojo sí aguanta la boleada, pero tú, Morales, eres bueno para los madrazos y estás a tiempo todavía. Conozco a un señor que tiene un gimnasio. Si quieres te lo presento.

5

Amigos radioescuchas, La Voz de la Laguna, trasmitiendo desde sus estudios en la bella ciudad de Torreón, les desea muy buenas noches y lleva hasta sus hogares una entrevista exclusiva con El Negro Morales, el sensacional noqueador tamaulipeco que anoche derrotó en el primer round a Carlitos Godoy, el hasta ayer invicto estilista de Gómez Palacio.

Como todos ustedes saben, la carrera de este joven peleador ha sido meteórica. El Negro Morales se perfila como el gran prospecto de la temporada boxística. En dos años y medio de actividad sobre los rings ha participado en treinta combates, de los cuales ha ganado veintiocho, dieciséis de ellos por nocaut; empatado una pelea y perdido otra por decisión. ¡Una sola vez conoció la derrota este muchacho que nació para el triunfo!

No creemos equivocarnos, amigos, al decir que ustedes también quedaron impresionados por el ponch, la velocidad y la decisión de este joven peleador que, estamos seguros, hará brillar su nombre al lado de los grandes campeones mexicanos. Con nosotros en el estudio, ¡El Negro Morales!

6

Terminó la instrucción militar. Los conscriptos rompieron filas. José Morales se alejó caminando a solas por la avenida bordeada de álamos. Enrique Altamirano le dio alcance:

—Espérame. Vámonos juntos. Te invito a comer.

—No, déjalo. Muchas gracias. Tengo que entrenar. El martes peleo en Durango.

—Espérate un momento. Me gustaría seguir hablando contigo. Quiero que entiendas bien lo que te he dicho.

—Mira, Enrique, te agradezco que te preocupes por mí. Tienes razón: el viejo me explota pero no puedo dejar el boxeo. Es lo único que sé hacer. Además cada vez que me trepo a un ring siento que me desquito de todo lo que me ha pasado. Ya sabes. No olvides que el viejo me consiguió el acta de nacimiento y el certificado de primaria.

—Entonces ¿para qué vienes a marchar? También hubiera podido sacarte chueca la cartilla.

—Sí, claro, pero se empeñó en que hiciera el Servicio Militar. Dice que es bueno para mi disciplina. Cuando tenga la cartilla podré conseguir el pasaporte e irme a California… Si no, me discriminan dos veces: por negro y por mexicano. ¡Imagínate!

—Te repito que es una tontería sentirse mal por lo que uno es. No hay nadie que tenga derecho a despreciar a otra persona.

—Para ti es fácil decirlo porque te ha ido bien. Tu familia te apoyó y pronto te recibirás de profesor. En cambio yo sólo tengo el box.

—No, José: tienes la vida por delante. Estudia, lee. Lee sobre todo los libros y las revistas que te di. Debes estar orgulloso de llamarte como él. Stalin es el hombre más bueno y más inteligente que existe. Sufre por los que sufren. No te conoce pero te comprende y lucha para que todo el mundo sea feliz.

—¿En serio?

—Claro que sí. Analiza su biografía. Aprende a usar el diccionario que te regalé y haz listas de todas las palabras que no sepas.

—Me aburre.

—Entonces permíteme que te lea y te vaya explicando.

—Bueno, cuando regrese de Durango.

7

En la semifinal El Negro Morales, que había llamado la atención en los rings del norte, tuvo su debut, beneficio y despedida en la Arena Coliseo al caer por nocaut técnico bajo los puños del extraordinario novato Pepe Ponce. En el primer round Ponce envió dos veces a la lona a Morales, que se vio lento y falto de reflejos. Al minuto y veinte segundos del tercer asalto, el árbitro detuvo la pelea cuando los ganchos de izquierda que hizo llover su implacable adversario ya habían transformado en zombi al indefenso Morales.

8

Editorial. Quousque tandem…? La Libertad de Prensa es garantía de la vida democrática y se ejerce sin restricciones en todo el país. Sin embargo, su ejercicio no debe confundirse, en aras de un falso y mal entendido liberalismo, con las incitaciones a la disolución social y la calumnia irrestricta contra autoridades legítimamente elegidas por el voto popular y contra empresarios que mantienen abiertas fuentes de trabajo para beneficio de muchas familias en nuestra región, y así contribuyen al notable desenvolvimiento económico, que ha sido el asombro de propios y extraños.

Motiva estas reflexiones la persistencia inexplicable de un pasquín disolvente, lleno de ideas exóticas e injurias al brillante régimen que preside el Señor Licenciado Don Miguel Alemán y ha puesto a México en un sitio de privilegio entre las naciones del orbe. El hediondo panfleto, mal impreso y peor redactado, se distribuye en escuelas y fábricas, a ciencia y paciencia de los responsables de vigilar el orden e impedir todo conato de subversión en una tierra como la nuestra que apenas se repone de largos años de violencia fratricida.

Perpetra ese crimen de lesa Patria un sedicente "profesor" que venenosamente infunde en la conciencia maleable de sus infortunados educandos ideas enemigas del bienestar social de que disfrutamos. Este agitador pretende ignorar que hace mucho el Pueblo de México, unido como un solo hombre, acabó con la nefanda y torpe "educación socialista", error de pasados gobiernos, lacra de la que no quisiéramos ni acordarnos, disparate que autorizaba cualquier desenfreno de los cuerpos y de las conciencias.

La Sociedad exige ponerle un hasta aquí al rojillo de marras que tanto daño está sembrando no sólo entre la juventud estudiosa, porvenir radiante de México, sino entre obreros y campesinos, tan beneficiados por el dinámico régimen alemanista. ¡Basta ya! Preguntemos con el inmortal Cicerón: *Quousque tandem abutere Altamirano patientia nostra?*

9

Ya hay claridad de día cuando subes los siete pisos del edificio sin elevador en la colonia Escandón. Abres la puerta de tu departamento. Te desvistes y te arrojas a la cama. No puedes dormir. Te persigue la imagen de Enrique Altamirano. Altamirano bajo los golpes, en la pileta, sometido a los toques eléctricos en el cuerpo mojado. Altamirano sangrante, escupiendo los dientes, tumefacto, asfixiándose. Por último Altamirano inerte con los ojos abiertos. En tus treinta años de vida sólo dos personas se han portado bien contigo: Enrique Altamirano y Ernesto Domínguez Puga.

Don Ernesto, el gran policía, el hombre que se ufana de haber asesinado a Álvaro Obregón, te levantó del arroyo cuando eras una piltrafa después de tu fracaso en el box, te recomendó para el trabajo que desempeñas y te hace sentirte otra vez fuerte e importante, como en los primeros tiempos sobre el ring... Don Ernesto... ¿Qué hubiera hecho don Ernesto en tu lugar? Lo mismo que tú. Uno acepta responsabilidades y tiene deberes. Lo demás no cuenta.

Tomas una revista de la mesa de noche y a la luz que se filtra por las persianas observas las imágenes de los torturadores que acaban de linchar en otro país al caer el régimen que sostenían. Penden de un poste, son muertos a golpes, o bien se arrodillan, suplican, piden perdón, invocan a sus esposas y a sus hijos, dicen que ellos no tienen la culpa: se limitaron a cumplir órdenes. Apartas la revista. Te levantas y entras en el cuarto de baño en busca de una pastilla para dormir.

10

A las tres de la tarde el estruendo que subía de la calle despertó a José Morales. Reconoció el golpe inconfundible del tambor y el sonido de los clarines. Se puso violentamente de pie. Amartilló su escuadra y quedó inmóvil. El estruendo se aproximaba.

José Morales se miró al espejo y observó en su cara una expresión que sólo había visto en los torturados. Me matarán, me colgarán de un poste, me rociarán de gasolina para quemarme vivo. Ya se hizo lo que buscaba Altamirano. Pero no me arrodillaré a pedir perdón. Seguramente vienen por mí. No, no me agarran vivo. Se introdujo en la boca el cañón de la pistola. Sintió su frialdad en los dientes y en el paladar, pensó en el estallido del cráneo y la dispersión sangrienta de la masa encefálica. No se atrevió a oprimir el gatillo. Los tambores y los clarines sonaban cada vez más cerca del edificio. Entonces arrojó la escuadra y saltó por la ventana.

Su cuerpo quedó entre la acera y el pavimento, hundido en su propia sangre. Las alumnas de la Escuela Comercial Leona Vicario suspendieron sus ejercicios de escoleta. Casi todas volvieron la vista para no contemplar el espectáculo de la muerte. Su profesora se acercó al cadáver de José Morales y le cubrió el rostro con su chal. Docenas de curiosos parecían llegar de todas partes.

—¿Lo mataron?

—No: se suicidó; lo vi cuando se tiraba por la ventana. Lo que pasa es que casi no se oyó el azotón por el ruido que estaban haciendo las muchachas con sus tambores y sus cornetas. No sé para qué diablos en las escuelas comerciales las ponen a perder el tiempo con esas tonterías. Ni que estuviéramos en guerra.

—¿Quién era el muerto? —preguntó una mujer.

—Nunca supe su nombre —respondió un vecino del edificio.

GULLIVER EN EL PAÍS DE LOS MEGÁRIDOS
Un capítulo inédito de Jonathan Swift

En noviembre de 1982 acaba de encontrarse en Trinity College, Dublín, un manuscrito que no figura en Travels into Several Remote Nations of the World by Lemuel Gulliver, *libro que ha llegado a nosotros con el simple título de* Los viajes de Gulliver. *Quizás al ver analogías demasiado obvias con la realidad de aquel momento el impresor Benjamin Mott lo suprimió en la primera edición de 1726. Jonathan Swift (1667-1745) no lo incluyó en las posteriores. El fragmento puede ser también una falsificación tramada por "Speranza", Lady Jane, la madre de Oscar Wilde, durante la hambruna de 1848. Sea como fuere, vale la pena traducir un relato que tal vez debió figurar entre los capítulos once y doce del libro.*

Swift es la cumbre intelectual de la perpetua resistencia irlandesa y el más grande escritor del incomparable siglo XVIII en su lengua. No hay traducción capaz de hacer justicia al maestro de Voltaire y al fundador de la prosa moderna en todos los idiomas.

Me despedí de los nobles y corteses houyhnhnms y me alejé remando de la costa. Pasadas tres semanas de navegación vi una isla que no figura en los mapas. Al centro se erguía un anillo montañoso coronado por una nube negra. Tal vez era producto de una explosión reciente. Quise huir de la isla cataclísmica, pero una gran lancha embistió a mi esquife. A señas imperiosas sus tripulantes me obligaron a orillarme.

En cuanto desembarcamos aquellos hombres me sujetaron violentamente y hurgaron en mis escasas posesiones. Aunque no llevaba sino agua, pan duro y carne seca, me indicaron que el transporte de estos alimentos estaba prohibido por sus leyes y debía pagarles una multa directa e inmediata a fin de recobrar mi libertad. No llevaba conmigo moneda alguna: les entregué mi reloj y los anillos que en su lecho de muerte me había dado mi padre.

Mis perseguidores cambiaron en ese instante. Me dijeron que la isla se llamaba Megaria y me invitaron a su capital, Megaris. Cada uno de ellos puso a mi disposición lo que designó como "su humilde casa". Nunca en mis viajes por regiones ignotas había encontrado seres como los megáridos: pasan sin transición de la agresividad más brutal a la mayor dulzura y gentileza, o viceversa. Otro tanto me asombró descubrir que hablaban un dialecto del inglés. A pesar de su grotesca distorsión pudimos entendernos sin dificultades.

No soporto el espectáculo de un coche tirado por un inteligente houyhnhnm para comodidad de un yahoo fétido y bestial. Celebré que en Megaria, tan atrasada en muchos otros aspectos, los vehículos se propulsaran por sí mismos, aun a costa de su peligrosidad y de producir humo pestilente.

Aterrado por la velocidad que alcanzan estos carromatos, hice el trayecto en silencio. Mis acompañantes intercambiaban sonidos sin vocales, como en la escritura hebrea. Para ellos deben ser una especie de música verbal. A mí, extranjero, me sonaban como *nn*, *pss, q'n, dg'n*. Me encantó la abrupta hermosura del camino pero me dolió ver cómo desaprovechan los megáridos la riqueza de su tierra: bosques enteros destruidos sin que se planten nuevos árboles, ríos agonizantes que arrastran toda clase de suciedades y desperdicios, campos fértiles transformados en basureros donde sobresalía una materia que llaman *plástico*. Dicen que sirve para todo pero tiene el inconveniente de que una vez agotada su utilidad es indestructible.

Vi también fábricas en ruinas, fastuosas obras inconclusas con placas que las dan por terminadas en un ayer lejano y las ofrendan a la memoria, siempre maldecida, de los antiguos sultanes.

En cuanto llegamos a su casa el jefe de mis captores hizo desfilar ante mí a su mujer y a sus quince hijos. Todos de una delgadez cadavérica en contraste con la panza indescriptible del que llamaré mi amigo. Entre risas me susurró al oído que él era muy yahoo y tenía otras cinco familias semejantes. La esposa nos sirvió cuero tostado de cerdo, que se come con limón, sal y un pimiento que hace arder el paladar, así como una especie de vodka o aguardiente que extraen de un agave. Luego, por orden de mi anfitrión, la señora desapareció en la cocina.

Ya bajo la ilusoria camaradería del alcohol los megáridos me informaron que Megaria, si bien papista y mahometana, está gobernada por sultanes. Son designados por un gran elector y duran seis años en el cargo. Bajo la Luna de Aqueronte, como llaman al período final de cada reinado, los megáridos decapitan al sultán y cubren de oprobio su memoria.

Antes de ser ofrendado en sacrificio al nuevo sultán, se inviste al antiguo con la piel de un dios vivo, como a las víctimas propiciatorias en las religiones primitivas. Se le permite acumular fortunas y hacer su voluntad sin que nadie pueda oponérsele. Se le aísla de toda crítica y diariamente es drogado con adulaciones que harían perder la cabeza al más humilde de los santos. Se le dan alimentos sagrados y oro en cantidades inverosímiles y puede disfrutar sin recato a todas las vestales del templo.

El método de gobierno que observan los sultanes megáridos asombraría a los europeos. Tienen prohibido sentarse y reflexionar. Nunca están quietos, van de un lado a otro profiriendo gansadas que los trompeteros del reino divulgan como si fueran perlas de sabiduría.

A menudo se reúnen largas horas con otros hablantines a quienes nadie escucha, pues se les pide su opinión acerca de algo ya resuelto de antemano. El sultán hace su espejo de toda Megaria: dondequiera contempla su efigie ampliada y embellecida. En la última noche de su mandato los megáridos queman en grandes hogueras expiatorias todo lo que adoraron. Postrados de hinojos ante la imagen del que llega, musitan alabanzas y lo cubren de baba.

Los megáridos son personas extrañas. Dicen las peores cosas acerca de Megaria y de sí mismos. Sin embargo se ofenden cuando el extranjero no las refuta. Como a los irlandeses, alguien les indicó hace siglos que eran gente que nació para callar, obedecer y ser perseguida, despreciada, aplastada, arruinada, atormentada y extirpada de la faz de la tierra. Los megáridos aún no han sido capaces de sobreponerse a esta infamia aunque, a mi juicio imparcial, tienen todo lo necesario para lograrlo.

Hallé otra similitud entre Irlanda y Megaria. Este país también fue colonia. Sefaris, la metrópoli, enviaba como virreyes a hombres eficientes y honrados. Pero durante la travesía los piratas más sanguinarios y ladrones asaltaban los barcos, mataban a los virreyes y tomaban su lugar. De modo que Megaria fue devastada para beneficio de otros sin que nadie se preocupara por dejarle algo con vistas a un mañana que, al parecer, no llegará nunca.

Contra lo que ellos mismos dicen, no son los megáridos el mayor problema de Megaria sino la cercanía de una gran isla llamada Argona. Su relación es más o menos la misma de Inglaterra con Irlanda. Ellos creen odiar a los argones pero en realidad los admiran hasta la locura y tratan de imitarlos en todo: su habla, sus comidas, su sexualidad, sus escuelas, sus espectáculos, sus vestimentas, sus ambiciones, la disposición de las ciudades que arrasan de continuo para abrir paso a sus vehículos.

Como los ingleses a mi país, primero Sefaris y después Argona le impidieron a Megaria producir todo aquello que pudiera afectar la industria y el comercio metropolitanos. La obligaron a traficar exclusivamente con ellas y al hacerlo arruinaron la agricultura megárida. Ahora tienen que importar hasta los alimentos esenciales. Las consecuencias en Megaria son las mismas que en Irlanda: riqueza inconcebible de unos cuantos, hambre crónica para el pueblo, desempleo, mendicidad, crimen, violencia, prostitución y servilismo.

Para colmar las asombrosas semejanzas con Inglaterra e Irlanda, el dinero de Argona invadió a Megaria e hizo desaparecer prácticamente su unidad monetaria. Este ejército de ocupación probó ser más eficaz y poderoso que las legiones imperiales de Londres y los colonos anglicanos que oprimen a la mayoría papista irlandesa.

Argona, por supuesto, se lava las manos: ella no obligó a nadie a adquirir sus piezas de cobre. En su ceguera y egoísmo los propios megáridos —atraídos por una especie de linterna mágica o teatro de sombras que en este archipiélago llaman "visión a distancia"— horadaron el suelo en que apoyaban los pies. Ahora son como ardillas que se persiguen en una jaula redonda y para subsistir imploran a los argones préstamos usurarios que no terminarán de pagar jamás.

A estas alturas del relato ya no podía contener mis lágrimas. Fue peor lo que siguió. Los megáridos me dijeron que la isla del sur perdió su gran oportunidad cuando todas las naciones del archipiélago necesitaron grandes cantidades de estiércol como fertilizante y combustible. La naturaleza dotó a Megaria con una raza de vacas y toros capaces de transformar interiormente medio kilo de pastura en una tonelada de boñiga. De pronto el excremento que se desperdiciaba resultó una gran fuente de riqueza para Megaria.

Como en la fábula de la lechera, los megáridos hicieron grandes proyectos sin recordar que todos los cántaros se rompen. Enloquecidos de vanidad y entusiasmo por esa lotería, se olvidaron de cuanto no fuera la bosta. A las multitudes hambrientas se les prometió el paraíso. El estiércol excrementó la economía megárida. En una operación de egoísmo suicida los ricos dilapidaron la abundancia estercolera en comilonas, orgías y baratijas, o bien compraron ostentosas mansiones y guardaron su dinero en Argona.

Mientras los argones llenaban sus establos con grandes cantidades de boñiga para producir una repentina baja en el precio y poner nuevamente de rodillas a los ensoberbecidos habitantes del sur, los megáridos convertían en bistecs sus productivas vacas y exterminaban a sus toros en bárbaras ceremonias que llaman "corridas".

Un día amanecieron con el precio del estiércol por los suelos, sin ganado y sin moneda, porque toda la que hubo los ricos la cambiaron y la invirtieron en Argona. Un gran pleito estalló entre los beneficiarios de la boñiga. Todos los hombres del sultán —visires, emires, sátrapas y jerifes— pelearon a muerte entre sí y contra los barones de la usura. Entretanto los innumerables pobres de Megaria tuvieron que importar de Argona carísimos cereales. Entonces, como en Irlanda, aparecieron los que nosotros llamamos arbitristas o aritméticos políticos. Es decir, los autores de proyectos abstractos para mejorar el destino colectivo, planes que siempre terminan en el fracaso pero no sin antes causar a millones todos los sufrimientos que trataron de impedir.

No pude más. Bañado en llanto me despedí y me eché a caminar por Megaris. Al poco tiempo sentí que me asfixiaba y comprobé que la nube negra observada desde el mar era producto de los espantosos vehículos que liberaron a los houyhnhnms a cambio de esclavizar a los propios yahoos y a sus semejantes humanos. Para colmo, en Megaris, ciudad dantesca en forma de embudo montañoso, el veneno de los transportes se liga al humo de sus fábricas y a la pulverización de toneladas y toneladas de mierda.

Traté de escapar de este sitio infernal. Pero es muy difícil movilizarse en él. Me dirigí al poniente con la esperanza de que encontraría el mar y mi frágil embarcación. En el camino se desplegó ante mis ojos la más extraña capital que he visto nunca. Horrible en su conjunto y totalmente deshecha para abrir paso a sus carruajes y enriquecer a sus gobernantes con el nuevo valor que adquiere el terreno, Megaris tiene entre tanta fealdad algunos de los mejores edificios que he hallado en esta parte del mundo.

Contra lo que parece, no todo es maldad, corrupción, estiércol y rapiña en Megaris. En ella florecen las ciencias y las artes. Hay muchos megáridos, hombres y mujeres, que se preocupan por algo más que su egoísta beneficio. En la inhóspita capital del sufrimiento, amor y solidaridad existen junto al odio, la violencia y la pugna entre los bribones por humillar y explotar a su prójimo.

Atravesé regiones de una miseria tan sórdida y oprobiosa como la que ha traído la industria a los pobres de Inglaterra y la opresión a los parias de Irlanda. Después llegué a una zona en que se concentra cuanto en Gran Bretaña está disperso. Era como ver al mismo tiempo Windsor Castle, Balmoral y las grandes *manor houses*. Los megáridos, pensé, engañaron al extranjero: la suya, y no Argona, es la más próspera de las tierras. La ostentación de su riqueza se me volvió aplastante. Acaso, me dije, he cambiado de país sin darme cuenta.

Una muchacha que pasaba por allí me explicó que yo no había salido de Megaris. Estaba en la misma capital doliente, sólo que en la parte reservada a los hombres de los sultanes, a los barones de la usura y a los procónsules e intermediarios de Argona. Tanto esplendor sería imposible si no existieran las cuevas y las chozas de lámina y cartón que yo acababa de ver.

Esto no es nada, comentó la muchacha. Gracias a la riqueza que produjo el estiércol hay nuevos palacios y castillos aún más deslumbrantes. Mientras los pobladores de las cuevas no vieron ni el espejismo de la edad de oro prometida, y ahora tienen que pagar la cuenta de lo que otros disfrutaron, los yahoos megáridos de aquí arriba pueden seguir divirtiéndose con lo que previsoramente atesoraron en Argona.

¿Por qué no devuelven lo robado y arreglan así lo que desarreglaron?, pregunté. La muchacha respondió algo para mí incomprensible: Porque no tienen madre. Nos despedimos. Me alejé hacia la costa pensando que Megaria es todavía más extraña que Lilliput, Brobdingang, Laputa, Balnibarbi y Glubbdubdrib juntas; sus habitantes me resultan enigmáticos como los struldbruggs, y el sultán no menos misterioso que Golbasto Momarem Evlame Gurdilo Shefin Mully Ully Gue, *Most Mighty Emperor of Lilliput, Delight and Terror of the Universe.*

De unas escaleras hundidas en la tierra brotaron en tropel inconcebibles multitudes de pobres. Dos elegantes yahoos megáridos que estaban a mi lado se rieron de sus víctimas y las llamaron con nombres insultantes. Me enfrenté a los yahoos y les dije: Imbéciles. Miren lo que ustedes hicieron de la maravillosa isla de Megaria. ¿Ni siquiera después de sus fracasos, sus corrupciones y sus crímenes se dan cuenta de que esa multitud que los sostiene y a la que ustedes tanto desprecian constituye la última y la única esperanza?

El viento distante

La cautiva

A las seis de la mañana un sacudimiento pareció arrancar de cuajo al pueblo entero. Salimos a la calle con miedo de que los techos se desplomaran sobre nosotros. Luego temimos que el suelo se abriera para devorarnos. Calmado el temblor, nuestras madres seguían rezando. Algunos juraban que el sismo iba a repetirse con mayor fuerza. Bajo tanta zozobra, creimos, no iban a enviarnos a la escuela. Entramos dos horas tarde y en realidad no hubo clases: nos limitamos a intercambiar experiencias.

—En pleno 1934 —dijo el profesor— ustedes no pueden creer en las supersticiones que atemorizan a sus mayores. Lo que pasó esta mañana no es un castigo divino. Se trata de un fenómeno natural, un acomodo de las capas terrestres. El terremoto nos ha permitido apreciar la superioridad de lo moderno sobre lo antiguo. Como pueden ver, los más dañados son los edificios coloniales. En cambio los modernos resistieron la prueba.

Repetimos su explicación ante nuestros padres. La consideraron una muestra del descreimiento que trataba de infundirnos la escuela oficial. Por la tarde, cuando ya todo estaba de nuevo en calma, me reuní con mis amigos Guillermo y Sergio. Guillermo sugirió ir a investigar qué había pasado en las ruinas del convento. Nos gustaba jugar en él y escondernos en sus celdas. Hacia 1580 lo construyeron en lo alto de la montaña para ejercer su dominio sobre los valles productores de trigo. En el siglo XIX lo expropió el gobierno de Juárez y durante la intervención francesa sirvió como cuartel. Por su importancia estratégica fue bombardeado en los años revolucionarios y la guerra cristera condujo a su abandono definitivo en 1929. A nadie le agradaba pasar cerca de él: "Allí espantan", decían.

Por todo esto considerábamos una aventura adentrarnos en sus vestigios, pero nunca antes nos habíamos atrevido a explorarlos de noche. En circunstancias normales nos hubiera aterrado visitar a esas horas el convento. Aquella tarde todo nos parecía explicable y divertido.

Cruzamos la pradera entre el río y el cementerio. El sol poniente iluminaba los monumentos funerarios. En vez de ascender por la rampa maltrecha que había sido el camino de los carruajes y las mulas utilizamos nuestro atajo. Subimos la cuesta hasta que el declive nos obligó a continuar casi arrastrándonos. Nadie se animaba a volver la cara por miedo de que le diera vértigo la altura. No obstante, cada uno de nosotros intentaba probar en silencio que los cobardes eran los otros dos.

Al llegar a la cima no apreciamos estragos en la fachada. Las ruinas habían vencido un intento más de pulverizarlas. Lo único extraño fue encontrar una gran cantidad de abejas muertas. Guillermo tomó una entre los dedos y volvió en silencio a nuestro lado. El patio central se hallaba cada vez más invadido por cardos y matorrales. Vigas decrépitas apuntalaban los muros agrietados.

Avanzamos por el pasillo cubierto de hierba. La humedad y el salitre habían borrado los antiguos frescos que representaban escenas de la evangelización en una zona destinada a alimentar a los trabajadores de las minas. A cada paso aumentaba nuestro temor pero nadie se atrevía a confesarlo.

El claustro nos pareció aun más devastado que otras partes del edificio. Por los peldaños rotos subimos al primer piso. Había oscurecido. Empezaba a llover. Las gotas resonaban en la piedra porosa.

Los rumores nocturnos se levantaban en los alrededores. El viento parecía gemir bajo la luz difusa que precede a las tinieblas. Sólo llevábamos una lámpara de mano que Guillermo pidió prestada a su padre.

Sergio se asomó a una ventana y dijo que por el camposanto rodaban bolas de fuego. Nos estremecimos. A la distancia se escuchó un trueno. Varios murciélagos se desprendieron del techo y su aleteo repercutió entre las bóvedas. Nos echamos a correr. Íbamos a media escalera cuando nos sobresaltó el grito de Sergio. Guillermo y yo regresamos por él. En la penumbra lo vimos estremecerse y apuntar hacia una celda. Lo tomamos de los brazos y, ya sin ocultar nuestro pavor, fuimos hacia el sitio que señalaba con sonidos guturales.

En cuanto entramos Sergio logró zafarse de nosotros. Se echó a correr, huyó y nos dejó solos. Guillermo encendió la linterna. Vimos que al derribar una pared el temblor había puesto al descubierto un osario. El haz de luz nos permitió distinguir entre calaveras y esqueletos la túnica amarillenta de una mujer atada a una silla metálica: un cadáver momificado en lo que parecía una actitud de infinita calma y perpetua inmovilidad.

Sentí el horror en todo mi cuerpo. No sé cómo, pude vencerlo por un instante y acercarme a la muerta. Guillermo susurró algo para detenerme. Acerqué el foco hasta el cráneo de rasgos borrados y rocé la frente con la punta de los dedos. Bajo esa mínima presión el cuerpo entero se desmoronó, se volvió polvo sobre el asiento de metal.

Fue como si el mundo entero se pulverizara con la cautiva. Me pareció escuchar un estruendo de siglos. Todo giró ante mis ojos. Sentí que, revelado su secreto, el convento iba a desintegrarse sobre nosotros. Yo también quedé inmovilizado por el terror. Guillermo reaccionó, me arrastró lejos de ese lugar y huimos cuestabajo a riesgo de despeñarnos.

En la falda del cerro nos encontraron nuestros padres y las otras personas que habían salido a buscarnos. Acababan de escuchar la narración estremecida de Sergio. Unos cuantos quisieron subir hasta las ruinas. El padre Santillán nos condujo a la iglesia para hacernos la señal de la cruz con agua bendita. La madre de Guillermo nos dio valeriana y té de tila.

Hora y media después nos alcanzaron en la sacristía quienes habían subido al convento para verificar nuestro relato. El profesor intentó formular otra hipótesis racional que convenciera a todo el pueblo y anonadara a nuestro párroco. El terremoto, afirmó, puso al descubierto una antigua cripta con restos casi deshechos. No había un solo cuerpo momificado. Desde luego la presencia de una silla de metal en el osario resultaba extraña, pero debía tratarse de un olvido por parte del fraile a quien se encomendó ordenar las osamentas. Ningún cadáver se pulverizó bajo mi tacto: fue una alucinación producida por nuestro miedo cuando la oscuridad nos sorprendió en un lugar abandonado al que rodeaban leyendas sin base histórica. Nuestras visiones, terminó, eran consecuencia lógica de la perturbación que en todos los habitantes causó el temblor.

Fueron inútiles explicaciones, bromas y consuelos. No cerré los ojos en toda la noche. La imagen del cuerpo que se disgregaba al tocarlo no se apartó de mí jamás. Entre todos nuestros interrogadores sólo el padre Santillán no se dejó intimidar y aceptó nuestra versión. Dijo que nos tocó asistir al desenlace de un crimen legendario en los anales del pueblo, una venganza de la que nadie había podido confirmar la verdad.

El cadáver deshecho bajo mi tacto era el de una mujer a la que en el siglo XVIII administraron un tóxico paralizante. Al abrir los ojos se halló emparedada en un osario. Murió de angustia, de hambre y de sed, sin poder moverse de la silla en que la encontramos ciento cincuenta años después. Era la esposa de un corregidor. Su doble crimen fue tener relaciones con un monje del convento y arrojar a un pozo al niño que nació de esos amores.

Guillermo preguntó cuál había sido el castigo para el fraile.

—Fue enviado a Filipinas —respondió Santillán.

—Padre, ¿no cree usted que fue una injusticia? —me atreví a preguntar.

—Tal vez el religioso merecía un castigo severo. Si bien no puedo aprobar el emparedamiento, no olviden ustedes lo que dice Tertuliano: "La mujer es la puerta del demonio. Por ella entró el Mal en el paraíso y lo convirtió en este valle de lágrimas".

Pasó el tiempo. Los niños de 1934 nos hicimos adultos y nos dispersamos. Mi vida en el pueblo se acabó para siempre. Jamás regresé ni volví a ver a Sergio ni a Guillermo. Pero cada temblor me llena de pánico. Siento que la tierra devolverá a sus cadáveres para que mi mano les dé al fin el reposo, la otra muerte.

La reina

A Emilio Carballido

Oh reina rencorosa y enlutada...
Porfirio Barba Jacob

Adelina apartó el rizador de pestañas y comenzó a aplicarse el rímel. Una línea de sudor manchó su frente. La enjugó con un clínex y volvió a extender el maquillaje. Eran las diez de la mañana. Todo lo impregnaba el calor. Un organillero tocaba el vals *Sobre las olas*. Lo silenció el estruendo de un carro de sonido en que vibraban voces incomprensibles. Adelina se levantó del tocador, abrió el ropero y escogió un vestido floreado. La crinolina ya no se usaba pero, según la modista, no había mejor recurso para ocultar un cuerpo como el suyo.

Se contempló indulgente en el espejo. Atravesó el patio interior entre las macetas y los bates de beisbol, las manoplas y gorras que Óscar había dejado como para estorbarle su camino. Entró en el cuarto de baño y subió a la balanza. Se descalzó, incrédula. Pisó de nuevo la cubierta de hule. Se desnudó y probó por tercera vez. La balanza marcaba ochenta kilos. Debía estar descompuesta: era el mismo peso registrado una semana atrás al iniciar la dieta y el ejercicio.

Regresó por el patio que era más bien un pozo de luz con vidrios traslúcidos. Un día, como predijo Óscar, el piso iba a desplomarse si ella no adelgazaba. Se imaginó cayendo en la tienda de ropa. Los turcos, inquilinos de su padre, la detestaban. Cómo iban a reírse Aziyadé y Nadir al encontrarla sepultada bajo metros y metros de popelina.

Al llegar al comedor vio como por vez primera los lánguidos retratos familiares: Adelina a los seis meses, triunfadora en el concurso "El bebé más robusto de Veracruz". A los nueve años, en el teatro Clavijero, declamando "Madre o mamá" de Juan de Dios Peza. Óscar, recién nacido, flotante en un moisés enorme, herencia de su hermana. Óscar, el año pasado, pítcher en la Liga Infantil del Golfo. Sus padres el día de la boda, él aún con uniforme de cadete. Guillermo en la proa del *Durango*, ya con insignias de capitán. Él mismo en el acto de estrechar la mano del señor presidente en el curso de unas maniobras entre el castillo de San Juan de Ulúa y la Isla de Sacrificios. Hortensia al fondo, con sombrilla, tan ufana de su marido y tan cohibida por hallarse junto a la esposa del gobernador y la diputada Goicochea. Adelina, en la fiesta de quince años, bailando con su padre el vals *Fascinación*. Qué día. Mejor ni acordarse. Quién la mandó invitar a las Osorio. Y el chambelán que no llegó al Casino: antes que hacer el ridículo valsando con Adelina, prefirió arriesgar su carrera y exponerse a la hostilidad de Guillermo, su implacable instructor en la Heroica Escuela Naval.

—Qué triste es todo —se oyó decirse—. Ya estoy hablando sola. Es por no desayunarme —fue a la cocina. Se preparó en la licuadora un batido de plátanos y leche condensada. Mientras lo saboreaba hojeó *Huracán de amor*. No había visto ese número de "La Novela Semanal", olvidado por su madre junto a la estufa.

—Hortensia es tan envidiosa… ¿Por qué me seguirá escondiendo sus historietas y sus revistas como si yo fuera todavía una niñita?

"No hay más ley que nuestro deseo", afirmaba un personaje en *Huracán de amor*. Adelina se inquietó ante el torso desnudo del hombre que aparecía en el dibujo. Pero nada comparable a cuando halló en el portafolios de su padre *Corrupción en el internado para señoritas* y *Las tres noches de Lisette.* Si Hortensia —o peor: Guillermo— la hubieran sorprendido…

Regresó al baño. En vez de cepillarse los dientes se enjuagó con Listerine y se frotó los incisivos con la toalla. Cuando iba hacia su cuarto sonó el teléfono.

—Gorda…

—¿Qué quieres, pinche enano maldito?

—Cálmate, gorda, es un recado de *our father*. ¿Por qué amaneciste tan furiosa, Adelina? Debes de haber subido otros cien kilos.

—Qué te importa, idiota, imbécil. Ya dime lo que vas a decirme. Tengo prisa.

—¿Prisa? Sí, claro: vas a desfilar como reina del carnaval en vez de Leticia ¿no?

—Mira, estúpido, esa *negra* débil mental no es reina ni es nada: su familia compró todos los votos y ella se acostó hasta con el barrendero de la comisión organizadora. Así quién no.

—La verdad, gorda, es que te mueres de envidia. Qué darías por estar ahora arreglándote para el desfile en vez de Leticia.

—¿El desfile? Ja ja, no me importa el desfile. Tú, Leticia y todo el carnaval me valen una pura chingada.

—Qué bonito trompabulario. Dime dónde lo aprendiste. No te lo conocía. Ojalá te oigan mis papás.

—Vete al carajo.

—Ya cálmate, gorda. ¿Qué te pasa? ¿De cuál fumaste? Ni me dejas hablar… Mira, dice mi papá que vamos a comer aquí en Boca del Río con el vicealmirante; que de una vez va a ir a buscarte la camioneta porque luego, con el desfile, no va a haber paso.

—No, gracias. Dile que tengo mucho que estudiar. Además ese viejo idiota del vicealmirante me choca. Siempre con sus bromitas y chistecitos imbéciles. Y el pobre de mi papá tiene que celebrarlos.

—Haz lo que te dé la gana, pero no tragues tanto ahora que nadie te lo impide.

—Cierra el hocico y ya no estés jodiendo.

—¿A que no le contestas así a mi mamá? ¿A que no, verdad? Voy a desquitarme, gorda maldita. Te vas a acordar de mí, bola de manteca.

Adelina colgó furiosa el teléfono. Sintió ganas de llorar. El calor la rodeaba por todas partes. Abrió el ropero infantil adornado con calcomanías de Walt Disney. Sacó un bolígrafo y un cuaderno rayado. Fue a la mesa del comedor y escribió:

Queridísimo Alberto:

Por milésima vez hago en este cuaderno una carta que no te mandaré nunca y siempre te dirá las mismas cosas. Mi hermano acaba de insultarme por teléfono y mis papás no me quisieron llevar a Boca del Río. Bueno, Guillermo seguramente quiso; pero Hortensia lo domina. Ella me odia, por celos, porque ve cómo me adora mi papá y cuánto se preocupa por mí.

Aunque si me quisiera tanto como supongo ya me hubiese mandado a España, a Canadá, a Inglaterra, a no sé dónde, lejos de este infierno que mi alma, sin ti, ya no soporta.

Se detuvo. Tachó "que mi alma, sin ti, ya no soporta".

Alberto mío, dentro de un rato voy a salir. Te veré de nuevo, por más que no me mires, cuando pases en el carro alegórico de Leticia. Te lo digo de verdad: ella no te merece. Te ves tan... tan, no sé cómo decirlo, con tu uniforme de cadete. No ha habido en toda la historia un cadete como tú. Y Leticia no es tan guapa como supones. Sí, de acuerdo, tal vez sea atractiva, no lo niego: por algo llegó a ser reina del carnaval. Pero su tipo resulta, ¿cómo te diré? muy vulgar, muy corriente. ¿No te parece?

Y es tan coqueta. Se cree muchísimo. La conozco desde que estábamos en kínder. Ahora es íntima de las Osorio y antes hablaba muy mal de ellas. Se juntan para burlarse de mí porque soy mas inteligente y saco mejores calificaciones. Claro, es natural: no ando en fiestas ni cosas de ésas, los domingos no voy a dar vueltas al zócalo, ni salgo todo el tiempo con muchachos. Yo sólo pienso en ti, amor mío, en el instante en que tus ojos se volverán al fin para mirarme.

Pero tú, Alberto, ¿me recuerdas? ¿Te has olvidado de que nos conocimos hace dos años —acababas de entrar en la Naval— una vez que acompañé a mi papá a Antón Lizardo? Lo esperé en la camioneta. Tú estabas arreglando un *yip* y te acercaste. *No me acuerdo de ningún otro día tan hermoso como aquel en que nuestras vidas se encontraron para ya no separarse jamás.*

Tachó "para ya no separarse jamás".

Conversamos muy lindo mucho tiempo. Quise dejarte como recuerdo mi radio de transistores. No aceptaste. Quedamos en vernos el domingo para ir al zócalo y a tomar un helado en el "Yucatán".

Te esperé todo el día ansiosamente. Lloré tanto esa noche... Pero luego comprendí: no llegaste para que nadie dijese que te interesaba cortejarme por ser hija de alguien tan importante en la Armada como mi padre.

En cambio, te lo digo sinceramente, nunca podré entender por qué la noche de fin de año en el Casino Español bailaste todo el tiempo con Leticia y cuando me acerqué y ella nos presentó dijiste: "mucho gusto".

Alberto: se hace tarde. Salgo a tu encuentro. Sólo unas palabras antes de despedirme. Te prometo que esta vez sí adelgazaré y en el próximo carnaval, como lo oyes, yo voy a ser ¡LA REINA! (Mi cara no es fea, todos lo dicen.) ¿Me llevarás a nadar a Mocambo, donde una vez te encontré con Leticia? (Por fortuna ustedes no me vieron: estaba en traje de baño y corrí a esconderme entre los árboles.)

Ah, pero el año próximo, te juro, tendré un cuerpo más hermoso y más esbelto que el suyo. Todos los que nos miren te envidiarán por llevarme del brazo.

Chao, amor mío. Ya falta poco para verte. Hoy como siempre es toda tuya

Adelina

Volvió a su cuarto. Al ver la hora en el despertador de Bugs Bunny dejó sobre la cama el cuaderno en que acababa de escribir, retocó el maquillaje ante el espejo, se persignó y bajó a toda prisa las escaleras de mosaico. Antes de abrir la puerta del zaguán respiró el olor a óxido y humedad. Pasó frente a la sedería de los turcos: Aziyadé y Nadir no estaban; sus padres se disponían a cerrar.

En la esquina encontró a dos compañeros de equipo de su herma-
no. (¿No habían ido con él a Boca del Río?) Al verla maquillada le
preguntaron si iba a participar en el concurso de disfraces o si acaba-
ba de lanzar su candidatura para Rey Feo.

Los miró con furia y desprecio. Se alejó taconeando bajo el olor
a pólvora que los buscapiés, las brujas y las palomas dejaban al es-
tallar. No había tránsito: la gente caminaba por la calle tapizada de
serpentinas, latas y cascos de cerveza. Encapuchados, mosqueteros,
payasos, legionarios romanos, ballerinas, circasianas, amazonas, da-
mas de la corte, piratas, napoleones, astronautas, guerreros aztecas y
grupos y familias con máscaras, gorritos de cartón, sombreros zapa-
tistas o sin disfraz avanzaban hacia la calle principal.

Adelina apretó el paso. Cuatro muchachas se volvieron, la obser-
varon y la dejaron atrás. Escuchó su risa unánime y pensó que se
estarían burlando de ella como los amigos de Óscar. Luego caminó
entre las mesas y los puestos de los portales, atestados de marim-
bas, conjuntos jarochos, vendedores de jaibas rellenas, billeteros de
lotería.

No descubrió a ningún conocido pero advirtió que varias mujeres
la escrutaban con sorna. Pensó en sacar de su bolsa el espejito para ver
si, inexperta, se había maquillado en exceso. Por vez primera emplea-
ba los cosméticos de su madre. Pero ¿dónde se ocultaría para mirarse?

Con grandes dificultades llegó a la esquina elegida. El calor, la
promiscua cercanía de tantos extraños y el estruendo informe le pro-
vocaban un malestar confuso. Entre aplausos apareció la descubierta
de charros y chinas poblanas. Bajo música y gritos desfiló la com-
parsa inicial: los jotos vestidos de pavos reales. Siguieron mulatos
disfrazados de vikingos, guerreros aztecas cubiertos de serpentinas,
estibadores con bikinis y penachos de rumbera.

Pasaron cavernarios, kukluxklanes, Luis XV y la nobleza de Fran-
cia con sus blancas pelucas entalcadas y sus falsos lunares, Blanca
Nieves y los Siete Enanos (Adelina sentía que la empujaban y ma-
noseaban), Barbazul en plena tortura y asesinato de sus mujeres,

Maximiliano y Carlota en Chapultepec, pieles rojas, caníbales teñidos de betún y adornados con huesos humanos (la transpiración humedecía su espalda); Romeo y Julieta en el balcón de Verona, Hitler y sus mariscales, llenos de suásticas y monóculos; gigantes y cabezudos, James Dean al frente de sus rebeldes sin causa, Pierrot, Arlequín y Colombina, doce Elvis Presleys que trataban de cantar en inglés y moverse como él. (Adelina cerró los ojos ante el brillo del sol y el caos de épocas, personajes, historias.)

Empezaron los carros alegóricos, unos tirados por tractores, otros improvisados sobre camiones de redilas: el de la Cervecería Moctezuma, Miss México, Miss California, notablemente aterrada por lo que veía como un desfile salvaje; las Orquídeas del Cine Nacional, el Campamento Gitano —niñas que lloriqueaban por el calor, el miedo de caerse y la forzada inmovilidad—, el Idilio de los Volcanes según el calendario de Helguera, la Malinche y Hernán Cortés, las Mil y una Noches, pesadilla de cartón, lentejuelas y trapos.

La sobresaltaron un aliento húmedo de tequila y una caricia envolvente:

—Véngase, mamasota, que aquí está su rey —Adelina, enfurecida, volvió la cabeza. Pero ¿hacia quién, cómo descubrir al culpable entre la multitud burlona o entusiasmada?

Los carros alegóricos seguían desfilando: los Piratas en la Isla del Tesoro, Sangre Jarocha, Guadalupe la Chinaca, Raza de Bronce, Cielito Lindo, la Adelita, la Valentina y Pancho Villa, los Buzos en el país de las Sirenas, los Astronautas con el *Sputnik* y los Extraterrestres.

Desde un inesperado balcón las Osorio, muertas de risa, se hicieron escuchar bajo el estruendo del carnaval:

—Gorda, gorda: sube. ¿Qué andas haciendo allí abajo, revuelta con la plebe y los chilangos? ¿Ya no te acuerdas de que la gente decente de Veracruz no se mezcla con los fuereños, y mucho menos en carnaval?

Todo el mundo pareció descubrirla, escudriñarla, repudiarla. Adelina tragó saliva, apretó los labios: Primero muerta que dirigirles la palabra a las Osorio, ir a su encuentro, dejarse ver con ellas en el balcón. Por fin, el carro de la reina y sus princesas. Leticia Primera en su trono bajo las espadas cruzadas de los cadetes. Alberto junto a ella, muy próximo. Leticia toda rubores, toda sonrisitas, entre los bucles artificiales que sostenían la corona de hojalata, saludaba a izquierda y derecha, sonreía, enviaba besos al aire.

—Cómo puede cambiar la gente cuando está bien maquillada —se dijo Adelina. El sol arrancaba destellos a la bisutería del cetro, la corona, el vestido. Atronaban aplausos. Leticia Primera recibía feliz la gloria que iba a durar unas cuantas horas, en un trono destinado a amanecer entre la basura. Sin embargo, Leticia era la reina y estaba cinco metros por encima de Adelina que —la cara sombría, el odio en la mirada— la observaba sin aplaudir ni agitar la mano.

—Ojalá se caiga, ojalá quede en ridículo, ojalá de tan apretado le estalle el disfraz y vean el relleno de hulespuma en sus tetas —murmuró Adelina, entre dientes pero sin temor de ser escuchada—. Ya verá, ya verá el año que entra: los lugares van a cambiarse. Leticia estará aquí abajo muerta de envidia y yo…

Una bolsa de papel arrojada desde quién sabe dónde interrumpió el monólogo: se estrelló en su cabeza y la bañó de anilina roja en el preciso instante en que pasaba frente a ella la reina. La misma Leticia no pudo menos que descubrirla entre la multitud y reírse. Alberto quebrantó su pose de estatua y soltó una risilla.

Fue un instante. El carro se alejaba. Adelina se limpió la cara con las mangas del vestido. Alzó los ojos hacia el balcón en que las Osorio manifestaban su pesar ante el incidente y la invitaban a subir. Entonces la bañó una nube de confeti que se adhirió a la piel humedecida. Se abrió paso, intentó correr, huir, volverse invisible.

Pero el desfile había terminado. Las calles estaban repletas de chilangos, de jotos, de mariguanos, de hostiles enmascarados y encapuchados que seguían arrojando confeti a la boca de Adelina entreabierta por el jadeo, bailoteaban para cerrarle el paso, aplastaban las manos en sus senos, desplegaban espantasuegras en su cara, la picaban con varitas labradas de Apizaco.

Y Alberto se alejaba cada vez más. No descendía del carro para defenderla, para vengarla, para abrirle camino con su espada. Y Guillermo, en Boca del Río, ya aturdido por la octava cerveza, festejaba por anticipado los viejos chistes eróticos del vicealmirante. Y bajo unas máscaras de Drácula y de Frankenstein surgían Aziyadé y Nadir, la acosaban en su huida, le cantaban, humillante y angustiosamente cantaban, un estribillo interminable:

—A Adelina / le echaron anilina / por no tomar Delgadina. / Poor noo toomaar Deelgaadiinaa.

Y los abofeteó y pateó y los niños intentaron pegarle y un Satanás y una Doña Inés los separaron. Aziyadé y Nadir se fueron canturreando el estribillo. Adelina pudo continuar la fuga hasta que al fin abrió la puerta de su casa, subió las escaleras y halló su cuarto en desorden: Óscar estuvo allí con sus amigos de la novena de beisbol, Óscar no se quedó en Boca del Río, Óscar volvió con su pandilla, Óscar también anduvo en el desfile.

Vio el cuaderno en el suelo, abierto y profanado por los dedos de Óscar, las manos de los otros. En las páginas de su última carta estaban las huellas digitales, la tinta corrida, las grandes manchas de anilina roja. Cómo se habrán burlado, cómo se estarán riendo ahora mismo, arrojando bolsas de anilina a las caras, puñados de confeti a las bocas, rompiendo huevos podridos en las cabezas, valiéndose de la impunidad conferida por sus máscaras y disfraces.

—Maldito, puto, enano cabrón, hijo de la chingada. Ojalá te peguen. Ojalá te den en toda la madre y regreses chillando como un perro. Ojalá te mueras. Ojalá se mueran tú y la puta de Leticia y las pendejas de las Osorio y el cretino cadetito de mierda y el pinche carnaval y el mundo entero.

Y mientras hablaba, gritaba, gesticulaba con doliente furia, rompía su cuaderno de cartas, pateaba los pedazos, arrojaba contra la pared el frasco de maquillaje, el pomo de rímel, la botella de Colonia Sanborns.

Se detuvo. En el espejo enmarcado por las figuras de Walt Disney miró su pelo rubio, sus ojos verdes, su cara lívida cubierta de anilina, grasa, confeti, sudor, maquillaje y lágrimas. Y se arrojó a la cama llorando, demoliéndose, diciéndose:

—Ya verán, ya verán el año que entra.

El principio del placer

La fiesta brava

A Lauro Zavala

SE GRATIFICARÁ

AL TAXISTA O a cualquier per-
sona que informe sobre el
paradero del señor ANDRÉS
QUINTANA, cuya fotografía
aparece al margen. Se extravió el pasado
viernes 13 de agosto de 1971 en el trayecto
de la avenida Juárez a la calle de Tonalá
en la colonia Roma, hacia las 23:30 (once
y media) de la noche. Cualquier dato que
pueda ayudar a su localización se agrade-
cerá en los teléfonos 511 93 03 y 533 12 50.

LA FIESTA BRAVA
UN CUENTO DE ANDRÉS QUINTANA

La tierra parece ascender, los arrozales flotan en el
aire, se agrandan los árboles comidos por el defo-
liador, bajo el estruendo concéntrico de las aspas el

helicóptero hace su aterrizaje vertical, otros quince se posan en los alrededores, usted salta a tierra metralleta en mano, dispara y ordena disparar contra todo lo que se mueva y aun lo inmóvil, no quedará bambú sobre bambú, no habrá ningún sobreviviente en lo que fue una aldea a orillas del río de sangre,

bala, cuchillo, bayoneta, granada, lanzallamas, culata, todo se vuelve instrumento de muerte, al terminar con los habitantes incendian las chozas y vuelven a los helicópteros, usted, capitán Keller, siente la paz del deber cumplido, arden entre las ruinas cadáveres de mujeres, niños, ancianos, no queda nadie porque, como usted dice, todos los pobladores pueden ser del Vietcong, sus hombres regresan sin una baja y con un sentimiento opuesto a la compasión, el asco y el horror que les causaron los primeros combates,

ahora, capitán Keller, se encuentra a miles de kilómetros de aquel infierno que envenena de violencia y de droga al mundo entero y usted contribuyó a desatar, la guerra aún no termina pero usted no volverá a la tierra arrasada por el napalm, porque, pensión de veterano, camisa verde, Rolleiflex, de pie en la Sala Maya del Museo de Antropología, atiende las explicaciones de una muchacha que describe en inglés cómo fue hallada la tumba en el Templo de las Inscripciones en Palenque,

usted ha llegado aquí sólo para aplazar el momento en que deberá conseguir un trabajo civil y olvidarse para siempre de Vietnam, entre todos los países del mundo escogió México porque en la agencia de viajes le informaron que era lo más barato y lo más próximo, así pues no le queda más remedio que observar con fugaz admiración esta parte de un itinerario inevitable,

en realidad nada le ha impresionado, las mejores piezas las había visto en reproducciones, desde luego en su presencia real se ven muy distintas, pero de cualquier modo no le producen mayor emoción los vestigios de un mundo aniquilado por un imperio que fue tan poderoso como el suyo, capitán Keller,

salen, cruzan el patio, el viento arroja gotas de la fuente, entran en la Sala Mexica, vamos a ver, dice la guía, apenas una mínima parte de lo que se calcula produjeron los artistas aztecas sin instrumentos de metal ni ruedas para transportar los grandes bloques de piedra, aquí está casi todo lo que sobrevivió a la destrucción de México-Tenochtitlan, la gran ciudad enterrada bajo el mismo suelo que, señoras y señores, pisan ustedes,

la violencia inmóvil de la escultura azteca provoca en usted una respuesta que ninguna obra de arte le había suscitado, cuando menos lo esperaba se ve ante el acre monolito en que un escultor sin nombre fijó como quien petrifica una obsesión la imagen implacable de Coatlicue, madre de todas las deidades, del sol, la luna y las estrellas, diosa que crea la vida en este planeta y recibe a los muertos en su cuerpo,

usted queda imantado por ella, imantado, no hay otra palabra, suspenderá los tours a Teotihuacan, Taxco

163

y Xochimilco para volver al Museo jueves, viernes y sábado, sentarse frente a Coatlicue y reconocer en ella algo que usted ha intuido siempre, capitán,

su insistencia provoca sospechas entre los cuidadores, para justificarse, para disimular esa fascinación aberrante, usted se compra un block y empieza a dibujar en todos sus detalles a Coatlicue,

el domingo le parecerá absurdo su interés en una escultura que le resulta ajena, y en vez de volver al Museo se inscribirá en la excursión FIESTA BRAVA, los amigos que ha hecho en este viaje le preguntarán por qué no estuvo con ellos en Taxco, en Cuernavaca, en las pirámides y en los jardines flotantes de Xochimilco, en dónde se ha metido durante estos días, ¿acaso no leyó a D. H. Lawrence, no sabe que la Ciudad de México es siniestra y en cada esquina acecha un peligro mortal?, no, no, jamás salga solo, capitán Keller, con estos mexicanos nunca se sabe,

no se preocupen, me sé cuidar, si no me han visto es porque me paso todos los días en Chapultepec dibujando las mejores piezas, y ellos, para qué pierde su tiempo, puede comprar libros, postales, *slides*, reproducciones en miniatura,

cuando termina la conversación, en la Plaza México suena el clarín, se escucha un pasodoble, aparecen en el ruedo los matadores y sus cuadrillas, sale el primer toro, lo capotean, pican, banderillean y matan, usted se horroriza ante el espectáculo, no resiste ver lo que le hacen al toro, y dice a sus compatriotas,

salvajes mexicanos, cómo se puede torturar así a los
animales, qué país, esta maldita FIESTA BRAVA explica
su atraso, su miseria, su servilismo, su agresivi-
dad, no tienen ningún futuro, habría que fusilarlos
a todos, usted se levanta, abandona la plaza, toma un
taxi, vuelve al Museo a contemplar a la diosa, a se-
guir dibujándola en el poco tiempo en que aún estará
abierta la sala,

después cruza el Paseo de la Reforma, llega a la
acera sobre el lago, ve iluminarse el Castillo de
Chapultepec en el cerro, un hombre que vende hela-
dos empuja su carrito de metal, se le acerca y dice,
buenas tardes, señor, dispense usted, le interesa
mucho todo lo azteca, ¿no es verdad?, antes de irse
¿no le gustaría conocer algo que nadie ha visto y
usted no olvidará nunca?, puede confiar en mí, se-
ñor, no trato de venderle nada, no soy un estafador
de turistas, lo que le ofrezco no le costará un solo
centavo, usted en su difícil español responde, bueno,
qué es, de qué se trata,

no puedo decirle ahora, señor, pero estoy seguro de
que le interesará, sólo tiene que subirse al último
carro del último metro el viernes 13 de agosto en
la estación Insurgentes, cuando el tren se detenga
en el túnel entre Isabel la Católica y Pino Suárez
y las puertas se abran por un instante, baje usted y
camine hacia el oriente por el lado derecho de la vía
hasta encontrar una luz verde, si tiene la bondad
de aceptar mi invitación lo estaré esperando, pue-
do jurarle que no se arrepentirá, como le he dicho
es algo muy especial, *once in a lifetime*, pronuncia

en perfecto inglés para asombro de usted, capitán Keller,

el vendedor detendrá un taxi, le dará el nombre de su hotel, cómo es posible que lo supiera, y casi lo empujará al interior del vehículo, en el camino pensará, fue una broma, un estúpido juego mexicano para tomar el pelo a los turistas, más tarde modificará su opinión,

y por la noche del viernes señalado, camisa verde, Rolleiflex, descenderá a la estación Insurgentes y cuando los magnavoces anuncien que el tren subterráneo se halla a punto de iniciar su recorrido final, usted subirá al último vagón, en él sólo hallará a unos cuantos trabajadores que vuelven a su casa en Ciudad Nezahualcóyotl, al arrancar el convoy usted verá en el andén opuesto a un hombre de baja estatura que lleva un portafolios bajo el brazo y grita algo que usted no alcanzará a escuchar,

ante sus ojos pasarán las estaciones Cuauhtémoc, Balderas, Salto del Agua, Isabel la Católica, de pronto se apagarán la iluminación externa y la interna, el metro se detendrá, bajará usted a la mitad del túnel, caminará sobre el balasto hacia la única luz aún encendida cuando el tren se haya alejado, la luz verde, la camisa brillando fantasmal bajo la luz verde, entonces saldrá a su encuentro el hombre que vende helados enfrente del Museo,

ahora los dos se adentran por una galería de piedra, abierta a juzgar por las filtraciones y el olor a cieno en el lecho del lago muerto sobre el que se levanta la ciudad, usted pone un flash en su cámara, el hombre lo detiene, no, capitán, no gaste sus fotos, pronto tendrá mucho que retratar, habla en un inglés que asombra por su naturalidad, ¿en dónde aprendió?, le pregunta, nací en Buffalo, vine por decisión propia a la tierra de mis antepasados,

el pasadizo se alumbra con hachones de una madera aromática, le dice que es ocote, una especie de pino, crece en las montañas que rodean la capital, usted no quiere confesarse, tengo miedo, cómo va a asaltarme aquí el miedo que no sentí en Vietnam,

¿para qué me ha traído?, para ver la Piedra Pintada, la más grande escultura azteca, la que conmemora los triunfos del emperador Ahuízotl y no pudieron encontrar durante las excavaciones del Metro, usted, capitán Keller, fue elegido, usted será el primer blanco que la vea desde que los españoles la sepultaron en el lodo para que los vencidos perdieran la memoria de su pasada grandeza y pudieran ser despojados de todo, marcados a hierro, convertidos en bestias de trabajo y de carga,

el habla de este hombre lo sorprende por su vehemencia, capitán Keller, y todo se agrava porque los ojos de su interlocutor parecen resplandecer en la penumbra, usted los ha visto antes, ¿en dónde?, ojos oblicuos pero en otra forma, los que llamamos indios llegaron por el Estrecho de Bering, ¿no es así? México también es asiático, podría decirse, pero no temo a nada, pertenecí al mejor ejército del mundo, invicto siempre, soy un veterano de guerra,

ya que ha aceptado meterse en todo esto, confía en
que la aventura valga la pena, puesto que ha descen-
dido a otro infierno espera el premio de encontrar
una ciudad subterránea que reproduzca al detalle la
México-Tenochtitlan con sus lagos y sus canales como
la representan las maquetas del Museo, pero, capitán
Keller, no hay nada semejante, sólo de trecho en tre-
cho aparecen ruinas, fragmentos de adoratorios y pa-
lacios aztecas, cuatro siglos atrás sus piedras se
emplearon como base, cimiento y relleno de la ciudad
española,

el olor a fango se hace más fuerte, usted tose, se
ha resfriado por la humedad intolerable, todo huele
a encierro y a tumba, el pasadizo es un inmenso se-
pulcro, abajo está el lago muerto, arriba la ciudad
moderna, ignorante de lo que lleva en sus entrañas,
por la distancia recorrida, supone usted, deben de
estar muy cerca de la gran plaza, la catedral y el
palacio,

quiero salir, sáqueme de aquí, le pago lo que sea,
dice a su acompañante, espere, capitán, no se preo-
cupe, todo está bajo control, ya vamos a llegar, pero
usted insiste, quiero irme ahora mismo le digo, usted
no sabe quién soy yo, lo sé muy bien, capitán, en qué
lío puede meterse si no me obedece,

usted no ruega, no pide, manda, impone, humilla, está
acostumbrado a dar órdenes, los inferiores tienen
que obedecerlas, la firmeza siempre da resultado, el
vendedor contesta en efecto, no se preocupe, esta-
mos a punto de llegar a una salida, a unos cincuenta

metros le muestra una puerta oxidada, la abre y le dice con la mayor suavidad, pase usted, capitán, si es tan amable,

y entra usted sin pensarlo dos veces, seguro de que saldrá a la superficie, y un segundo más tarde se halla encerrado en una cámara de tezontle sin más luz ni ventilación que las producidas por una abertura de forma indescifrable, ¿el glifo del viento, el glifo de la muerte?,

a diferencia del pasadizo allí el suelo es firme y parejo, ladrillo antiquísimo o tierra apisonada, en un rincón hay una estera que los mexicanos llaman petate, usted se tiende en ella, está cansado y temeroso pero no duerme, todo es tan irreal, parece tan ilógico y tan absurdo que usted no alcanza a ordenar las impresiones recibidas, qué vine a hacer aquí, quién demonios me mandó venir a este maldito país, cómo pude ser tan idiota de aceptar una invitación a ser asaltado, pronto llegarán a quitarme la cámara, los cheques de viajero y el pasaporte, son simples ladrones, no se atreverán a matarme,

la fatiga vence a la ansiedad, lo adormecen el olor a légamo, el rumor de conversaciones lejanas en un idioma desconocido, los pasos en el corredor subterráneo, cuando por fin abre los ojos comprende, anoche no debió haber cenado esa atroz comida mexicana, por su culpa ha tenido una pesadilla, de qué manera el inconsciente saquea la realidad, el Museo, la escultura azteca, el vendedor de helados, el Metro, los túneles extraños y amenazantes del ferrocarril subterráneo, y cuando cerramos los ojos le da un orden o un desorden distintos,

qué descanso despertar de ese horror en un cuarto limpio y seguro del Holiday Inn, ¿habrá gritado en el sueño?, menos mal que no fue el otro, el de los vietnamitas que salen de la fosa común en las mismas condiciones en que usted los dejó pero agravadas por los años de corrupción, menos mal, qué hora es, se pregunta, extiende la mano que se mueve en el vacío y trata en vano de alcanzar la lámpara, la lámpara no está, se llevaron la mesa de noche, usted se levanta para encender la luz central de su habitación,

en ese instante irrumpen en la celda del subsuelo los hombres que lo llevan a la Piedra de Ahuízotl, la gran mesa circular acanalada, en una de las pirámides gemelas que forman el Templo Mayor de México-Tenoch-titlan, lo aseguran contra la superficie de basalto, le abren el pecho con un cuchillo de obsidiana, le arrancan el corazón, abajo danzan, abajo tocan su música tristísima, y lo levantan para ofrecerlo como alimento sagrado al dios-jaguar, al sol que viajó por las selvas de la noche,

y ahora, mientras su cuerpo, capitán Keller, su cuerpo deshilvanado rueda por la escalinata de la pirámide, con la fuerza de la sangre que acaban de ofrendarle el sol renace en forma de águila sobre México-Tenoch-titlan, el sol eterno entre los dos volcanes.

Andrés Quintana escribió entre guiones el número 78 en la hoja de papel revolución que acababa de introducir en la máquina eléctrica Smith-Corona y se volvió hacia la izquierda para leer la página de *The Population Bomb*. En ese instante un grito lo apartó de su trabajo: "FBI. Arriba las manos. No se mueva". Desde las cuatro de la tarde el televisor había sonado a todo volumen en el departamento contiguo. Enfrente, los jóvenes que formaban un conjunto de rock atacaron el mismo pasaje ensayado desde el mediodía:

Where's your momma gone?
Where's your momma gone?
Little baby don
Little baby don
Where's your momma gone?
Where's your momma gone?
Far, far away.

Se puso de pie, cerró la ventana abierta sobre el lúgubre patio interior, volvió a sentarse al escritorio y releyó:

SCENARIO II. *In 1979 the last non-Communist Government in Latin America, that of Mexico, is replaced by a Chinese supported military junta. The change occurs at the end of a decade of frustration and failure for the United States. Famine has swept repeatedly across Africa and South America. Food riots have often become anti-American riots.*

Meditó sobre el término que traduciría mejor la palabra *scenario*. Consultó la sección English/Spanish del *New World*. "Libreto, guión, argumento." No en el contexto. ¿Tal vez "posibilidad, hipótesis"? Releyó la primera frase y con el índice de la mano izquierda (un accidente infantil le había paralizado la derecha) escribió a gran velocidad:

En 1979 el gobierno de México (¿el gobierno mexicano?), último no-comunista que quedaba en América Latina (¿Latinoamérica, Hispanoamérica, Iberoamérica, la América española?), es reemplazado (¿derrocado?) por una junta militar apoyada por China (¿con respaldo chino?)

Al terminar Andrés leyó el párrafo en voz alta:

—"que quedaba", suena horrible. Hay dos "pores" seguidos. E "inaina". Qué prosa. Cada vez traduzco peor —sacó la hoja y bajo el antebrazo derecho la prensó contra la mesa para romperla con la mano izquierda. Sonó el teléfono.

—Diga.

—Buenas tardes. ¿Puedo hablar con el señor Quintana?

—Sí, soy yo.

—Ah, quihúbole, Andrés, como estás, qué me cuentas.

—Perdón… ¿quién habla?

—¿Ya no me reconoces? Claro, hace siglos que no conversamos. Soy Arbeláez y te voy a dar lata como siempre.

—Ricardo, hombre, qué gusto, qué sorpresa. Llevaba años sin saber de ti.

—Es increíble todo lo que me ha pasado. Ya te contaré cuando nos reunamos. Pero antes déjame decirte que me embarqué en un proyecto sensacional y quiero ver si cuento contigo.

—Sí, cómo no. ¿De qué se trata?

—Mira, es cuestión de reunirnos y conversar. Pero te adelanto algo a ver si te animas. Vamos a sacar una revista como no hay otra en *Mexiquito*. Aunque es difícil calcular estas cosas, creo que va a salir algo muy especial.

—¿Una revista literaria?

—Bueno, en parte. Se trata de hacer una especie de *Esquire* en español. Mejor dicho, una mezcla de *Esquire, Playboy, Penthouse* y *The New Yorker*. ¿No te parece una locura? Pero desde luego con una proyección *latina*.

—Ah, pues muy bien —dijo Andrés en el tono más desganado.

—¿Verdad que es buena onda el proyecto? Hay dinero, anunciantes, distribución, equipo: todo. Meteremos publicidad distinta según los países y vamos a imprimir en Panamá. Queremos que en cada número haya reportajes, crónicas, entrevistas, caricaturas, críticas, humor, secciones fijas, un "desnudo del mes" y otras dos encueradas, por supuesto, y también un cuento inédito escrito en español.

—Me parece estupendo.

—Para el primero se había pensado en *comprarle* uno a *Gabo*... No estuve de acuerdo: insistí en que debíamos lanzar con proyección continental a un autor mexicano, ya que la revista se hace aquí en *Mexiquito*, tiene ese defecto, ni modo. Desde luego, pensé en ti, a ver si nos haces el honor.

—Muchas gracias, Ricardo. No sabes cuánto te agradezco.

—Entonces ¿aceptas?

—Sí, claro... Lo que pasa es que no tengo ningún cuento nuevo... En realidad hace mucho que no escribo.

—¡No me digas! ¿Y eso?

—Pues... problemas, chamba, desaliento... En fin, lo de siempre.

—Mira, olvídate de todo y siéntate a pensar en tu relato ahora mismo. En cuanto esté me lo traes. Supongo que no tardarás mucho. Queremos sacar el primer número en diciembre para salir con todos los anuncios de fin de año... A ver: ¿a qué estamos...? 12 de agosto... Sería perfecto que me lo entregaras... el día primero no se trabaja, es el informe presidencial... el 2 de septiembre ¿te parece bien?

—Pero, Ricardo, sabes que me tardo siglos con un cuento... Hago diez o doce versiones... Mejor dicho: *me tardaba, hacía*.

—Oye, debo decirte que por primera vez en este pinche país se trata de pagar bien, como se merece, un texto literario. A nivel internacional no es gran cosa, pero con base en lo que suelen darte en *Mexiquito* es una fortuna... He pedido para ti mil quinientos dólares.

—¿Mil quinientos dólares por un cuento?

—No está nada mal ¿verdad? Ya es hora de que se nos quite lo subdesarrollados y aprendamos a cobrar nuestro trabajo… De manera, mi querido Ricardo, que te me vas poniendo a escribir en este instante. Toma mis datos, por favor.

Andrés apuntó la dirección y el teléfono en la esquina superior derecha de un periódico en el que se leía: HAY QUE FORTALECER LA SITUACIÓN PRIVILEGIADA QUE TIENE MÉXICO DENTRO DEL TURISMO MUNDIAL. Abundó en expresiones de gratitud hacia Ricardo. No quiso continuar la traducción. Ansiaba la llegada de su esposa para contarle del milagro.

Hilda se asombró: Andrés no estaba quejumbroso y desesperado como siempre. Al ver su entusiasmo no quiso disuadirlo, por más que la tentativa de empezar y terminar el cuento en una sola noche le parecía condenada al fracaso. Cuando Hilda se fue a dormir Andrés escribió el título, LA FIESTA BRAVA, y las primeras palabras: "La tierra parece ascender".

Llevaba años sin trabajar de noche con el pretexto de que el ruido de la máquina molestaba a sus vecinos. En realidad tenía mucho sin hacer más que traducciones y prosas burocráticas. Andrés halló de niño su vocación de cuentista y quiso dedicarse sólo a este género. De adolescente su biblioteca estaba formada sobre todo por colecciones de cuentos. Contra la dispersión de sus amigos él se enorgullecía de casi no leer poemas, novelas, ensayos, dramas, filosofía, historia, libros políticos, y frecuentar en cambio los cuentos de los grandes narradores vivos y muertos.

Durante algunos años Andrés cursó la carrera de arquitectura, obligado como hijo único a seguir la profesión de su padre. Por las tardes iba como oyente a los cursos de Filosofía y Letras que pudieran ser útiles para su formación como escritor. En la Ciudad Universitaria recién inaugurada Andrés conoció al grupo de la revista *Trinchera*, impresa en papel sobrante de un diario de nota roja, y a su director Ricardo Arbeláez, que sin decirlo actuaba como maestro de esos jóvenes.

Ya cumplidos los treinta y varios años después de haberse titulado en Derecho, Arbeláez quería doctorarse en literatura y convertirse en el gran crítico que iba a establecer un nuevo orden en las letras mexicanas. En la Facultad y en el Café de las Américas hablaba sin cesar de sus proyectos: una nueva historia literaria a partir de la estética marxista y una gran novela capaz de representar para el México de aquellos años lo que *En busca del tiempo perdido* significó para Francia. Él insinuaba que había roto con su familia aristocrática, una mentira a todas luces, y por tanto haría su libro con verdadero conocimiento de causa. Hasta entonces su obra se limitaba a reseñas siempre adversas y a textos contra el PRI y el gobierno de Ruiz Cortines.

Ricardo era un misterio aun para sus más cercanos amigos. Se murmuraba que tenía esposa e hijos y, contra sus ideas, trabajaba por las mañanas en el bufete de un *abogángster*, defensor de los indefendibles y famoso por sus escándalos. Nadie lo visitó nunca en su oficina ni en su casa. La vida pública de Arbeláez empezaba a las cuatro de la tarde en la Ciudad Universitaria y terminaba a las diez de la noche en el Café de las Américas.

Andrés siguió las enseñanzas del maestro y publicó sus primeros cuentos en *Trinchera*. Sin renunciar a su actitud crítica ni a la exigencia de que sus discípulos escribieran la mejor prosa y el mejor verso posibles, Ricardo consideraba a Andrés "el cuentista más prometedor de la nueva generación". En su balance literario de 1958 hizo el elogio definitivo: "Para narrar, nadie como Quintana".

Su preferencia causó estragos en el grupo. A partir de entonces Hilda se fijó en Andrés. Entre todos los de *Trinchera* sólo él sabía escucharla y apreciar sus poemas. Sin embargo, no había intimado con ella porque Hilda estaba siempre al lado de Ricardo. Su relación jamás quedó clara. A veces parecía la intocada discípula y admiradora de quien les indicaba qué leer, qué opinar, cómo escribir, a quién admirar o detestar. En ocasiones, a pesar de la diferencia de edades, Ricardo la trataba como a una novia de aquella época y de cuando en cuando todo indicaba que tenían una relación mucho más íntima.

Arbeláez pasó unas semanas en Cuba para hacer un libro, que no llegó a escribir, sobre los primeros meses de la revolución. Insinuó que él había presentado a Ernesto Guevara y a Fidel Castro y en agradecimiento ambos lo invitaban a celebrar el triunfo. Esta mentira, pensó Andrés, comprobaba que Arbeláez era un mitómano. Durante su ausencia Hilda y Quintana se vieron todos los días y a toda hora. Convencidos de que no podrían separarse, decidieron hablar con Ricardo en cuanto volviera de Cuba.

La misma tarde de la conversación en el café Palermo, el 28 de marzo de 1959, las fuerzas armadas rompieron la huelga ferroviaria y detuvieron a su líder Demetrio Vallejo. Arbeláez no objetó la unión de sus amigos pero se apartó de ellos y no volvió a Filosofía y Letras. Los amores de Hilda y Andrés marcaron el fin del grupo y la muerte de *Trinchera*.

En febrero de 1960 Hilda quedó embarazada. Andrés no dudó un instante en casarse con ella. La madre (a quien el marido había abandonado con dos hijas pequeñas) aceptó el matrimonio como un mal menor. Los señores Quintana lo consideraron una equivocación: a punto de cumplir veinticinco años Andrés dejaba los estudios cuando ya sólo le faltaba presentar la tesis y no podría sobrevivir como escritor. Ambos eran católicos y miembros del Movimiento Familiar Cristiano. Se estremecían al pensar en un aborto, una madre soltera, un hijo sin padre. Resignados, obsequiaron a los nuevos esposos algún dinero y una casita seudocolonial de las que el arquitecto había construido en Coyoacán con materiales de las demoliciones en la ciudad antigua.

Andrés, que aún seguía trabajando cada noche en sus cuentos y se negaba a publicar un libro, nunca escribió notas ni reseñas. Ya que no podía dedicarse al periodismo, mientras intentaba abrirse paso como guionista de cine tuvo que redactar las memorias de un general revolucionario. Ningún *script* satisfizo a los productores. Por su parte Arbeláez empezó a colaborar cada semana en *México en la Cultura*. Durante un tiempo sus críticas feroces fueron muy comentadas.

Hilda perdió al niño en el sexto mes de embarazo. Quedó incapacitada para concebir, abandonó la Universidad y nunca más volvió a hacer poemas. El general murió cuando Andrés iba a la mitad del segundo volumen. Los herederos cancelaron el proyecto. En 1961 Hilda y Andrés se mudaron a un sombrío departamento interior de la colonia Roma. El alquiler de su casa en Coyoacán completaría lo que ganaba Andrés traduciendo libros para una empresa que fomentaba el panamericanismo, la Alianza para el Progreso y la imagen de John Fiztgerald Kennedy. En el *Suplemento* por excelencia de aquellos años Arbeláez (sin mencionar a Andrés) denunció a la casa editorial como tentáculo de la CIA. Cuando la inflación pulverizó su presupuesto, las amistades familiares obtuvieron para Andrés la plaza de corrector de estilo en la Secretaría de Obras Públicas. Hilda quedó empleada, como su hermana, en la boutique de Madame Marnat en la Zona Rosa.

En 1962 Sergio Galindo, en la serie Ficción de la Universidad Veracruzana, publicó *Fabulaciones*, el primer y último libro de Andrés Quintana. *Fabulaciones* tuvo la mala suerte de salir al mismo tiempo y en la misma colección que la segunda obra de Gabriel García Márquez, *Los funerales de la Mamá Grande*, y en los meses de *Aura* y *La muerte de Artemio Cruz*. Se vendieron ciento treinta y cuatro de sus dos mil ejemplares y Andrés compró otros setenta y cinco. Hubo una sola reseña escrita por Ricardo en el nuevo suplemento *La Cultura en México*. Andrés le mandó una carta de agradecimiento. Nunca supo si había llegado a manos de Arbeláez.

Después las revistas mexicanas dejaron durante mucho tiempo de publicar narraciones breves y el auge de la novela hizo que ya muy pocos se interesaran por escribirlas. Edmundo Valadés inició *El Cuento* en 1964 y reprodujo a lo largo de varios años algunos textos de *Fabulaciones*. Joaquín Díez-Canedo le pidió una nueva colección para la Serie del Volador de su editorial Joaquín Mortiz. Andrés le prometió al subdirector, Bernardo Giner de los Ríos, que en marzo de 1966 iba a entregarle el nuevo libro. Concursó en vano por la beca del Centro Mexicano de Escritores. Se desalentó, pospuso el volver a escribir para una época en que todos sus problemas se hubieran resuelto e Hilda y su hermana pudiesen independizarse de Madame Marnat y establecer su propia tienda.

Ricardo había visto interrumpida su labor cuando se suicidó un escritor víctima de un comentario. No hubo en el medio nadie que lo defendiera del escándalo. En cambio el *abogángster* salió a los periódicos y argumentó: Nadie se quita la vida por una nota de mala fe; el señor padecía suficientes problemas y enfermedades como para negarse a seguir viviendo. El suicidio y el resentimiento acumulado hicieron que la ciudad se le volviera irrespirable a Ricardo. Al no hallar editor para lo que iba a ser su tesis, tuvo que humillarse a imprimirla por su cuenta. El gran esfuerzo de revisar la novela mexicana halló un solo eco: Rubén Salazar Mallén, uno de los más antiguos críticos, lamentó como finalmente reaccionaria la aplicación dogmática de las teorías de Georg Lucáks. El rechazo de su modelo a cuanto significara vanguardismo, fragmentación, alienación, condenaba a Arbeláez a no entender los libros de aquel momento y destruía sus pretensiones de novedad y originalidad. Hasta entonces Ricardo había sido el juez y no el juzgado. Se deprimió pero tuvo la nobleza de admitir que Salazar Mallén acertaba en sus objeciones.

Como tantos que prometieron todo, Ricardo se estrelló contra el muro de México. Volvió por algún tiempo a La Habana y luego obtuvo un puesto como profesor de español en Checoslovaquia. Estaba en Praga cuando sobrevino la invasión soviética de 1968. Lo último que supieron Hilda y Andrés fue que había emigrado a Washington y trabajaba para la OEA. En un segundo pasaron los sesenta, cambió el mundo, Andrés cumplió treinta años en 1966, México era distinto y otros jóvenes llenaban los sitios donde entre 1955 y 1960 ellos escribieron, leyeron, discutieron, aprendieron, publicaron *Trinchera*, se amaron, se apartaron, siguieron su camino o se frustraron.

Sea como fuere, Andrés le decía a Hilda por las noches, mi vocación era escribir y de un modo o de otro la estoy cumpliendo. / Al fin y al cabo las traducciones, los folletos y aun los oficios burocráticos pueden estar tan bien escritos como un cuento, ¿no crees? / Sólo por un concepto elitista y arcaico puede creerse que lo único válido es la llamada "literatura de creación", ¿no te parece? / Además no quiero competir con los escritorzuelos mexicanos inflados por la publicidad; noveluchas como las que ahora tanto elogian los seudocríticos que padecemos, yo podría hacerlas de a diez por año, ¿verdad? / Hilda, cuando estén hechos polvo todos los libros que hoy tienen éxito en México, alguien leerá *Fabulaciones* y entonces… /

Y ahora por un cuento —el primero en una década, el único posterior a *Fabulaciones*— estaba a punto de recibir lo que ganaba en meses de tardes enteras ante la máquina traduciendo lo que definía como *ilegibros*. Iba a pagar sus deudas de oficina, a comprarse las cosas que le faltaban, a comer en restaurantes, a irse de vacaciones con Hilda. Gracias a Ricardo había recuperado su impulso literario y dejaba atrás los pretextos para ocultarse su fracaso esencial:

En el subdesarrollo no se puede ser escritor. / Estamos en 1971: el libro ha muerto: nadie volverá a leer nunca: ahora lo que me interesa son los *mass media*. / Bueno, cuando se trata de escribir todo sirve, no hay trabajo perdido: de mi experiencia burocrática, ya verás, saldrán cosas. /

Con el índice de la mano izquierda escribió "los arrozales flotan en el aire" y prosiguió sin detenerse. Nunca antes lo había hecho con tanta fluidez. A las cinco de la mañana puso el punto final en "entre los dos volcanes". Leyó sus páginas y sintió una plenitud desconocida.

Cuando se fue a dormir se había fumado una cajetilla de Viceroy y bebido cuatro Coca Colas pero acababa de terminar LA FIESTA BRAVA.

Andrés se levantó a las once. Se bañó, se afeitó y llamó por teléfono a Ricardo.

—No puede ser. Ya lo tenías escrito.

—Te juro que no. Lo hice anoche. Voy a corregirlo y a pasarlo en limpio. A ver qué te parece. Ojalá funcione. ¿Cuándo te lo llevo?

—Esta misma noche si quieres. Te espero a las nueve en mi oficina.

—Muy bien. Allí estaré a las nueve en punto. Ricardo, de verdad, no sabes cuánto te lo agradezco.

—No tienes nada que agradecerme, Andrés. Te mando un abrazo.

Habló a Obras Públicas para disculparse por su ausencia ante el jefe del departamento. Hizo cambios a mano y reescribió el cuento a máquina. Comió un sándwich de mortadela casi verdosa. A las cuatro emprendió una última versión en papel bond de Kimberly Clark. Llamó a Hilda a la *boutique* de Madame Marnat. Le dijo que había terminado el cuento e iba a entregárselo a Arbeláez. Ella le contestó:

—De seguro vas a llegar tarde. Para no quedarme sola iré al cine con mi hermana.

—Ojalá pudieran ver *Ceremonia secreta*. Es de Joseph Losey.

—Sí, me gustaría. ¿No sabes en qué cine la pasan? Bueno, te felicito por haber vuelto a escribir. Que te vaya bien con Ricardo.

A las ocho y media Andrés subió al metro en la estación Insurgentes. Hizo el cambio en Balderas, descendió en Juárez y llegó puntual a la oficina. La secretaria era tan hermosa que él se avergonzó de su delgadez, su baja estatura, su ropa gastada, su mano tullida. A los pocos minutos la joven le abrió las puertas de un despacho iluminado en exceso. Ricardo Arbeláez se levantó del escritorio y fue a su encuentro para abrazarlo.

Doce años habían pasado desde aquel 28 de marzo de 1959. Arbeláez le pareció irreconocible con el traje de Shantung azul-turquesa, las patillas, el bigote, los anteojos sin aro, el pelo entrecano. Andrés volvió a sentirse fuera de lugar en aquella oficina de ventanas sobre la Alameda y paredes cubiertas de fotomurales con viejas litografías de la ciudad.

Se escrutaron por unos cuantos segundos. Andrés sintió forzada la actitud antinostálgica, de *como decíamos ayer*, que adoptaba Ricardo. Ni una palabra acerca de la vieja época, ninguna pregunta sobre Hilda, ni el menor intento de ponerse al corriente y hablar de sus vidas durante el largo tiempo en que dejaron de verse. Creyó que la cordialidad telefónica no tardaría en romperse.

Me trajo a su terreno. / Va a demostrarme su poder. Él ha cambiado. / Yo también. / Ninguno de los dos es lo que quisiera haber sido. / Ambos nos traicionamos a nosotros mismos. / ¿A quién le fue peor?

Para romper la tensión Arbeláez lo invitó a sentarse en el sofá de cuero negro. Se colocó frente a él y le ofreció un Benson & Hedges (antes fumaba Delicados). Andrés sacó del portafolios LA FIESTA BRAVA. Ricardo apreció la mecanografía sin una sola corrección manuscrita. Siempre lo admiraron los originales impecables de Andrés, tanto más asombrosos porque estaban hechos a toda velocidad y con un solo dedo.

—Te quedó de un tamaño perfecto. Ahora, si me permites un instante, voy a leerlo con Mr. Hardwick, el *editor-in-chief* de la revista. Es de una onda muy padre. Trabajó en *Time Magazine*. ¿Quieres que te presente con él?

—No, gracias. Me da pena.

—¿Pena por qué? Sabe de ti. Te está esperando.

—No hablo inglés.

—¡Cómo! Pero si has traducido *miles* de libros.

—Quizá por eso mismo.

—Sigues tan raro como siempre. ¿Te ofrezco un whisky, un café? Pídele a Viviana lo que desees.

Al quedarse solo Andrés hojeó las publicaciones que estaban en la mesa frente al sofá y se detuvo en un anuncio:

Located on 150 000 feet of Revolcadero Beach and rising 16 stories like an Aztec Pyramid, the $40 million Acapulco Princess Hotel and Club de Golf opened as this jet-set resort's largest and most lavish yet… One of the most spectacular hotels you will ever see, it has a lobby modeled like an Aztec temple with sunlight and moonlight filtering through the translucent roof. The 20 000 feet lobby's atrium is complemented by 60 feet palm-trees, a flowing lagoon and Mayan sculpture.

Pero estaba inquieto, no podía concentrarse. Miró por la ventana la Alameda sombría, la misteriosa ciudad, sus luces indescifrables. Sin que él se lo pidiera Viviana entró a servirle café y luego a despedirse y a desearle suerte con una amabilidad que lo aturdió aún más. Se puso de pie, le estrechó la mano, hubiera querido decirle algo pero sólo acertó a darle las gracias. Se había tardado en reconocer lo más evidente: la muchacha se parecía a Hilda, a Hilda en 1959, a Hilda con ropa como la que vendía en la *boutique* de Madame Marnat pero no alcanzaba a comprarse. Alguien, se dijo Andrés, con toda seguridad la espera en la entrada del edificio. / Adiós, Viviana, no volveré a verte.

Dejó enfriarse el café y volvió a observar los fotomurales. Lamentó la muerte de aquella Ciudad de México. Imaginó el relato de un hombre que de tanto mirar una litografía termina en su interior, entre personajes de otro mundo. Incapaz de salir, ve desde 1855 a sus contemporáneos que lo miran inmóvil y unidimensional una noche de septiembre de 1971.

En seguida pensó: Ese cuento no es mío, / otro lo ha escrito, / acabo de leerlo en alguna parte. / O tal vez no: lo he inventado aquí en esta extraña oficina, situada en el lugar menos idóneo para una revista con tales pretensiones. / En realidad me estoy evadiendo: aún no asimilo el encuentro con Ricardo. /

¿Habrá dejado de pensar en Hilda? / ¿Le seguiría gustando si la viera tras once años de matrimonio con el fiasco más grande de su generación? / "Para fracasar, nadie como Quintana", escribiría ahora si hiciera un balance de la narrativa actual. / ¿Cuáles fueron sus verdaderas relaciones con Hilda? / ¿Por qué ella sólo ha querido contarme vaguedades acerca de la época que pasó con Ricardo? / ¿Me tendieron una trampa, me cazaron para casarme a fin de que él, en teoría, pudiera seguir libre de obligaciones domésticas, irse de México, realizarse como escritor en vez de terminar como un burócrata que traduce *ilegibros* pagados a trasmano por la CIA? / ¿No es vil y canalla desconfiar de la esposa que ha resistido a todas mis frustraciones y depresiones para seguir a mi lado? ¿No es un crimen calumniar a Ricardo, mi maestro, el amigo que por simple generosidad me tiende la mano cuando más falta me hace? /

Y ¿habrá escrito su novela Ricardo? / ¿La llegará a escribir algún día? / ¿Por qué el director de *Trinchera*, el crítico implacable de todas las corrupciones literarias y humanas, se halla en esta oficina y se dispone a hacer una revista que ejemplifica todo aquello contra lo que luchamos en nuestra juventud? / ¿Por qué yo mismo respondí con tal entusiasmo a una oferta sin explicación lógica posible? /

¿Tan terrible es el país, tan terrible es el mundo, que en él todas las cosas son corruptas o corruptoras y nadie puede salvarse? / ¿Qué pensará de mí Ricardo? / ¿Me aborrece, me envidia, me desprecia? / ¿Habrá alguien capaz de envidiarme en mis humillaciones y fracasos? / Cuando menos tuve la fuerza necesaria para hacer un libro de cuentos. Ricardo no. / Su elogio de *Fabulaciones* y ahora su oferta, desmedida para un escritor que ya no existe, ¿fueron gentilezas, insultos, manifestaciones de culpabilidad o mensajes cifrados para Hilda? / El dinero prometido ¿paga el talento de un narrador a quien ya nadie recuerda? / ¿O es una forma de ayudar a Hilda al saber (¿Por quién? ¿Tal vez por ella misma?) de la rancia convivencia, las dificultades conyugales, el malhumor del fracasado, la burocracia devastadora, las ineptas traducciones de lo que no se leerá nunca, el horario mortal de Hilda en la *boutique* de Madame Marnat?

Dejó de hacerse preguntas sin respuesta, de dar vueltas por el despacho alfombrado, de fumar un Viceroy tras otro. Miró su reloj: Han pasado casi dos horas. / La tardanza es el peor augurio. / ¿Por qué este procedimiento insólito cuando lo habitual es dejarle el texto al editor y esperar sus noticias para dentro de quince días o un mes? / ¿Cómo es posible que permanezcan hasta medianoche con el único objeto de decidir ahora mismo sobre una colaboración más entre las muchas solicitadas para una revista que va a salir en diciembre?

Cuando se abrió de nuevo la puerta por la que había salido Viviana y apareció Ricardo con el cuento en las manos, Andrés se dijo: / Ya viví este momento. / Puedo recitar la continuación.

—Andrés, perdóname. Nos tardamos siglos. Es que estuvimos dándole vueltas y vueltas a tu *historia*.

También en el recuerdo imposible de Andrés, Ricardo había dicho historia, no cuento. Un anglicismo, desde luego. / No importa. / Una traducción mental de *story*, de *short story*. / Sin esperanza, seguro de la respuesta, se atrevió a preguntar:

—¿Y qué les pareció?

—Mira, no sé cómo decírtelo. Tu narración me gusta, es interesante, está bien escrita… Sólo que, como en *Mexiquito* no somos profesionales, no estamos habituados a hacer cosas sobre pedido, sin darte cuenta bajaste el nivel, te echaste algo como para otra revista, no para la nuestra. ¿Me explico? LA FIESTA BRAVA resulta un maquinazo, tienes que reconocerlo. Muy digno, como siempre fueron tus cuentos, y a pesar de todo un maquinazo. Sólo Chéjov y Maupassant pudieron hacer un gran cuento en tan poco tiempo.

Andrés hubiera querido decirle: / Lo escribí en unas horas, lo pensé años enteros. / Sin embargo no contestó. Miró azorado a Ricardo y en silencio se reprochó: / Me duele menos perder el dinero que el fracaso literario y la humillación ante Arbeláez. / Pero ya Ricardo continuaba:

—De verdad créemelo, no sabes cuánto lamento esta situación. Me hubiera encantado que Mr. Hardwick aceptara LA FIESTA BRAVA. Ya ves, fuiste el primero a quien le hablé.

—Ricardo, las excusas salen sobrando: di que no sirve y se acabó. No hay ningún problema.

El tono ofendió a Arbeláez. Hizo un gesto para controlarse y añadió:

—Sí hay problemas. Te falta precisión. No se ve al personaje. Tienes párrafos confusos, el último por ejemplo, gracias a tu capricho de sustituir por comas los demás signos de puntuación. ¿Vanguardismo a estas alturas? Por favor, Andrés, estamos en 1971, Joyce escribió hace medio siglo. Bueno, si te parece poco, tu anécdota es irreal en el peor sentido. Además eso del "sustrato prehispánico enterrado pero vivo" ya no aguanta, en serio ya no aguanta. Carlos Fuentes agotó el tema. Desde luego tú lo ves desde un ángulo distinto, pero de todos modos… El asunto se complica porque empleas la segunda persona, un recurso que hace mucho perdió su novedad y acentúa el parecido con *Aura* y *La muerte de Artemio Cruz*. Sigues en 1962, tal parece.

—Ya todo se ha escrito. Cada cuento sale de otro cuento. Pero, en fin, tus objeciones son irrebatibles excepto en lo de Fuentes. Jamás he leído un libro suyo. No leo literatura mexicana… Por higiene mental.

Andrés comprendió tarde que su arrogancia de perdedor sonaba a hueco.

—Pues te equivocas. Deberías leer a los que escriben junto a ti… Mira, LA FIESTA BRAVA me recuerda también un cuento de Cortázar.

—¿"La noche boca arriba"?

—Exacto.

—Puede ser.

—Y ya que hablamos de antecedentes, hay un texto de Rubén Darío: "Huitzilopochtli". Es de lo último que escribió. Un relato muy curioso de un gringo en la revolución mexicana y de unos ritos prehispánicos.

—¿Escribió cuentos Darío? Creí que sólo había sido poeta… Bueno, pues me retiro, desaparezco.

—Un momento: falta el colofón. A Mr. Hardwick la trama le pareció burda y tercermundista, de un antiyanquismo barato. Puro lugar común. Encontró no sé cuántos símbolos.

—No hay ningún símbolo. Todo es directo.

—El final sugiere algo que no está en el texto y que, si me perdonas, considero estúpido.

—No entiendo.

—Es como si quisieras ganarte a los *acelerados* de la Universidad o tuvieras nostalgia de nuestros ingenuos tiempos en *Trinchera*: "México será la tumba del imperialismo norteamericano, del mismo modo que en el siglo XIX hundió las aspiraciones de Luis Bonaparte, Napoleón III". ¿No es así? Discúlpame, Andrés, te equivocaste. Mr. Hardwick también está contra la guerra de Vietnam, por supuesto, y sabes que en el fondo mi posición no ha variado: cambió el mundo ¿no es cierto? Pero, Andrés, en qué cabeza cabe, a quién se le ocurre traer a una revista con fondos de allá arriba un cuento en que proyectas deseos, conscientes, inconscientes o subconscientes, de ahuyentar el turismo y de chingarte a los gringos. ¿Prefieres a los rusos? Yo los vi entrar en Praga para acabar con el único socialismo que hubiera valido la pena.

—Quizá tengas razón. A lo mejor yo solo me puse la trampa.

—Puede ser, *who knows*. Pero mejor no psicoanalicemos porque vamos a concluir que tal vez tu cuento es una agresión disfrazada en contra mía.

—No, cómo crees —Andrés fingió reír con Ricardo, hizo una pausa y añadió—: Bueno, muchas gracias de cualquier modo.

—Por favor, no lo tomes así, no seas absurdo. Espero otra cosa tuya aunque no sea para el primer número. Andrés, esta revista no trabaja a la mexicana: lo que se encarga se paga. Aquí tienes: son doscientos dólares nada más, pero algo es algo.

Ricardo tomó de su cartera diez billetes de veinte dólares. Andrés pensó que el gesto lo humillaba y no extendió la mano para recibirlos.

—No te sientas mal aceptándolos. Es la costumbre en Estados Unidos. Ah, si no te molesta, fírmame este recibo y déjame unos días tu original para mostrárselo al administrador y justificar el pago. Después te lo mando con un *office boy*, porque el correo en *este país*…

—Muy bien. Gracias de nuevo. Intentaré traerte alguna otra cosa.

—Tómate tu tiempo y verás cómo al segundo intento habrá suerte. Los gringos son muy profesionales, muy perfeccionistas. Si mandan rehacer tres veces una nota de libros, imagínate lo que exigen de un cuento. Oye, el pago no te compromete a nada: puedes meter tu historia en cualquier revista local.

—Para qué. No sirvió. Mejor nos olvidamos del asunto… ¿Te quedas?

—Sí, tengo que hacer unas llamadas.

—¿A esta hora? Ya es muy tarde ¿no?

—Tardísimo, pero mientras orbitamos la revista hay que trabajar a marchas forzadas… Andrés, te agradezco mucho que hayas cumplido el encargo y por favor salúdame a Hilda.

—Gracias, Ricardo. Buenas noches.

Salió al pasillo en tinieblas en donde sólo ardían las luces en el tablero del elevador. Tocó el timbre y poco después se abrió la jaula luminosa. Al llegar al vestíbulo le abrió la puerta de la calle un velador soñoliento, la cara oculta tras una bufanda. Andrés regresó a la noche de México. Fue hasta la estación Juárez y bajó a los andenes solitarios.

Abrió el portafolios en busca de algo para leer mientras llegaba el metro. Encontró la única copia al carbón de LA FIESTA BRAVA. La rompió y la arrojó al basurero. Hacía calor en el túnel. De pronto lo bañó el aire desplazado por el convoy que se detuvo sin ruido. Subió, hizo otra vez el cambio en Balderas y tomó asiento en una banca individual. Sólo había tres pasajeros adormilados. Andrés sacó del bolsillo el fajo de dólares, lo contempló un instante y lo guardó en el portafolios. En el cristal de la puerta miró su reflejo impreso por el juego entre la luz del interior y las tinieblas del túnel.

/ Cara de imbécil. / Si en la calle me topara conmigo mismo sentiría un infinito desprecio. / Cómo pude exponerme a una humillación de esta naturaleza. / Cómo voy a explicársela a Hilda. / Todo es siniestro. / Por qué no chocará el metro. / Quisiera morirme. /

Al ver que los tres hombres lo observaban Andrés se dio cuenta de que había hablado casi en voz alta. Desvió la mirada y para ocuparse en algo descorrió el cierre del portafolios y cambió de lugar los dólares.

Bajó en la estación Insurgentes. Los magnavoces anunciaban el último viaje de esa noche. Todas las puertas iban a cerrarse. De paso leyó una inscripción grabada a punta de compás sobre un anuncio de Coca Cola: ASESINOS, NO OLVIDAMOS TLATELOLCO Y SAN COSME. / Debe decir: "ni San Cosme", / corrigió Andrés mientras avanzaba hacia la salida. Arrancó el tren que iba en dirección de Zaragoza. Antes de que el convoy adquiriera velocidad, Andrés advirtió entre los pasajeros del último vagón a un hombre de camisa verde y aspecto norteamericano.

El capitán Keller ya no alcanzó a escuchar el grito que se perdió en la boca del túnel. Andrés Quintana se apresuró a subir las escaleras en busca de aire libre. Al llegar a la superficie, con su única mano hábil empujó la puerta giratoria. No pudo ni siquiera abrir la boca cuando lo capturaron los tres hombres que estaban al acecho.

Tenga para que se entretenga

A Ignacio Solares

Estimado señor:

Le envío el informe confidencial que me pidió. Incluyo un recibo por mis honorarios. Le ruego se sirva cubrirlos mediante cheque o giro postal. Confío en que el precio de mis servicios le parezca justo. El informe salió más largo y detallado de lo que en un principio supuse. Tuve que redactarlo varias veces para lograr cierta claridad ante lo difícil y aun lo increíble del caso. Reciba los atentos saludos de

Ernesto Domínguez Puga
Detective Privado
Palma 10, despacho 52

México, Distrito Federal, sábado 5 de mayo de 1972

INFORME CONFIDENCIAL

El 9 de agosto de 1943 la señora Olga Martínez de Andrade y su hijo de seis años, Rafael Andrade Martínez, salieron de su casa (Tabasco 106, colonia Roma). Iban a almorzar con doña

Caridad Acevedo viuda de Martínez en su domicilio (Gelati 36 bis, Tacubaya). Ese día descansaba el chofer. El niño no quiso viajar en taxi: le pareció una aventura ir como los pobres en tranvía y autobús. Se adelantaron a la cita y a la señora Olga se le ocurrió pasear a su hijo por el cercano Bosque de Chapultepec.

Rafael se divirtió en los columpios y resbaladillas del Rancho de la Hormiga, atrás de la residencia presidencial (Los Pinos). Más tarde fueron por las calzadas hacia el lago y descansaron en la falda del cerro.

Llamó la atención de Olga un detalle que hoy mismo, tantos años después, pasa inadvertido a los transeúntes: los árboles de ese lugar tienen formas extrañas, se hallan como aplastados por un peso invisible. Esto no puede atribuirse al terreno caprichoso ni a la antigüedad. El administrador del Bosque informó que no son árboles vetustos como los ahuehuetes prehispánicos de las cercanías: datan del siglo XIX. Cuando actuaba como emperador de México, el archiduque Maximiliano ordenó sembrarlos en vista de que la zona resultó muy dañada en 1847, a consecuencia de los combates en Chapultepec y el asalto del Castillo por las tropas norteamericanas.

El niño estaba cansado y se tendió de espaldas en el suelo. Su madre tomó asiento en el tronco de uno de aquellos árboles que, si usted me lo permite, calificaré de sobrenaturales. Pasaron varios minutos. Olga sacó su reloj, se lo acercó a los ojos, vio que ya eran las dos de la tarde y debían irse a casa de la abuela. Rafael le suplicó que lo dejara un rato más. La señora aceptó de mala gana, inquieta porque en el camino se habían cruzado con varios aspirantes a torero quienes, ya desde entonces, practicaban al pie de la colina en un estanque seco, próximo al sitio que se asegura fue el baño de Moctezuma.

A la hora del almuerzo el Bosque había quedado desierto. No se escuchaba rumor de automóviles en las calzadas ni trajín de lanchas en el lago. Rafael se entretenía en obstaculizar con una ramita el paso de un caracol. En ese instante se abrió un rectángulo de madera oculto bajo la hierba rala del cerro y apareció un hombre que dijo a Rafael:

—Déjalo. No lo molestes. Los caracoles no hacen daño y conocen el reino de los muertos.

Salió del subterráneo, fue hacia Olga, le tendió un periódico doblado y una rosa con un alfiler:

—Tenga para que se entretenga. Tenga para que se la prenda.

Olga dio las gracias, extrañada por la aparición del hombre y la amabilidad de sus palabras. Lo creyó un vigilante, un guardián del Castillo, y de momento no reparó en su vocabulario ni en el olor a humedad que se desprendía de su cuerpo y su ropa.

Mientras tanto Rafael se había acercado al desconocido y le preguntaba:

—¿Ahí vives?

—No: más abajo, más adentro.

—¿Y no tienes frío?

—La tierra en su interior está caliente.

—Llévame a conocer tu casa. Mamá, ¿me das permiso?

—Niño, no molestes. Dale las gracias al señor y vámonos ya: tu abuelita nos está esperando.

—Señora, permítale asomarse. No lo deje con la curiosidad.

—Pero, Rafaelito, ese túnel debe de estar muy oscuro. ¿No te da miedo?

—No, mamá.

Olga asintió con gesto resignado. El hombre tomó de la mano a Rafael y dijo al empezar el descenso:

—Volveremos. Usted no se preocupe. Sólo voy a enseñarle la boca de la cueva.

—Cuídelo mucho, por favor. Se lo encargo.

Según el testimonio de parientes y amigos, Olga fue siempre muy distraída. Por tanto, juzgó normal la curiosidad de su hijo, aunque no dejaron de sorprenderla el aspecto y la cortesía del vigilante. Guardó la flor y desdobló el periódico. No pudo leerlo. Apenas tenía veintinueve años pero desde los quince necesitaba lentes bifocales y no le gustaba usarlos en público.

Pasó un cuarto de hora. El niño no regresaba. Olga se inquietó y fue hasta la entrada de la caverna subterránea. Sin atreverse a penetrar en ella, gritó con la esperanza de que Rafael y el hombre le contestaran. Al no obtener respuesta bajó aterrorizada hasta el estanque seco. Dos aprendices de torero se adiestraban allí. Olga les informó de lo sucedido y les pidió ayuda.

Volvieron al lugar de los árboles extraños. Los torerillos cruzaron miradas al ver que no había ninguna cueva, ninguna boca de ningún pasadizo. Buscaron a gatas sin hallar el menor indicio. No obstante, en manos de Olga estaban la rosa, el alfiler, el periódico —y en el suelo el caracol y la ramita.

Cuando Olga cayó presa de un auténtico shock, los torerillos entendieron la gravedad de lo que en principio habían juzgado una broma o una posibilidad de aventura. Uno de ellos corrió a avisar por teléfono desde un puesto a orillas del lago. El otro permaneció al lado de Olga e intentó calmarla.

Veinte minutos después se presentó en Chapultepec el ingeniero Andrade, esposo de Olga y padre de Rafael. En seguida aparecieron los vigilantes del Bosque, la policía, la abuela, los parientes, los amigos y desde luego la multitud de curiosos que siempre parece estar invisiblemente al acecho en todas partes y se materializa cuando sucede algo fuera de lo común.

El ingeniero tenía grandes negocios y estrecha amistad con el general Maximino Ávila Camacho. Modesto especialista en resistencia de materiales cuando gobernaba el general Lázaro Cárdenas, Andrade se había vuelto millonario en el nuevo régimen gracias a las concesiones de carreteras y puentes que le otorgó don Maximino. Como usted recordará, el hermano del presidente Manuel Ávila Camacho era el secretario de Comunicaciones, la persona más importante del gobierno y el hombre más temido de México. Bastó una orden suya para movilizar a la mitad de todos los efectivos policiales de la capital, cerrar el Bosque, detener e interrogar a los torerillos. Uno de sus ayudantes irrumpió en Palma 10 y me llevó a Chapultepec en un automóvil oficial. Dejé todo para cumplir con la orden de Ávila Camacho. Yo acababa de hacerle servicios de la índole más reservada y me honra el haber sido digno de su confianza.

Cuando llegué a Chapultepec hacia las cinco de la tarde, la búsqueda proseguía sin que se hubiese encontrado ninguna pista. Era tanto el poder de don Maximino que en el lugar de los hechos se hallaban para dirigir la investigación el general Miguel Z. Martínez, jefe de la policía capitalina, y el coronel José Gómez Anaya, director del Servicio Secreto.

Agentes y uniformados trataron, como siempre, de impedir mi labor. El ayudante dijo a los superiores el nombre de quien me ordenaba hacer una investigación paralela. Entonces me dejaron comprobar que en la tierra había rastros del niño, no así del hombre que se lo llevó.

El administrador del Bosque aseguró no tener conocimiento de que hubiera cuevas o pasadizos en Chapultepec. Una cuadrilla excavó el sitio en donde Olga juraba que había desaparecido su hijo. Sólo encontraron cascos de metralla y huesos muy antiguos. Por su parte, el general Martínez declaró a los reporteros que la existencia de túneles en México era sólo una más entre las muchas leyendas que envuelven el secreto de la ciudad. La capital está construida sobre el lecho de un lago; el subsuelo fangoso vuelve imposible esta red subterránea: en caso de existir se hallaría anegada.

La caída de la noche obligó a dejar el trabajo para la mañana siguiente. Mientras se interrogaba a los torerillos en los separos de la

Inspección, acompañé al ingeniero Andrade a la clínica psiquiátrica de Mixcoac donde atendían a Olga los médicos enviados por Ávila Camacho. Me permitieron hablar con ella y sólo saqué en claro lo que consta al principio de este informe.

Por los insultos que recibí en los periódicos no guardé recortes y ahora lo lamento. La radio difundió la noticia, los vespertinos ya no la alcanzaron. En cambio los diarios de la mañana desplegaron en primera plana y a ocho columnas lo que a partir de entonces fue llamado "El misterio de Chapultepec".

Un pasquín ya desaparecido se atrevió a afirmar que Olga tenía relaciones con los dos torerillos. Chapultepec era el escenario de sus encuentros. El niño resultaba el inocente encubridor que al conocer la verdad tuvo que ser eliminado.

Otro periódico sostuvo que hipnotizaron a Olga y la hicieron creer que había visto lo que contó. En realidad el niño fue víctima de una banda de "robachicos". (El término, traducido literalmente de *kidnappers*, se puso de moda en aquellos años por el gran número de secuestros que hubo en México durante la Segunda Guerra Mundial.) Los bandidos no tardarían en pedir rescate o en mutilar a Rafael para obligarlo a la mendicidad.

Aún más irresponsable, cierta hoja inmunda engañó a sus lectores con la hipótesis de que Rafael fue capturado por una secta que adora dioses prehispánicos y practica sacrificios humanos en Chapultepec. (Como usted sabe, Chapultepec fue el bosque sagrado de los aztecas.) Según los miembros de la secta, la cueva oculta en este lugar es uno de los ombligos del planeta y la entrada al inframundo. Semejante idea parece basarse en una película de Cantinflas, *El signo de la muerte*.

En fin, la gente halló un escape de la miseria, las tensiones de la guerra, la escasez, la carestía, los apagones preventivos contra un bombardeo aéreo que por fortuna no llegó jamás, el descontento, la corrupción, la incertidumbre… Y durante algunas semanas se apasionó por el caso. Después todo quedó olvidado para siempre.

Cada uno piensa distinto, cada cabeza es un mundo y nadie se pone de acuerdo en nada. Era un secreto a voces que para 1946 don Maximino ambicionaba suceder a don Manuel en la presidencia. Sus adversarios aseguraban que no vacilaría en recurrir al golpe militar y al fratricidio. Por tanto, de manera inevitable se le dio un sesgo político a este embrollo: a través de un semanario de oposición, sus enemigos civiles difundieron la calumnia de que don Maximino había ordenado el asesinato de Rafael con objeto de que el niño no informara al ingeniero Andrade de las relaciones que su protector sostenía con Olga.

El que escribió esa infamia amaneció muerto cerca de Topilejo, en la carretera de Cuernavaca. Entre su ropa se halló una nota de suicida en que el periodista manifestaba su remordimiento, hacía el elogio de Ávila Camacho y se disculpaba ante los Andrade. Sin embargo la difamación encontró un terreno fértil, ya que don Maximino, personaje extraordinario, tuvo un gusto proverbial por las llamadas "aventuras". Además, la discreción, el profesionalismo, el respeto a su dolor y a sus actuales canas me impidieron decirle antes a usted que en 1943 Olga era bellísima, tan hermosa como las estrellas de Hollywood pero sin la intervención del maquillista ni el cirujano plástico.

Tan inesperadas derivaciones tenían que encontrar un hasta aquí. Gracias a métodos que no viene al caso describir, los torerillos firmaron una confesión que aclaró las dudas y acalló la maledicencia. Según consta en actas, el 9 de agosto de 1943 los adolescentes aprovechan la soledad del Bosque a las dos de la tarde y la mala vista de Olga para montar la farsa de la cueva y el vigilante misterioso.

Enterados de la fortuna del ingeniero (Andrade había hecho esfuerzos por ocultarla), se proponen llevarse al niño y exigir un rescate que les permita comprar su triunfo en las plazas de toros. Luego, atemorizados al saber que pisan terrenos del implacable hermano del presidente, los torerillos enloquecen de miedo, asesinan a Rafael, lo descuartizan y echan sus restos al Canal del Desagüe.

La opinión pública mostró credulidad y no exigió que se puntualizaran algunas contradicciones. Por ejemplo, ¿qué se hizo de la caverna subterránea por la que desapareció Rafael? ¿Quién era y en dónde se ocultaba el cómplice que desempeñó el papel de guardia? ¿Por qué, de acuerdo con el relato de su madre, fue el propio niño quien tuvo la iniciativa de entrar en el pasadizo? Y sobre todo ¿a qué horas pudieron los torerillos destazar a Rafael y arrojar sus despojos a las aguas negras —situadas en su punto más próximo a unos veinte kilómetros de Chapultepec— si, como antes he dicho, uno llamó a la policía y al ingeniero Andrade, el otro permaneció al lado de Olga y ambos estaban en el lugar de los hechos cuando llegaron la familia y las autoridades?

Pero al fin y al cabo todo en este mundo es misterioso. No hay ningún hecho que pueda ser aclarado satisfactoriamente. Como tapabocas se publicaron fotos de la cabeza y el torso de un muchachito, vestigios extraídos del Canal del Desagüe. Pese a la avanzada descomposición, era evidente que el cadáver correspondía a un niño de once o doce años, y no de seis como Rafael. Esto sí no es problema: en México siempre que se busca un cadáver se encuentran muchos otros en el curso de la pesquisa.

Dicen que la mejor manera de ocultar algo es ponerlo a la vista de todos. Por ello y por la excitación del caso y sus inesperadas ramificaciones, se disculpará que yo no empezara por donde procedía: es decir, por interrogar a Olga acerca del individuo que capturó a su hijo. Es imperdonable —lo reconozco— haber considerado normal que el hombre le entregara una flor y un periódico y no haber insistido en examinar estas piezas.

Tal vez un presentimiento de lo que iba a encontrar me hizo posponer hasta lo último el verdadero interrogatorio. Cuando me presenté en la casa de Tabasco 106 los torerillos, convictos y confesos tras un juicio sumario, ya habían caído bajo los disparos de la ley fuga: en Mazatlán intentaron escapar de la cuerda en que iban a las Islas Marías para cumplir una condena de treinta años por secuestro y asesinato. Y ya todos, menos los padres, aceptaban que los restos hallados en las aguas negras eran los del niño Rafael Andrade Martínez.

Encontré a Olga muy desmejorada, como si hubiera envejecido varios años en unas cuantas semanas. Aún con la esperanza de recobrar a su hijo, se dio fuerzas para contestarme. Según mis apuntes taquigráficos, la conversación fue como sigue:

—Señora Andrade, en la clínica de Mixcoac no me pareció oportuno preguntarle ciertos detalles que ahora considero indispensables. En primer lugar ¿cómo vestía el hombre que salió de la tierra para llevarse a Rafael?

—De uniforme.

—¿Uniforme militar, de policía, de guardabosques?

—No, es que, sabe usted, no veo bien sin mis lentes. Pero no me gusta ponérmelos en público. Por eso pasó todo, por eso…

—Cálmate —intervino el ingeniero Andrade cuando su esposa comenzó a llorar.

—Perdone, no me contestó usted: ¿cómo era el uniforme?

—Azul, con adornos rojos y dorados. Parecía muy desteñido.

—¿Azul marino?

—Más bien azul claro, azul pálido.

—Continuemos. Apunté en mi libreta las palabras que le dijo el hombre al darle el periódico y la flor: "Tenga para que se entretenga. Tenga para que se la prenda". ¿No le parecen muy extrañas?

—Sí, rarísimas. Pero no me di cuenta. Qué estúpida. No me lo perdonaré jamás.

—¿Advirtió usted en el hombre algún otro rasgo fuera de lo común?

—Me parece estar oyéndolo: hablaba muy despacio y con acento.

—¿Acento regional o como si el español no fuera su lengua?

—Exacto: como si el español no fuera su lengua.

—Entonces ¿cuál era su acento?

—Déjeme ver… quizá… como alemán.

El ingeniero y yo nos miramos. Había muy pocos alemanes en México. Eran tiempos de guerra, no se olvide, y los que no estaban concentrados en el Castillo de Perote vivían bajo sospecha. Ninguno se hubiera atrevido a meterse en un lío semejante.

—¿Y él? ¿Cómo era él?

—Alto… sin pelo… Olía muy fuerte… como a humedad.

—Señora Olga, disculpe el atrevimiento, pero si el hombre era tan estrafalario ¿por qué dejó usted que Rafaelito bajara con él a la cueva?

—No sé, no sé. Por tonta, porque él me lo pidió, porque siempre lo he consentido mucho. Nunca pensé que pudiera ocurrirle nada malo… Espere, hay algo más: cuando el hombre se acercó vi que estaba muy pálido… ¿Cómo decirle…? Blancuzco… Eso es: como un caracol… un caracol fuera de su concha.

—Válgame Dios. Qué cosas se te ocurren —exclamó el ingeniero Andrade. Me estremecí. Para fingirme sereno enumeré:

—Bien, conque decía frases poco usuales, hablaba con acento alemán, llevaba uniforme azul pálido, olía mal y era fofo, viscoso. ¿Gordo, de baja estatura?

—No, señor, todo lo contrario: muy alto, muy delgado… Ah, además tenía barba.

—¿Barba? Pero si ya nadie usa barba —intervino el ingeniero Andrade.

—Pues él tenía —afirmó Olga.

Me atreví a preguntarle:

—¿Una barba como la de Maximiliano de Habsburgo, partida en dos sobre el mentón?

—No, no. Recuerdo muy bien la barba de Maximiliano. En casa de mi madre hay un cuadro del emperador y la emperatriz Carlota… No, señor, él no se parecía a Maximiliano. Lo suyo eran más bien mostachos o patillas… como grises o blancas… no sé.

La cara del ingeniero reflejó mi propio gesto de espanto. De nuevo quise aparentar serenidad y dije como si no tuviera importancia:

—¿Me permite examinar la revista que le dio el hombre?

—Era un periódico, creo yo. También guardé la flor y el alfiler en mi bolsa. Rafael ¿no te acuerdas de qué bolsa llevaba?

—La recogí en Mixcoac y luego la guardé en tu ropero. Estaba tan alterado que no se me ocurrió abrirla.

Señor, en mi trabajo he visto cosas que horrorizarían a cualquiera. Sin embargo nunca había sentido ni he vuelto a sentir un miedo tan terrible como el que me dio cuando el ingeniero Andrade abrió la bolsa y nos mostró una rosa negra marchita (no hay en este mundo rosas negras), un alfiler de oro puro muy desgastado y un periódico amarillento que casi se deshizo cuando lo abrimos. Era *La Gaceta del Imperio*, con fecha del 2 de octubre de 1866. Más tarde nos enteramos de que sólo existe otro ejemplar en la Hemeroteca.

El ingeniero Andrade, que en paz descanse, me hizo jurar que guardaría el secreto. El general Maximino Ávila Camacho me recompensó sin medida y me exigió olvidarme del asunto. Ahora, pasados tantos años, confío en usted y me atrevo a revelar —a nadie más he dicho una palabra de todo esto— el auténtico desenlace de lo que llamaron los periodistas "El misterio de Chapultepec". (Poco después la inesperada muerte de don Maximino iba a significar un nuevo enigma, abrir el camino al gobierno civil de Miguel Alemán y terminar con la época de los militares en el poder.)

Desde entonces hasta hoy, sin fallar nunca, la señora Olga Martínez viuda de Andrade camina todas las mañanas por el Bosque de Chapultepec hablando a solas. A las dos en punto de la tarde se sienta en el tronco vencido del mismo árbol, con la esperanza de que algún día la tierra se abrirá para devolverle a su hijo o para llevarla, como los caracoles, al reino de los muertos. Pase usted por allí y la encontrará con el mismo vestido que llevaba el 9 de agosto de 1943: sentada en el tronco, inmóvil, esperando, esperando.

La niña de Mixcoac

La niña de Mixcoac

Para R. P., R. C. y A. S.

A mediados del siglo xx la Ciudad de México desapareció como tal para fundirse con el D.F. La proyectada revista argenmex *Scatamacchia. Narrativa Breve* pidió para su primer número falsas narraciones autobiográficas en torno a aquellos tiempos. Contra el abuso actual de las "firmas" y de los "nombres", todos los textos se enviaron sin decir quién los había escrito. Incluimos aquí una de esas narraciones y la correspondencia electrónica que el texto suscitó entre los editores de *Scatamacchia*.

I. LA NIÑA DE MIXCOAC

1

Los sábados no voy a la escuela. Tomo clases de inglés con miss Dunne en la casa de Mixcoac en donde viven ella y su madre. Mixcoac es todavía un pueblo a orillas de la ciudad. Memorizo los cuentos de Edgar Allan Poe y los versos de "The Raven".

Mr. Hull, el jefe de mi padre, me dice:

—Ésas no son cosas para niños. Miss Dunne debe enseñarte lo que te sirva para triunfar en la vida y en los negocios. La poesía y la literatura son muy bonitas, están muy bien, no lo niego; pero sólo como entretenimiento y descanso de nuestras ocupaciones. Fuera de eso, resultan una actividad de locos, malvivientes, borrachos, jotos, mariguanos y comunistas. Además en Estados Unidos no tenemos el menor respeto por el tal Poe. Era un dipsómano y un demente que escribía historias de pesadilla. Un degenerado que se casó con una niña de trece o catorce años. Imagínate si no merecía la cárcel o el manicomio. Además el mundo no es así, vivir es algo muy bello, la gente es buena. Hay que verlo todo con optimismo. De otra manera estarás perdido.

Al terminar la clase las Dunne me invitan té con galletas de jengibre. Entonces hablamos en español porque ellas lo aprendieron en las Filipinas. Me cuentan de Manila, de los japoneses y la guerra. El coronel Dunne era ayudante del general Douglas MacArthur. Murió como un héroe en Corregidor.

La isla-fortaleza de Corregidor, me explican las dos mujeres, está a la entrada de la bahía de Cavite frente a Manila. Allí se acabó de hundir el imperio español cuando en 1898 el contralmirante Dewey aniquiló a la Armada del Pacífico. En 1942, ante la ofensiva del Japón, Corregidor se volvió el último refugio para los norteamericanos y sus aliados filipinos.

—Mar, selva, montaña, rocas. Corregidor se parece a Acapulco —insisten la señora y su hija—. La invasión transformó ese paraíso en un infierno. Después del ataque a traición contra Pearl Harbor los nipones avanzaban incontenibles. Su propósito era desembarcar en los Estados Unidos y emplear a tu país como cabeza de playa. Los japoneses son espantosos, tan feos como los mexicanos de clase baja. El presidente Roosevelt no podía enviarnos tropas, armas ni medicinas. Nos refugiamos en túneles excavados en las montañas de Malinta. Había ataques aéreos y los cañones de Hiroito bombardeaban Corregidor desde la península de Bataán. Quedamos encerradas en esas cavernas bajo el calor y la humedad asfixiantes. Al fin, sin agua ni comida, tuvimos que rendirnos.

Las Dunne nunca me dicen qué pasó después. Tampoco por qué viven ni de qué viven en un México al que desprecian tanto.

2

En vez de tomar el tranvía que corre sobre un terraplén por la calle empedrada de Patriotismo, me gusta caminar a orillas del río Mixcoac. Es amplio y está menos sucio que el río de La Piedad.

Doy vueltas por las calles desiertas y sin pavimento. Veo casas antiguas que de tan silenciosas parecen deshabitadas. Una tarde, al regresar de la clase de inglés, encuentro en una esquina un muro de mampostería cubierto de buganvilias. Oculta un inmenso jardín con grandes fresnos. Una niña de mi edad está sentada en lo alto de esa pared. Me dice "hola". Le respondo y me invita a conversar. Intento subir por la enredadera.

—No, quédate por favor ahí abajo —me pide.

Es muy hermosa con su largo cabello claro y sus ojos verdes. Alcanzo a vislumbrar sus piernas. En su cuerpo tan breve ya se dibujan las caderas, la cintura y los senos. Me extraña que tenga la boca pintada y a estas horas lleve zapatos de tacón alto y una bata de franela. Sin embargo, está muy limpia y aun a esta distancia puedo oler en ella el único perfume que reconozco: "Maderas de Oriente".

—Me llamo Lupita. ¿Y tú?

Hablo y hablo sin parar. Lupita no dice nada. Me niego a apartarme de ella hasta que al fin, cuando está a punto de caer la noche, la niña se disculpa:

—Perdóname. Me tengo que ir. Me dio mucho gusto conocerte. Prométeme que vas a volver el sábado a esta misma hora.

Regreso el siguiente y todos los demás sábados después de ver a las Dunne. Me he enamorado de Lupita aunque sólo pueda aspirar a estas conversaciones. No voy a tomarla de la mano. No puedo besarla ni siquiera en la frente. No entraré jamás en su casa. A esta edad la única relación posible es la que tenemos.

Le cuento de la escuela, la familia, la empresa, las enseñanzas de miss Dunne, los cuentos de Poe y los versos de "The Raven". Quiero impresionarla y cito:

—*Quoth the Raven: "Nevermore".*

Para mi humillante sorpresa, Lupita habla inglés perfecto y me corrige la pronunciación. En la dicha de estar cerca no reparo en que siempre me hace preguntas pero nunca me revela nada acerca de ella misma. Aunque me considero adolescente aún soy un niño. Miento como todos los niños, miento para ganarme su admiración. La mayor y la más estúpida de las mentiras es decirle:

—Nací en Manila, estuve con mis padres en el infierno de Corregidor. Los japoneses nos bombardeaban todo el tiempo. La cueva en la montaña de Malinta era una tumba. No sé cómo pudimos salir vivos.

3

Época de lluvias. Salgo de la clase de inglés. Temo que Lupita no vaya a estar en el muro de su jardín. Pero está. Bajo la tarde gris me espera como todos los sábados:

—Tonto, cómo no iba a salir a verte si tú y yo somos novios.

Nunca había escuchado aplicada a mí esa palabra. Le respondo que la amo como a nadie, frase aprendida en una película. Lupita me contesta:

—Yo también, mi amor.

Nadie me había dicho nunca mi amor. Lupita desaparece. Toda la semana sueño con volver a verla. Ahora sí, aunque se oponga, voy a subir por la enredadera y a darle un beso.

Pero aquel sábado no me abre la profesora sino la sirvienta. Las Dunne me esperan con caras largas no en la sala donde siempre he tomado las clases sino en el estudio:

—Tenemos que decirte algo. No lo tomes a mal. Es por tu bien: no vuelvas a ver nunca a esa niña ni a pasar jamás por allí. ¿Cómo es posible que seas tan ingenuo y no te hayas dado cuenta?

—¿De qué?

—Se trata de una clínica.

—¿Un hospital?

—No, mucho peor —interviene la madre de miss Dunne—. Una clínica psiquiátrica, un asilo...

—Un manicomio privado, para que me entiendas —tercia la otra—. La razón de que pase lo que pasa es que por ser tan grande el edificio no pueden vigilar a toda hora a los enfermos.

—Lupita —añade mi profesora— es una niña loca. Le dan electroshocks y la encierran. Se escapa, se sienta en el muro y llama a los transeúntes viejos y jóvenes. Los invita a pasar y hace cosas horribles con ellos. No me preguntes cuáles, no podría decírtelas. Ha metido choferes, policías, vendedores ambulantes, incluso vagos y ladrones. Es algo muy triste.

—Pobre niña —habla de nuevo la señora mayor—. La sorprenden *in fraganti*, la golpean y la castigan, pero no sirve de nada. Por fortuna, ya encerraron en la cárcel a todas esas bestias inmundas.

—Y a Lupita —concluye miss Dunne— acaban de trasladarla a un lugar más estricto. La tienen encadenada en una celda porque no hay remedio para su enfermedad. Tuviste suerte de que no te atrapara y te corrompiera. Lo que debes hacer es alejarte de Mixcoac y no regresar nunca.

Reacciono de la manera más despreciable. Me duele mucho la historia de Lupita y sobre todo el saber que no volveré a verla. Pero al mismo tiempo no puedo evitar el rencor y los celos, tanto más terribles pues no tienen nombre ni cara: ¿por qué otros y no yo, por qué Lupita nunca me invitó a pasar al otro lado del muro?

Años después, cuando en la absoluta intimidad intercambiemos memorias y traumas infantiles, algunas mujeres lo empeorarán todo en su afán de reducir el daño y consolarme: "Actuó así porque tú no eras como los otros y ella de verdad te amaba. Pobrecita".

Abandono las clases de miss Dunne. No vuelvo en muchos años a Mixcoac. Cuando lo hago el pueblo que conocí ha desaparecido. Ya es parte no de la Ciudad muerta de México sino del D. F. que ocupa su lugar. Las calles de tierra ahora son avenidas horribles. Talaron los grandes árboles. El río fluye putrefacto y entubado. Entre los condominios, las escuelas, las cadenas de tiendas, las refaccionarias, los lotes que venden automóviles, no puedo hallar ni siquiera vestigios del asilo psiquiátrico ni de la casa de las Dunne. En México todo se va como si nunca hubiera existido.

Me angustia pensar en que Lupita vive todavía, consume la última etapa de su existencia en una celda de la que nunca ha vuelto a salir. Está enterrada en vida, emparedada como en un cuento de Edgar Allan Poe o en las cuevas de Malinta en Corregidor.

Pero en algún lugar de la fantasía el muro de las bungavilias sigue en pie. Se escuchan las aguas del río Mixcoac. Suena el viento en las ramas de los fresnos. Somos niños aún. Voy a subir por la enredadera. Voy a besarla y a salvarla y a castigar a todos los que le han hecho daño. Emprendo el ascenso del muro. No puedo aferrarme a la enredadera. Resbalo. Caigo en las aguas sucias del río. Jamás alcanzo las alturas desde las que me mira Lupita ni llego a su lado. El cuervo gira sobre nuestras cabezas y repite eternamente "nunca más, nunca más".

II. CORRESPONDENCIA ELECTRÓNICA SOBRE "LA NIÑA DE MIXCOAC"

25 de septiembre de 2005

Muy querida Estela:

Te envío como *attachment* los relatos que he seleccionado para el primer número de *Scatamacchia*. No sé qué hacer, te confieso, con

"La niña de Mixcoac". A diferencia de las otras narraciones, no me parece un texto autobiográfico, semejante a los demás que nos han llegado, sino una ficción que es como una secuela o una precuela, si me permites el término hollywoodense, de *Las batallas en el desierto*. En fin, nos veremos esta noche y me darás tu opinión.

Te adora
Leopoldo

·

Mi querido Leopoldo:

Aunque estaré contigo dentro de algunas horas, respondo de inmediato a tu correo. Es más fácil hablar de estos temas por escrito que frente a frente. De verdad lamento estar en desacuerdo. "La niña de Mixcoac" no tiene nada que ver con el libro que mencionas. Su autor, bien lo sabes, nos dio un seminario sobre Ricardo Piglia y es nuestro amigo. Pero ¿por qué le otorgas el monopolio de los amores infantiles o adolescentes? ¿Acaso nada más él tiene derecho a escribir sobre la época remota que elegimos como tema para el número inicial de *Scatamacchia*?

Por supuesto, faltaban muchísimos años para que tú y yo naciéramos. Sin embargo, mi madre creció en Mixcoac y opina que los datos suenan verídicos. (Consulta en Google lo de la Segunda Guerra Mundial en las Filipinas, los japoneses, MacArthur y Corregidor.) Todo indica que se trata de una experiencia real y no de una ficción.

De cualquier forma, el verdadero cuento de "La niña de Mixcoac" es lo que no está escrito, lo que no se dice. El relato lleva dentro dos historias silenciosas. Sólo las conocemos por las grietas, por los intersticios de ese muro cubierto de buganvilias.

La narración externa es muy triste; pero, a mi juicio, resulta mucho menos apasionante que el relato interno de abuso, abuso sexual y abuso psiquiátrico. Una joven de buena posición económica (pueden pagarle una clínica privada, habla inglés perfecto), una muchachita de cabellos claros y ojos verdes que desde luego no es lumpen ni proletaria sino pertenece a la alta burguesía católica (se llama, no lo pases por alto, Guadalupe), ha sido víctima de incesantes ultrajes a manos de alguien de su familia: el padre o los hermanos o todos juntos.

Para defenderse, para esconder su crimen, la encierran en un lugar abominable a fin de corregirla del mismo mal que le han impuesto con sus actos. (La culpa siempre recae sobre las víctimas, no sobre los torturadores y los verdugos.) Estos canallas hacen que los psiquiatras, los corregidores, la declaren loca. Por tanto ahora todos pueden disponer de ella a su antojo.

En la clínica concentracionaria la someten a electrochoques, método salvaje y estúpido como se reveló después. Todo indica que estos bárbaros y el personal a su servicio siguen abusando de ella. Hablar de "ninfomanía" es como decir que la causa de la prostitución es la lujuria de las mujeres.

Su reacción ante los hombres que pasan por la calle es, por desgracia y para nuestro espanto, típica de las niñas que han padecido violencia sexual durante mucho tiempo. Su única manera de relacionarse con los adultos es entregarles su cuerpo, no por placer ni mucho menos por perversidad, sino como una defensa inconsciente que trata de prevenir una agresión aún más grave por parte de los extraños. Para Lupita, y no podría ser de otra manera, todos los hombres son extraños.

No le da su cuerpo al narrador innominado que nos cuenta su historia precisamente porque él es todavía un niño, acaso el único niño que Lupita ha tratado en su vida. No se siente amenazada por él. Aunque lo vea sólo por unos cuantos minutos cada sábado, se vuelve su único amparo, un refugio tan precario y fugaz como las cuevas de Malinta antes de que sus asilados tuvieran que rendirse ante la brutal ofensiva japonesa.

Por tanto Lupita y él pueden entablar una relación normal; es decir, semejante a las que deben de haber sostenido en aquella época tan remota para nosotros dos muchas personas de su edad. (Recuerda que, al parecer, aún no son adolescentes o apenas están a punto de serlo.)

Como lectores de "La niña de Mixcoac" tú y yo sabemos todo aquello que sus protagonistas ignoran y cuanto ahora mismo desconoce el propio narrador. (¿Quién será? ¿Tienes idea? El texto obedeció a la convocatoria y llegó sin firma ni remitente.)

Te aseguro, mi amor, que él no podría responder jamás a estas preguntas:

—¿Por qué todo tiene que ser mentira? Miente el niño, mienten las Dunne, miente Lupita con su silencio.

—¿Por qué no puede haber una realidad que no esté basada en la ficción?

—¿Qué somos y quiénes somos los seres humanos?

—¿Cuáles son las relaciones de miss Dunne y su madre con los psiquiatras y el personal de la clínica?

—¿Cómo es posible que se hallen tan bien informadas?

—Si lo saben todo, ¿por qué no impiden desde un principio que el niño se relacione con Lupita?

—¿Para qué están utilizándolo?

—¿Son cómplices de los dementes titulados que manejan ese gulag, ese Auschwitz sexual?

—¿Por cuál razón ellos, los supuestos corregidores, nunca interrumpen las fornicaciones de Lupita con los desconocidos y jamás perturban las entrevistas de los niños cada sábado?

—¿Por qué todo esto? Ya te lo dije: porque ellos también abusan de Lupita.

—Además ¿quién se la lleva de la clínica?

—¿La encierran en otro lugar de confinamiento debido a que ya la embarazaron?

—¿Vuelve a su casa para seguir por siempre como víctima?

—Este destino ¿resulta menos atroz que el de pasar la vida entera encadenada o con camisa de fuerza en una celda?

—Además, ¿quién es el misterioso Mr. Hull, empresario con poderes omnímodos sobre el padre del narrador y opiniones no solicitadas acerca de Edgar Allan Poe, la vida, la literatura, los mexicanos, los comunistas y los homosexuales?

—Mr. Hull ¿conoce a Lupita?

—¿Por qué la niña habla tan bien el inglés?

—¿Cuál es el vínculo de ella y de Mr. Hull con las mujeres sobrevivientes de Corregidor?

—Y las señoras Dunne ¿qué hacen aquí?

—¿Quién las mantiene?

—¿Reciben una pensión militar por el esposo y padre que cayó como un héroe en las Filipinas? (Las clases de inglés, dice mi madre, no les hubieran bastado para sostener una casa en Mixcoac.)

En tiempos en que México permite que prosigan los inconcebibles asesinatos de mujeres en Ciudad Juárez, no te asombre saber que todo esto ocurría en aquel país tan lejano sin que nadie hiciera nada para ponerle fin. (A propósito: en estos días de 2005 *Lolita* cumple medio siglo. A ti te encanta la novela de Nabokov. Yo la detesto, como sabes, y me parece una cruel e ingeniosa apología del abuso sexual.)

Te ruego, mi muy querido Leopoldo, que tomes muy en cuenta lo que te he dicho y hagas una lectura quijotesca o cervantina de "La niña de Mixcoac". También al niño sin nombre lo enloquecen los libros. De pronto se descubre sin saberlo en las profundidades de un cuento de terror.

Estoy segura de que hallarás un texto muy distinto del que leíste por primera vez. Ya no le buscarás falsos antecedentes a un relato que me ha estremecido como ningún otro de los que nos mandaron para el primer número de *Scatamacchia*.

Con todo mi amor, tu
Estela

Inventario

Retratos

MISTER UNIVERSO: VOLTAIRE

L a gran conmemoración europea en estos días es el bicentenario fúnebre de Voltaire (mayo 30) y Rousseau (julio 2), los precursores de la Revolución francesa. Si escucharan los muertos cuanto decimos de ellos, Voltaire pediría silencio al reconocer su póstumo fracaso: injusticia, barbarie, tortura, fanatismo, irracionalidad, todas las cosas contra las que luchó, siguen aquí, tecnológicamente amplificadas. El Siglo de las Luces quiso hacer de este mundo el reino de la humanidad, pero 1978 es todavía una extensión de los milenios tenebrosos.

Goethe lo llamó "el francés supremo, el más grande escritor de todos los tiempos". Somerset Maugham aconseja a los novelistas leer unas páginas de Voltaire antes de sentarse a escribir. El liberalismo lo veneró como autor intelectual de nuestra independencia. Clara injusticia para el deísta Voltaire, "volteriano" se hizo sinónimo de ateo vociferante. En las escuelas católicas preconciliares fue exorcizado como vicario del diablo en la Tierra. El ya abolido *Index*, al incluir en la prohibición su obra completa, mantuvo siempre el interés por sus libros. También la censura de su tiempo había hecho de ellos *best-sellers* clandestinos.

Inventor de la prosa periodística, creador de la disciplina historiográfica y de la noción que hoy llamaríamos conciencia crítica o compromiso literario, Voltaire fue el representante ejemplar de la Europa iluminista y de la burguesía ilustrada en su mejor impulso de racionalizar la organización social. Primer intelectual moderno, resulta asimismo el primer gran triunfo de la publicidad cultural francesa. Presidente honorario de la República Trasnacional de las Letras, creó un puesto vitalicio: el escritor parisiense como guardián que lleva a cuestas los sufrimientos de todos, combate los atropellos contra la dignidad humana y al hacerlo los erige en casos célebres. (La tortura del protestante Caldas, por ejemplo, inspira su *Tratado sobre la tolerancia*.)

La antorcha de Voltaire la heredaron Victor Hugo, Zola, Gide y Sartre. Como suele ocurrir en el gremio, Voltaire no hizo partícipes de sus nobles sentimientos por el género humano a esa porción que representaron sus prójimos más próximos. Para ellos reservó la sátira, la intriga, el sarcasmo, la calumnia y, en el caso de Rousseau, la exposición a la vergüenza pública.

La isla de la razón

François-Marie Arouet nació en París en 1694, hijo de un notario. Adquirió con los jesuitas su formación clásica. Odió a la nobleza pero buscó sus salones y sus honras. Muy joven, se hizo célebre como poeta lírico y dramático (nunca dejó de escribir para el teatro ni de envidiar al aplaudido y ahora olvidado Crébillon). Su ingenio le abrió puertas que su origen burgués le cerraba; también lo condujo a la Bastilla cuando hizo víctima de su sátira al regente duque de Orleans. Un noblezuelo, el caballero de Rohan, se burló del pseudónimo adoptado por ese *snob* (*sine nobilitate*) y lo mandó apalear. Sin la golpiza y sin rencor de clase Voltaire probablemente sería una línea perdida en las historias literarias, "imitó a Virgilio en su *Henríada* y por sus tragedias neoclásicas, *Edipo, César, Bruto*, fue considerado inexplicablemente el sucesor de Racine y Corneille". Al no poder vengarse de Rohan se exilió en Inglaterra. En la "isla de la razón" Voltaire descubrió que la libertad de pensamiento era el motor del progreso, que el nuevo heroísmo no consistía en ganar batallas sino en hacer negocios y que Europa tenía mucho que aprender de los que despreció como piratas y comerciantes.

LOGOS Y PRAXIS

Amigo de Swift y Pope, Voltaire aprendió a hablar y escribir su lengua. Sus veinticuatro *Cartas filosóficas* levantaron el mito del liberalismo inglés y atacaron al absolutismo de Luis XV por contraste con su elogio de la isla: el parlamento es un dique contra los abusos del déspota, tolerancia de culto, libre examen, escepticismo antidogmático, respeto a los derechos humanos, conocimiento y dominio de la naturaleza son el camino del nuevo orden. Hay que deshacerse de Pascal y Descartes y seguir a Newton, Hume, Locke. Otra vez perseguido, Voltaire encontró tálamo y mecenazgo en Cirey con la marquesa de Châtelet. Pudo leer y escribir todo el día mientras su contubernio con Duverney, proveedor del ejército, lo transformaba en millonario.

Gracias a Voltaire y al nuevo público lector, los escritores se volvieron figuras veneradas y temidas, ya no bajos empleados de la corte, a medias entre el escribiente y el bufón. Querían letras a la altura de la ciencia. Escribir no era un juego sino un producto riguroso de la razón, una actividad pedagógica para lograr fines prácticos. Esta intervención del logos en la praxis se encaminaba menos a destruir el privilegio que a reemplazar a sus detentadores: los intelectuales querían sustituir a los religiosos como copartícipes en el mando. En religión combatían contra el dogma, en política contra la tiranía, en lo moral contra el prejuicio. Su campaña contra el antiguo régimen creó la atmósfera en que la revolución se hizo posible.

Sin embargo Voltaire fue débil al magnetismo del poder. Historiógrafo y gentilhombre de Luis XV, protegido de Federico el Grande y del otro grande: Pedro, zar de todas las Rusias, rusófilo y chinófilo (China le parecía una sociedad regida por los literatos), Voltaire quiso servirse del poder y acabó por legitimarlo. Pero sin él y su brillante compañía, sin el racionalismo ilustrado, jamás se hubiera abierto al pensamiento y a la acción las fronteras revolucionarias.

FILOSOFÍA DE LA HISTORIA LA DICHA DEL TRABAJO

El Voltaire que hoy recordamos empieza a los 50 años. Mme. du Châtelet ha muerto. En Ferney, frontera franco-suiza, el gran escritor vive "ni satisfecho ni inquieto", se entrega a "la dicha del trabajo": 18,000 cartas, la mejor literatura epistolar conocida, colaboraciones en la *Enciclopedia* y luego su propio *Diccionario filosófico*. *El siglo de Luis XIV*, nacimiento de la historiografía moderna pues no es sólo recuento de batallas y biografía del poderoso: reconstruye la realidad social de la época, interroga a los sobrevivientes, maneja archivos y periódicos. "Sólo un autor trágico puede escribir bien la historia", afirmó. El *Ensayo sobre las costumbres y el espíritu de las naciones* sustituye la teología de la historia por la filosofía de la historia, propone la razón como principio activo que, con todo, es incapaz de explicar el mal y cancelarlo. El objeto de la vida no es sufrir aquí abajo para ganar el cielo sino lograr la dicha de todos mediante el progreso. Los grandes hombres no son los guerreros que destruyen: son los civilizadores que edifican.

Más libros, folletos, frases célebres; "*Écrasez l'infâme*", no la Iglesia católica sino el fanatismo. "Si Dios no existiera habría que inventarlo." Por cierto, nunca pronunció la más famosa, se la atribuyó su biógrafo Tallentyre en 1907: "Discrepo de lo que dices, pero defenderé hasta la muerte tu derecho de decirlo".

En Ferney escribió sus obras maestras, los "Cuentos filosóficos": *Cándido* que en Pangloss se burla del optimismo de su siglo: la teodicea de Leibniz, intento de justificar el mal como expresión de la bondad divina. El nuestro no es el mejor de los mundos posibles, sin embargo hay que hacer lo que debemos y seguir adelante.

Micromegas, primera aparición literaria de extraterrestres. *Zadig*, *El ingenuo, Cómo anda el mundo…* El género le permite decir lo prohibido y obliga a pensar al lector que sólo quiere divertirse. Estas novelas deben tanto a *Las mil y una noches* como a los satíricos ingleses y a la picaresca española. La claridad luminosa, la rapidez, la precisión con que están escritas las hacen ejemplo perdurable ante quien trate de escribir en francés o en cualquier idioma.

Voltaire muere a los 84 años en plena apoteosis. Mueren también su poesía y su teatro. Pero sus cuentos, ensayos, cartas "vivirán mientras vivan los libros y la pluma".

LIZARDI O EL FUNDADOR, A DOS SIGLOS DE SU NACIMIENTO

El "escritor constante y desgraciado" que agonizaba el 21 de junio de 1827 en una casa que todavía subsiste entre las ruinas de México pidió como único epitafio estas palabras: "Aquí yacen las cenizas del Pensador Mexicano quien hizo lo que pudo por su patria". Lo enterraron en el atrio de San Lázaro. Más tarde hubo un corral de cerdos en ese lugar y desapareció todo vestigio de su sepulcro. Cuando menos su memoria no corre peligro de ser embalsamada en la Rotonda de los Hombres Ilustres. Algo de sus cenizas aún debe flotar en el polvo que se desploma sobre los barrios populares de la vieja ciudad, barrios que en su desamparada aniquilación siguen siendo en cierta medida el México de Lizardi.

Este 15 de noviembre José Joaquín Fernández de Lizardi cumple dos siglos de haber nacido en la capital que él inventó literariamente. Su posteridad es envidiable: cada año hay una edición de *El Periquillo Sarniento*; nadie le disputa el sitio de primer novelista que escribió en la América española; hombres como Luis González Obregón, Jefferson Rea Spell y Agustín Yáñez lo han vindicado del desdén que en 1812 inició José María Lacunza y alimentaron otros académicos a lo largo del siglo XIX atacándolo en nombre del buen gusto por el carácter popular de sus escritos y por ganarse la vida con ellos. Finalmente la Universidad Nacional emprendió en 1963 el rescate de sus innumerables folletos y de los nueve periódicos que editó entre 1812 y 1827. A la fecha se han publicado seis volúmenes de sus *Obras*. Pero la literatura como tal le importaba muy poco a Lizardi. El Pensador Mexicano quería el bien de su pueblo. Y si los muertos pudieran enterarse de lo que sucede en este mundo, no tendría fin la amargura de Lizardi al ver que el México de 1976 no es muy diferente a la Nueva España de 1816 que él documentó para siempre en el *Periquillo*.

En una tierra en que los pobres no pueden ser escritores porque escribir no da sino cuesta dinero, Lizardi encuentra un medio de exponer las ideas americanas opuestas a los intereses peninsulares: el folleto. Por este medio Lizardi expresa el desplazamiento, la insatisfacción y la amargura de los criollos amestizados que reclaman el derecho a gobernar su país y al mismo tiempo temen que la violencia revolucionaria destruya la riqueza nacional, porque, como uno de ellos la define, la guerra de Hidalgo y Morelos les parece el "levantamiento de la clase proletaria contra la propiedad y la civilización".

El inicial repudio de Lizardi contra la "conjuración abominable" así como sus loas a Calleja y Venegas pueden ser o no sarcasmos, modos oblicuos asumidos ante las dificultades para decir la verdad. Sus claudicaciones y reticencias son los ardides del hombre que sabe que no es un héroe y cuya única utilidad social es la escritura. Pero lo que expone su novela es una condena inequívoca del sistema colonial y por ella nos corresponde juzgarlo.

La circunstancia histórica —búsqueda de público, carestía de la imprenta— impone una modificación técnica: el *Periquillo* se venderá por capítulos sueltos. Comienza en México la novela por entregas. Al escoger al público y no a la nobleza como su mecenas, Lizardi inaugura nuestro mercado literario. Pretende instruir a quienes no leen obras serias y lo hace en nombre de los que no pueden comprar sus escritos. No escribe para los sabios; sólo para quienes tienen menos instrucción y menos experiencia que él. Si disfruta de este privilegio su deber es comunicarlo: enseñar, divulgar el pensamiento reformista del siglo XVIII en su modalidad de ilustración cristiana o cristianismo ilustrado.

La originalidad de Lizardi consiste en ser el primero en lengua española que utiliza la forma novelística con fines exclusivamente políticos. *El Periquillo Sarniento* comienza a publicarse cuando la derrota de Morelos ha hecho perder toda esperanza de lograr inmediatamente la independencia y cuando la Inquisición ha redoblado la censura a tal punto que prohíbe el tercer tomo por su condena de la esclavitud. No hace falta leer entre líneas para darse cuenta de que el proyecto educativo y social de Lizardi sólo puede cumplirse en un México libre del dominio español.

En este libro escrito frente a la censura y bajo el temor del regreso a la cárcel, se encuentra sin embargo toda la realidad social de la Nueva España en las postrimerías del virreinato: las deformaciones adquiridas en casa, la ineptitud de los profesores, la hipocresía como eje de conducta, el rechazo al trabajo, la búsqueda de prestigio, la conciencia torturadora del qué dirán, los abogados corruptos, los médicos asesinos, los sacerdotes irresponsables. En sus capítulos aparecen también el machismo que produce la tiranía maternal y la tiranía maternal que produce el machismo, la tensión de dominio y dependencia que adultera y envenena las relaciones humanas, el hábito de la improvisación en todos los niveles, los centros educativos como expendios de títulos y proveedores de gente que no sirve para nada y no sabe que ignora.

Y asimismo: la Nueva España como el país en que todo está prohibido y todo se puede hacer gracias al "unto de México": la mordida. El desastre de la administración de justicia y el caos infernal de los hospitales. El criollo como el hombre sin voluntad, el ser siempre disponible, el personaje eternamente manipulable que se forma en la escuela de la inautenticidad y se pasa la vida representando papeles. El burócrata corruptible como un pícaro más nocivo que los ladrones y jugadores. La doble explotación de las mujeres empleadas como criadas y amantes. Las igualas, el acaparamiento, la adulteración de los productos, el gobierno como un negocio en que todos compiten no para servir sino para sacar del pueblo la mayor tajada, el dinero como ruina moral de los seres humanos y, en fin, la minería como culpable de la degradación porque creó treinta millonarios y cinco millones de pobres y miserables en vez de que florecieran la industria, la agricultura y el comercio.

Lizardi subraya el aspecto moral de la novela para encubrir su contenido político: la crítica implacable del colonialismo. *El Periquillo Sarniento* es el retrato del colonizado. Esta clase de hombres es la que produce la opresión colonial, parece querer decirnos su autor. El loro es un animal sin fuerza ni rebeldía que da la pata a quien lo solicita. Ave de encierro que vive enjaulada y repite sin entender algunas palabras que le enseñan sus amos. La sarna que padece es la enfermedad de la servidumbre novohispana. Aparentemente la novela es nada más una condena del vicio y un elogio de la virtud. Pero el vicio odiado es el coloniaje y la virtud a que se aspira es la independencia. Desde luego nada de esto se halla en la superficie aunque es fácil leerlo si se recuerda que esta novela es literatura de emergencia escrita en circunstancias adversas y bajo la presión y la amenaza de las autoridades virreinales.

Su estilo no es "rastrero ni hinchado" sino "casero y familiar". Lizardi expropia la literatura de manos de la clase dominante. Escribir su novela en el habla popular es un acto que en términos civiles casi equivale a las campañas de Morelos. En *El Periquillo Sarniento* José Joaquín Fernández de Lizardi rompe con las letras coloniales y funda la literatura mexicana cinco años antes de que exista México en tanto que nación.

Rimbaud en Abisinia

Arthur Rimbaud puede ser todo para todos. Hay un Rimbaud para los católicos, los marxistas, los esotéricos, los que creen en la poesía y los que afirman su inutilidad. El mito forjado en torno del gran poeta es fluidamente manipulable. El genio que de los quince a los diecinueve años perfecciona y agota todos los medios de expresión lírica, pasados, presentes y futuros puede verse como un heraldo de la Comuna (y de las comunas), profeta y modelo insuperable de la rebelión juvenil. El hombre que con mentalidad de explorador y explotador se vuelve traficante en Etiopía y vive con la única obsesión de acumular fortuna está disponible para que nos demuestren el fracaso de las rebeliones individuales y la fuerza todopoderosa de la "recuperación" y el conformismo; para que nos digan que no hay rebeldía ni pureza capaces de resistir el momento en que, terminado el limbo de la adolescencia, el hombre se incorpora al proceso productivo.

La discusión no terminará nunca: hay más de quinientos libros acerca de Rimbaud. Cada nuevo intento de hacer la luz adensa las tinieblas sobre el enigma más fascinante de la historia literaria.

Acaba de aparecer en Barcelona una selección de las *Cartas abisinias (1880-1891)*, traducidas por Francesc Parcerisas. Por vez primera "el otro Rimbaud" está frente al lector de nuestro idioma que tiene la oportunidad de comparar al poeta y al traficante, y de extraer sus propias conclusiones.

En agosto de 1873 Rimbaud deja de escribir. Los dieciocho años que le faltan de vida serán de un silencio sólo turbado por algunos informes comerciales o geográficos y por estas *Cartas* en donde no existe nada que pueda llamarse literario. "Para mantener el mito —escribió Albert Camus en 1951 (*L'Homme révolté*)— hay que ignorar estas cartas decisivas."

Camus acepta que Rimbaud fue "el más grande de los poetas de la rebelión", pero añade: "Únicamente en su obra. Su vida, en vez de legitimar el mito que ha suscitado, ilustra tan sólo —y basta a demostrarlo una lectura objetiva de las cartas de Harar— un asentimiento al peor nihilismo". Porque al conformarse Rimbaud cedió a una de las tentaciones nihilistas de la rebelión; y sólo el genio supone una virtud, no la renuncia al genio.

Parcerisas no cita a Camus pero manifiesta la opinión contraria: "No se puede comprender al poeta sin comprender su silencio, porque no hay nada más que un hombre Rimbaud, y en él la intensidad del quehacer literario sólo es comparable a la intensidad de su retiro". Las *Cartas* que ha puesto a nuestra disposición —mercantiles, oficiales, familiares— revelan a un Rimbaud que en la dureza de sus trabajos y aventuras sólo mantiene la esperanza, cada vez más remota, de una seguridad burguesa: el deseo de hacer fortuna y vivir, sin trabajar, de sus réditos. ("*Moi, je serai rentier*", había dicho irónicamente en un poema.)

Todos acabamos por parecernos a aquello contra lo cual nos rebelamos: en sus últimos años Rimbaud reconcilió en sí mismo el espíritu de viaje y aventura de su padre —el capitán que lo abandonó cuando el niño tenía diez años— y la búsqueda de responsabilidad y bienestar financiero, la tacañería, el malhumor, el autoritarismo de su madre que era hija de una familia campesina en tránsito hacia la pequeña burguesía.

Tras un recorrido que tiene todas las características de la fuga y lo llevó de Alemania a Batavia, el autor de *Illuminations* y *Une saison en enfer* fracasa en su búsqueda de trabajo en Egipto. Es 1880, Rimbaud vuelve a Chipre, donde ya había sido encargado de una cantera. Encuentra un empleo de supervisor en el palacio que se construye para el gobernador general. Luego se ocupa con un comerciante de café y pasa a Aden y Harar ya en África. Se queja —y el lamento resonará en todas sus cartas— de la incomodidad, la carestía, las enfermedades. Pide que le envíen libros. Nunca serán de versos o prosa literaria sino textos prácticos o tratados científicos: *Manual del viajero*, *Topografía y geodesia*, *Curso elemental de mecánica*, *Tratado de astronomía aplicable*, etcétera. Este desinterés, y la falta de respuesta a la única misiva literaria del periodo: la enviada por Laurent de Gavoty pidiéndole colaboración para una revista, militan contra la hipótesis de que Rimbaud pensaba volver a escribir en cuanto pudiera estabilizar su situación económica.

Más notable todavía es que no haya querido enterarse de dos publicaciones consagratorias: el ensayo que le dedicó Verlaine en *Les poètes maudits* (1884) y la resonante aparición de *Les Illuminations* en la revista de Gustave Kahn, *La Vogue* (1886). En todas las cartas seleccionadas por Parcerisas la única alusión vaga y potencialmente nostálgica de su tarea poética se halla en una irritada página de 1888: "Siempre me aburro mucho; no creo haber conocido a nadie que se aburriese tanto como me aburro yo. ¿No os parece miserable esta vida sin familia, *sin ocupación intelectual*, perdido en medio de negros cuya suerte querría mejorar, pero que no hacen otra cosa que intentar explotarnos y hacen imposible que los asuntos puedan liquidarse sin demora? Obligado a hablar en su jerga, a comer sus sucios preparados, ¡a padecer mil inconveniencias ocasionadas por su pereza, su traición y su estupidez!".

En el sureste abisinio Rimbaud contrae la sífilis, enfermedad que siempre ocultará ante su madre y su hermana Isabelle. En esos "climas atroces, de penas tan vehementes como absurdas", lo agobian el calor y el sentimiento de ser un prisionero. "Desgraciadamente, no le tengo ningún apego a la vida y si vivo es por pura fatiga." Su invencible horror al país se mitiga con el deseo de ahorrar, la obsesión de que su dinero produzca intereses. Pide un aparato fotográfico. A veces riñe con "los pobres negritos", "los estúpidos negros". Anhela que su hermana se case con alguien "serio y educado". Manda informes que en momentos revelan la ambición de ser no nada más un capitalista aventurero sino un gran colonizador. Así, es el primer blanco que penetra en la región de Ogadine.

La guerra de Sudán cancela las operaciones de su compañía. Rimbaud se dedica al tráfico de armas para Menelik, rey de Soa, que lucha por el poder en Abisinia contra el emperador Juan IV. El desastre es que Rimbaud carece de mentalidad comercial. Por ejemplo, intenta vender crucifijos cuando en toda la zona el catolicismo ha sido proscrito. Se queja, se queja siempre —"es un cierto modo de cantar"— de "envejecer entre trabajos idiotas y en compañía de salvajes o de imbéciles". No quiere volver a enterrarse vivo en Francia: teme al frío, al servicio militar, al desempleo, a la falta de recursos y títulos. Le aterra la posibilidad de perder lo poco que tiene: "Llevo constantemente en el cinto los dieciséis mil y pico francos de oro; pesan unos ocho kilos y me causan disentería".

La escasa prosperidad de sus negocios ¿se debe a que Rimbaud es honesto y trata bien a los abisinios? "Nunca he hecho daño a nadie. Al revés, siempre que puedo procuro hacer algún bien, y éste es mi único consuelo." No obstante, algunas evidencias documentales señalan que Rimbaud traficó también con esclavos. Todo en las *Cartas* traduce una voluntad que a veces consiste en huir de sí mismo y a veces denota abiertamente la búsqueda de autodestrucción y autocastigo.

En abril de 1891 se inicia la terrible agonía de Rimbaud. Se le forma un tumor en la rodilla, agravado por la antigua sífilis. Lo transportan en andas de Harar a Adén. "Estoy hecho un esqueleto; doy miedo. Por culpa de la cama tengo toda la espalda llagada; no logro dormir ni un minuto." En mayo se interna en el hospital de la Concepción en Marsella y le amputan la pierna. Su mal continúa. Se trata al parecer de un cáncer generalizado, no simplemente de una enfermedad venérea. "No hago más que llorar noche y día, soy un hombre muerto, lisiado para toda la vida... A fin de cuentas, nuestra vida es una miseria, ¡una miseria sin fin! ¿Por qué tenemos que existir?"

Intenta en vano aprender a caminar con muletas. "¡Yo que precisamente había decidido volver este verano a Francia para casarme! ¡Adiós matrimonio, adiós familia, adiós porvenir! Mi vida ha pasado, soy sólo un girón inmóvil."

Su hermana es la única compañía. A instancias de Isabelle recibe la visita de un confesor. Los sedantes lo hacen delirar. El 9 de noviembre dicta una carta en que expresa su deseo de volver a África. Al día siguiente, el más grande poeta de Francia muere ignorado por todos. Él, que había escrito en "Adieu": "¡Yo, yo que me dije mago o ángel dispensado de toda moral soy restituido al suelo, en busca de un deber y para estrechar la realidad rugosa!".

Mil explicaciones se han propuesto en derredor del enigma devuelto a la actualidad por la traducción de las *Cartas abisinias*. Según la más convincente, el Rimbaud de quince años descubrió al mismo tiempo la nueva poesía y las ideas revolucionarias gracias a su amigo y profesor Georges Izambard. Aunque no participó directamente en la Comuna le preparó el terreno al escribir sobre la libertad ilimitada, la justicia, la igualdad.

Hay un trasfondo ocultista en la poesía rimbaudiana, sí, pero sobre todo un sustrato político. Su frase *"Je est un autre"* ¿no es en sí misma un eco de lo que escribió Chamfort durante la Revolución francesa?: "La democracia consiste en decir: yo soy otro". Rimbaud tomó en serio las pretensiones proféticas, mesiánicas y visionarias de los poetas románticos. Decidió vivir su papel y cambiar la vida mediante la alquimia del verbo. La poesía, su poesía, iba a instaurar en la tierra el reino de la fraternidad que la locura de Napoleón había frenado.

Rimbaud incitó a la revuelta que abriría paso a la revolución. Pero el apocalipsis no se llevó a los opresores sino a los obreros que se levantaron en 1871 en París. Y los poetas que admiraba Rimbaud, vistos en persona no eran dioses, ni siquiera magos o sacerdotes: eran buenos padres de familia, empleados en algún ministerio y ansiosos no de cambiar la vida y liberar al hombre sino de recibir halagos y detener las censuras; o bien, dipsómanos y erotómanos que no veían más allá de su insaciable anhelo de evasión y placer.

Rimbaud parece haberse dicho que si la poesía no era todopoderosa entonces no era nada. Su fe resultó tan honda como la furia y el desengaño. La poesía no se repondrá jamás de la herida que le infirió la decepción de este adolescente incomparable.

La apoteosis de Oscar Wilde

Ochenta años después

L a literatura es un país extraño. Allí también todo pasa y se olvida. Pero cuanto fue bueno regresa y presenta al mundo un texto distinto para ser leído con ojos diferentes.

El 26 de mayo se cumplirán ochenta años del día en que terminó el proceso de Oscar Wilde (1854-1900). Al dictar su sentencia el juez Willis se dejó arrebatar "por la más grande indignación" ante aquel "ultraje a la decencia y a la moralidad". Impuso "la pena más severa que permite la ley" y añadió: "Éste es el peor caso que he tenido que juzgar".

Desde el banquillo de los acusados Wilde musitó: "*And I? May I say nothing, my Lord?*". El juez no respondió. Hizo una señal a los guardianes que rápidamente sacaron al prisionero. Willis ignoraba que en ese momento empezó la revolución sexual del siglo veinte.

Ochenta años después Wilde ha dicho al fin lo que tenía que decir. En 1976 es el más leído y discutido entre los autores de lengua inglesa. En París se publican sus obras completas, se representa una adaptación teatral de *El retrato de Dorian Gray*, se descubre en Versalles una placa en su honor y Jacques de Langlade revalora su influencia en *Oscar Wilde, écrivain français*. En inglés, mientras aparece la biografía definitiva preparada por Richard Ellmann, hay dos nuevas "vidas" de Wilde que escribieron H. Montgomery Hyde y

Martin Fido (la de este último es en realidad un álbum fotográfico y de estampas de la época). Al mismo tiempo se reedita la biografía clásica hasta hoy: *The Life of Oscar Wilde* por Hesketh Pearson, con un nuevo prefacio de Peter Quennell. Y en Barcelona se traduce por vez primera el texto completo, verdadero y definitivo del *De profundis*: la *Epistola: In carcere et vinculis*. Wilde, ya se ha dicho anteriormente, es visto como un precursor: de la nueva crítica, de los que intentan dar "un rostro humano" al socialismo, de los derechos de la mujer, la liberación de los homosexuales, el teatro contemporáneo, la unión de arte y vida, el empleo expresivo del vestuario, la estetización de lo cotidiano, el uso de las máquinas con fines no enajenantes. Wilde, quién lo hubiera imaginado hace pocos años, conoce más que un simple *revival* una auténtica apoteosis.

La verdad de las máscaras

Jacques de Langlade en *Oscar Wilde, écrivain français* refuta el juicio de André Gide (*In Memoriam*, 1901): "Cuando su escandaloso proceso algunos escritores y artistas intentaron una especie de salvamento, apelando a la literatura y el arte. Confiaban excusar la conducta del hombre enalteciendo la obra del escritor. Fue erróneo porque ahí es preciso reconocerlo, Wilde no es un gran escritor. Sus obras, en vez de sostenerlo a flote, se hundieron con él".

Contra lo que Gide dice que le dijo célebremente Wilde ("He puesto en mi vida todo mi genio y únicamente mi talento en mis obras") Langlade demuestra lo que ya había sugerido George D. Painter, el biógrafo de Proust y del mismo Gide: el trato con Wilde liberó moral y espiritualmente a Gide; fingió no interesarse en la obra de Wilde para que lo consideraran más original. También lo convirtió en personaje, Wilde es Menalcas, el hedonista heroico, de *Les Nourritures terrestres* y de *L'Immoraliste*. Las semejanzas entre ambos autores son incontables. Especialmente si se comparan

De profundis (1905) y *Les Nouvelles nourritures* (1936) se verá hasta dónde llega la deuda estilística de Gide.

Wilde conoció en 1894 al joven Marcel Proust y criticó severamente el mobiliario de su casa en el bulevar Malesherbes, lo que impidió que prosperara la amistad. Sin embargo en el proustiano Barón de Charlus, basado principalmente en Montesquieu, hay numerosos rasgos de Wilde. Y el carácter de Charlie Morel se inspira en parte en lord Alfred Douglas.

Si su lucha como autor de la más brillante comedia inglesa, *The Importance of Being Earnest*, nunca se ha puesto en duda, la actual reivindicación afecta sobre todo al Wilde ensayista y crítico. Su única novela, *The Portrait of Dorian Gray*, se lee sobre todo como un magnífico ejemplo de *high camp*. Aunque está modelado en el troquel de *A rebours* de Huysmans, sus más fervientes admiradores han sido franceses. El primero de todos: Mallarmé quien lo consideró "uno de los pocos libros capaces de emocionar porque está hecho de una ensoñación esencial y de los perfumes más extraños y complicados".

Wilde apareció en la literatura francesa con la anotación que hizo en su *Diario* Edmond de Goncourt el 5 de mayo de 1883. Allí se recogen las narraciones del viaje de Wilde a los Estados Unidos que se han vuelto proverbiales: la cantina texana con el letrero "Se ruega no disparar sobre el pianista, que procura tocar lo mejor que puede"; el teatro en que se ahorca a los sentenciados sobre el escenario, o bien el público los ejecuta a balazos, la envenenadora que sale por las noches de la cárcel para representar el papel de Lady Macbeth.

Como se sabe, Wilde escribió en francés *Salomé* y fue amigo de Marcel Schwob y Pierre Louÿs. Su influencia trascendió su época y alcanzó a Jean Cocteau cuyos temas fundamentales: el espejo y la máscara, provienen básicamente de *The Truth of Masks (A note on Illusion)*, un ensayo de *Intentions* (1891). No es preciso subrayar la resonancia mexicana de la teoría de las máscaras, inicialmente desarrollada por Xavier Villaurrutia a partir de Cocteau.

Gran admirador de Balzac y Flaubert, Wilde fue sin embargo antinaturalista. Una breve reseña parece haberle ganado la enemistad de Émile Zola quien, cuando arriesgaba su vida por Alfred Dreyfus, se negó a firmar una petición de clemencia a favor de Wilde. La nota es minúscula y nunca, que sepamos, se ha traducido. Wilde comenta *The Chronicle of Mites*, un poema heroico burlesco del ya ignoto James Aitcheson, "sobre los habitantes de un queso putrefacto que especulan en torno al origen de las especies y sostienen eruditas discusiones acerca del sentido de la evolución y el Evangelio según Darwin. Esta épica quesera es un plato desabrido y el estilo es a veces tan monstruoso y realista que el autor debe ser considerado el Gorgon-Zola de la literatura".

Albert Camus, de quien Gore Vidal acaba de revelar (*The New York Review of Books*, febrero 5) que fue bisexual y tuvo una gran pasión por Truman Capote, escribió un ensayo sobre *De profundis* titulado *L'Artiste en prison*. Para Camus *De profundis* "es uno de los más hermosos libros nacidos del sufrimiento de un hombre… En su más alta encarnación el genio es aquel que crea para que sea honrado, a los ojos de todos y a sus propios ojos, el último miserable en la más siniestra prisión. ¿Para qué crear si no es para dar sentido al sufrimiento, aunque sea diciendo que es inadmisible?… Ninguna auténtica obra de genio se ha fundado nunca en el odio o el desprecio".

Richard Ellmann dijo en su introducción a *The Artist as Critic: Critical Writings of Oscar Wilde*: "Al reivindicar la independencia de la crítica Wilde aparece como un antepasado de Roland Barthes o Northrop Frye. Estas asombrosas comparaciones se justifican por asociación de ideas y aun pueden extenderse. Gide encontró a Nietzsche menos apasionante porque ya había leído a Wilde, y en uno de sus ensayos finales Thomas Mann señala casi entristecido cuántos aforismos de Nietzsche pudo haber expresado Wilde y cuántos aforismos de Wilde pudo haber expresado Nietzsche".

Sin duda un libro como el de Langlade no podría intentarse en el ámbito español. Aunque su madre tradujo a los poetas del Siglo de Oro, la única vez que Wilde se interesó por lo hispánico fue en el cuento *The Birthday of the Infanta*. De cualquier modo sería interesante rastrear su huella en nuestros escritores.

Curiosamente aparece entre nosotros un año antes que en las letras francesas gracias a la espléndida crónica de su conferencia en Nueva York que José Martí publica en *La Nación* (diciembre 10, 1882). Es uno de los documentos de la renovación modernista pues Martí apunta en ella que "conocer diversas literaturas es el mejor medio de liberarse de la tiranía de algunas de ellas".

La misma visión favorable a Wilde se aprecia en otra crónica publicada en aquel periódico de Buenos Aires: "Purificaciones de la piedad" que Rubén Darío escribió a la muerte del escritor inglés e incluyó en *Peregrinaciones* (1901). En *Horas de estudio* (1905), el primer libro de Pedro Henríquez Ureña, hay una nota sobre *De profundis*, escrita el mismo año de su aparición en Inglaterra.

En *Cuestiones estéticas* (1910) Alfonso Reyes, que como Pedro Henríquez Ureña publicó este volumen inicial a los 21 años, llama a la segunda parte "Intenciones", recoge tres diálogos waildeanos y cita constantemente a Wilde como autoridad en literatura moderna y grecolatina (fue el mejor *scholar* de su generación en Oxford). En *Las máscaras* (1917) Ramón Pérez de Ayala se hace eco del desdén por Wilde, que entonces era de buen tono mostrar, y lo condena humana y literalmente pues "la inmoralidad es impedimento de la excelencia artística".

Habrá que esperar hasta 1946 cuando Borges da a conocer en *Los Anales de Buenos Aires* un breve ensayo que luego se tradujo a veinte idiomas y figura en *Otras inquisiciones*: "Leyendo y releyendo, a lo largo de los años, a Wilde, noto un hecho que sus panegiristas no parecen haber sospechado siquiera: el hecho, comprobable y elemental de que Wilde tiene, casi siempre, razón. *The Soul of Man under Socialism* no sólo es elocuente; también es justo. Las notas misceláneas que prodigó en la *Pall Mall Gazette* y en el *Speaker* abundan en perspicuas observaciones que exceden las mejores posibilidades de Leslie Stephen o de Saintsbury".

In carcere et vinculis

La biografía que acaba de publicar H. Montgomery Hyde es poco más que una extensión de sus dos indispensables libros anteriores *The Three Trials of Oscar Wilde*; *Oscar Wilde: The Aftermath*. Irlandés como él, Hyde puede entender a Wilde quien para la mayoría de los británicos aparecerá siempre "marginal, excéntrico, menor". Hyde fue también el primero que tuvo en sus manos el manuscrito del *De profundis* que el British Museum guardó de 1908 a 1960 y que al ser publicado por Rupert Hart Davis en *The Letters of Oscar Wilde* permitió la versión recién aparecida en castellano. Ni Ricardo Baeza ni Julio Gómez de la Serna, los dos grandes traductores de Wilde, pudieron alcanzar este manuscrito para sus diversas ediciones de obras completas. En el texto conocido en nuestro idioma hasta antes de la nueva traducción hay, provenientes del original que circulaba en inglés, cientos de errores: falsas lecturas de la caligrafía de Wilde, equivocaciones auditivas de la persona a quien se dictó la copia mecanográfica, "mejoras" estilísticas, cambios de pasajes de una parte a otra y supresiones de párrafos enteros en contra de lord Alfred Douglas y su padre el marqués de Queensberry.

De *Profundis* recobra el título que le dio originalmente Wilde, *Epistola: In carcere et vinculis* y se acompaña de 191 notas indispensables para situarlo en su contexto histórico y biográfico. Pedro Gimferrer ha escrito sobre este libro en la revista barcelonesa *Destino*: "Sólo aparentemente forma parte de las paradojas a que tan aficionado fue el escritor el hecho de que su obra maestra sea precisamente esta *Epístola...* redactada sin intención literaria ninguna y desde luego sin propósito de que fuera publicada... Wilde procede a un análisis de sus relaciones con Douglas y del poder vampirizador y destructor del joven lord sobre el escritor consagrado. No se trata de un ajuste de cuentas, sino de una reflexión moral sobre el trato entre dos seres humanos, llevada a cabo con una exigencia de sinceridad y de lucidez inigualable. Lo que se examina ahí no es el caso particular de Wilde y Douglas, ni siquiera un problema específicamente homosexual, sino algo aún más amplio; el carácter posesivo, opresivo y aniquilador que pueden revestir determinadas relaciones afectivas... Como el Don Juan de Baudelaire, el dandy desciende a los infiernos, pero no para pasar de largo, altivo e indiferente, sino para reconocerse, hombre entre los hombres, en el sufrimiento. Esta voz, este capital testimonio ético y estético, nos habla con palabras actuales. Postergado por quienes le rodeaban, el Wilde que en la prisión de Reading reflexiona sobre el arte y la vida es nuestro contemporáneo".

EL INCOMPARABLE CHARLES DICKENS (1812-1870)

Mientras Marx escribía *El capital* en la biblioteca del Museo Británico, la novela —crónica de la actualidad— tomó partido: se erigió en la épica de los pobres, intentó defenderlos, darles modelos de conducta, trasmitirles conocimientos y divertirlos. Ningún libro representa mejor estos propósitos que *Tiempos difíciles* (1854). Por medio de la imaginación novelística Charles Dickens denuncia en *Hard Times* el dolor y la miseria plurales en que descansa la prosperidad de unos cuantos.

Dickens se identificó con los oprimidos y ellos le correspondieron venerándolo. A diferencia de Marx y Federico Engels, que lo admiraron, Dickens no propuso como solución la violencia sino la bondad y la caridad cristiana. En Coketown, la ciudad de la hulla, el infierno de gas, amoniaco y alquitrán que aparece en *Tiempos difíciles* combaten "las dos naciones" señaladas por Disraeli: los malos —empresarios, políticos, líderes inescrupulosos— y los buenos: una muchacha, Louise, y un obrero, Blackpool. No hay en Dickens gradaciones entre el bien y el mal porque tampoco existían entre su público, y ningún novelista había estado ni ha vuelto a estar a tal punto cerca de él.

La mayor parte de sus novelas se publicaron por entregas o cuadernos individuales —no, como el folletín, parte desprendible de un periódico— que abarcaban cuatro capítulos mensuales y se vendían por un chelín durante un año o año y medio. Este procedimiento amplió hasta cifras nunca vistas el número de lectores. Dickens, el más grande novelista inglés de todos los tiempos, logró con sus popularísimos libros reformas efectivas —sobre todo la mejoría de las indescriptibles condiciones de trabajo que destrozaban a mujeres y niños— y describió magistralmente la miseria como producto no de la voluntad de Dios sino de la organización social y el implacable afán de lucro. Demostró que si la miseria tiene causa debe tener remedio.

Los argumentos de Dickens son melodramáticos porque, técnicamente hablando, nuestra vida es un melodrama en que alternan sin tregua escenas trágicas y cómicas. Y pocos han transformado como él la vida en palabras. Mediante el humor, el suspenso, el sentimentalismo, entre 1836 y 1870 Dickens mantuvo creciente el interés de quienes consumían primero sus entregas y en seguida sus libros. Fue por excelencia el novelista familiar leído en la sala de la casa. Nadie encarna como Dickens la versión moderna del primitivo narrador oral, el cuentero que recoge la crónica de la tribu e inventa sus mitos. La oralidad es fundamental en Dickens: en sus obras están todos los acentos ingleses y él mismo fue un extraordinario lector en voz alta que fundó la costumbre de escuchar a los autores.

Tan íntima era la unión entre relator, lectoras y lectores que muchas veces Dickens se vio obligado a cambiar la trama en proceso para que el público no sufriera con el destino de sus protagonistas. Si en Londres diez teatros representaban simultáneamente distintas adaptaciones de la novela en curso de publicación por Dickens, en los muelles norteamericanos pernoctaban multitudes para esperar el barco que llevaba la entrega del mes. Antes de que atracara la nave preguntaban a gritos a sus tripulantes qué había pasado en el relato. En su ansiedad de conocer el desenlace se apoderaban por asalto de los cuadernos.

Desde que publicó a los veinticuatro años los *Papeles privados del club Pickwick* hasta su muerte en 1870, la popularidad de Dickens se sostuvo en aumento y perdura en nuestro mundo tan distinto del suyo: se calcula que en Estados Unidos sus libros venden más de un millón de ejemplares al año. Es difícil escapar a su influjo: a él se debe en gran medida el concepto de la Navidad como celebración de la paz y armonía familiares. Cine, televisión, radio y cómics siguen multiplicando sus invenciones desde *David Copperfield* y *Oliver Twist* hasta *Uncle Scrooge*, que sobrevive como él mismo y como Rico MacPato. D. W. Griffith, creador del montaje cinematográfico, afirma haberse inspirado en la visión y en las técnicas de Dickens.

La suya fue realmente la edad de oro de la novela: el narrador hablaba para todos y no había divisiones entre novela culta y novela popular, novela para adultos y novela para niños y adolescentes. El reverso de esta gloria era la prohibición tácita de referirse a nada que pudiese ofender la moral establecida. En cierto modo Dickens es sin proponérselo culpable de lo que ocurrió después: basados en su inconcebible éxito otros lo imitaron en todo menos en su genio; apareció una literatura industrial y comercial para satisfacer sin exigencias a un número creciente de recién alfabetizados. Como "guardianes del buen gusto" los críticos reaccionaron contra Dickens.

Dijeron que un autor tan popular no podía ser "genio". Durante mucho tiempo —y con excepción de escritores tan lúcidos como Shaw y Chesterton— Dickens fue visto como un inmenso *entertainer*, no un gran artista sino un hábil proveedor de diversiones. Hacia 1940 Edmund Wilson y George Orwell iniciaron la reivindicación. Al llegar su centenario en 1970 Charles Dickens estaba plenamente establecido como el gran novelista de su idioma y un clásico tan universal como Shakespeare.

EL MISTERIO DE EMILY BRONTË (1818-1848)

Emily, Charlotte (1816-1855) y Anne (1820-1849) Brontë, hijas de un pastor anglicano influido por las ideas metodistas, crecieron lejos de todo en el presbiterio de Haworth, una aldea muy aislada entre los páramos de la región minera e industrial de Yorkshire. Poco antes de que nacieran las hermanas Brontë se produjo allí la rebelión de los "ludditas": los trabajadores que destruyeron las máquinas culpables de su desempleo.

El reverendo irlandés Patrick Brunty cambió su apellido por admiración al vencedor de Trafalgar: el almirante Nelson entre cuyos títulos figuraba el de ser duque de Brontë. Hosco e implacable con su familia, el clérigo extremaba su puritanismo al grado de alimentarla casi exclusivamente a base de papas. No obstante, era también escritor aficionado y leía muchos libros y revistas de las bibliotecas circulantes.

La madre murió cuando las Brontë eran muy pequeñas. Su única diversión fue inventar en compañía de su hermano Branwell (1817-48) los reinos imaginarios de Angria y Gondal, redactar su propia épica y su lírica. La incesante lectura de poesía y prosa clásicas y románticas alimentó esa vida de la fantasía que constituye su única respuesta al encierro y explica, al menos en parte, cómo Emily y Charlotte lograron escribir obras extraordinarias sin haber tenido casi ningún contacto con el mundo.

Sus escasas salidas fueron breves y traumáticas. Asistieron a una intolerable escuela para hijas de religiosos pobres, donde prácticamente perdieron la vida sus otras dos hermanas: Mary y Elizabeth. Fracasaron como institutrices (Emily y Charlotte residieron un tiempo en Bruselas para estudiar francés). En compañía de Anne publicaron con pseudónimos masculinos (Currer, Ellis y Acton Bell) un volumen de poemas: vendieron sólo dos ejemplares.

Branwell, el hijo predilecto y el único Brontë que propiamente salió de Haworth, intentó pintar y escribir, tuvo amores desdichados con la esposa de su patrón y se autodestruyó mediante opio y alcohol. Emily murió poco después, de tristeza por el fin de Branwell, y víctima de la tuberculosis, la enfermedad familiar. La siguió Anne. Charlotte se casó con el vicario de su padre y sucumbió durante su embarazo. Pero, a diferencia de sus hermanas, conoció en vida el éxito literario con novelas como *Jane Eyre*, defensa de los derechos de la mujer en que la protagonista afirma que tiene alma e inteligencia como los hombres e igual que ellos ha nacido para luchar y resistir.

Hoy las Brontë son objetos de un culto literario extendido por todo el planeta. Acerca de ellas se han hecho innumerables libros, dramas, películas. Emily, la figura más extraña de las tres, aparece como la hermana genial de una familia de gran talento. Muerta a los treinta años, escribió unos cuantos poemas excepcionales y una sola novela, *Cumbres borrascosas* (1847), admirable texto narrativo que es también un logro de la poesía romántica, a la altura de Shakespeare, según muchos críticos.

"No conozco otra novela en que el dolor, el éxtasis, el carácter implacable y obsesivo del amor se encuentren tan maravillosamente descritos", dijo Somerset Maugham. En el apogeo del realismo, *Cumbres borrascosas* se presenta como una narración poética, y no por ello menos novelesca, que empieza cerca del final y está contada en varios planos temporales por diferentes narradores: técnicas que de verdad prefiguran la novela contemporánea y que no reaparecerán en lengua inglesa hasta Joseph Conrad y Henry James.

La pasión del huérfano Heathcliff (quizás inspirado en la personalidad de Branwell) por Catherine, amor que se mezcla al odio y perdura fantasmagóricamente más allá de la muerte; su venganza contra las familias Earnshaw y Linton, se han interpretado de varias maneras. Hay análisis mitológicos, psicoanalíticos y también históricos. *Cumbres borrascosas* puede ser un libro simbólico de los enfrentamientos sociales en la época y en la zona donde nació, vivió, escribió y murió Emily Brontë.

Joseph Conrad y el colonialismo (1857-1924)

John Galsworthy, autor de *La saga de los Forsyte*, navegaba de Australia a Inglaterra en 1891, cuando el segundo de a bordo le suplicó que leyera un manuscrito suyo. Galsworthy se deslumbró ante *La locura de Almayer*; se la recomendó al crítico Edward Garnett, la hizo publicar por su editor y lanzó de este modo la carrera de Joseph Conrad.

Józef Teodor Konrad Korzeniowski nació en Berdichev, Ucrania. Su padre, traductor de Shakespeare, pertenecía a la nobleza terrateniente polaca y, en primer término, a la resistencia contra la ocupación rusa. El niño lo acompañó en sus destierros. Al quedar huérfano fue recogido por su tío. A los diecisiete años se hizo marino. Contrabandeó armas para los rebeldes carlistas españoles. Luego sirvió en la marina británica de 1878 a 1894. Recorrió los dos océanos y todos los continentes, experiencias que transformó en el arte intenso y a la vez delicado de sus novelas. Escribió siempre en inglés, idioma que por su edad ya no pudo aprender a hablar sin acento polaco, pero que reconoce en Joseph Conrad a uno de sus más grandes prosistas.

El tema de la traición y la cobardía recorre sus historias. Si se exceptúa el contrabando armado de su adolescencia, Conrad no tuvo mancha alguna en su expediente de marino. La culpa y la ansiedad se originaron en que se sentía responsable ante su patria ocupada y el olvido de su lengua materna.

Esta perpetua sensación de exilio hace de Conrad un novelista del siglo veinte. Ya nadie lo ve sólo como el narrador de apasionantes aventuras: se le ha incorporado a lo que el crítico F. R. Leavis llama "la gran tradición" de la novela inglesa. A *El negro del "Narciso"* (1897) siguieron en su primera época *Lord Jim*, *Juventud*, *El corazón de las tinieblas* y *Tifón*, uno de sus mejores relatos de la vida en el mar. En sus páginas hay dos tempestades: la externa que azota el mar de la China y la interna de los *coolies*, los superexplotados braceros que vuelven a su patria con sus tristes ahorros. El capitán MacWhirr (quien existió realmente: Conrad sirvió bajo su mando en 1887) encarna la generosidad y el heroísmo silencioso.

Cada lector y cada lectora tienen su predilecta entre las obras conradianas. Hay un amplio repertorio para escoger: *Nostromo* (es decir "nuestro amo" el dictador de la imaginaria Costaguana que tiene más de un rasgo de México); *El agente secreto*, a la que ha devuelto plena actualidad el terrorismo; *Bajo los ojos de Occidente*, *Azar*, *El duelo*, *La línea de sombra*, *El confidente secreto*, *Freya, la de las siete islas*, *Gaspar Ruiz* y quizás en primer término *Victoria*. Conrad no quiso ser un novelista político, su preocupación por el Mal fue de índole metafísica. Sin embargo, nadie ha descrito como él la atmósfera externa e interna del colonialismo: una relación trágica que sin escapatoria destruye al colonizado y degrada moralmente al colonizador.

Para acercarse a Alfonso Reyes

Puntos de partida, tareas de un centenario, aprovechamiento de la oportunidad única de conocerlo o releerlo. La empresa lleva la recompensa en su ejercicio. Alfonso Reyes siempre resulta grata compañía. Leerlo nos hace bien. Pero nunca imponernos su lectura como una obligación cultural sino como un placer. Olvidarse un momento de los elogios y las diatribas que ha suscitado en otros tiempos y otras circunstancias. A fin de cuentas nada de esto importa demasiado: la lectura es una conversación a larga distancia pero de persona a persona. Como dijo su amigo Borges de su mutuo maestro Wilde, Reyes "es de aquellos venturosos que pueden prescindir de la aprobación de la crítica y aun, a veces, de la aprobación del lector, pues el agrado que proporciona su trato es irresistible y constante".

La tragedia griega

Dentro de pocos años los escritores del siglo XXI se reirán de nosotros, los estúpidos vigesémicos, porque al escribir sobre Reyes siempre tuvimos que hacerlo a la defensiva. Incluso a estas alturas es grotesco vernos obligados a justificar que Reyes se ocupara de Grecia. Como si hoy no tuviéramos un agradecimiento siempre renovado por quienes abren ventanas y tienden puentes para comunicarnos con otras literaturas que sus ensayos y traducciones vuelven parte de la nuestra.

Escribió otro amigo y contemporáneo suyo, Arnold J. Toynbee: las experiencias históricas de los griegos son análogas a las que estamos pasando: guerras, luchas de clases, encuentros culturales a quemarropa entre pueblos con definidas y diferentes herencias sociales, atrocidades y actos de heroísmo. Reyes no se alejó de su aquí y ahora: le presentó un espejo lejano.

Luis Cernuda lamentó la ausencia de Grecia en la cultura española. Por razones de cristianismo contra paganismo y de moralidad sexual nos privaron de Grecia como nos despojaron de la Biblia para impedir el contagio protestante. Reyes intentó compensarnos de la primera omisión. En los veintiún tomos publicados de sus *Obras completas* hay seis dedicados a Grecia. Bastaron para que entrara en la leyenda como el señor que nunca se ocupó de México y estuvo todo el tiempo hablando de los griegos.

Por lo demás, siempre se refirió a su país, lo mismo en *Ifigenia cruel* que en el más hermoso de sus libros del retorno, *Junta de sombras*. Acusarlo por hacer nuestro el patrimonio de la humanidad es como censurar a Freud por haber hablado del complejo de Edipo en vez del complejo de Hansel y Gretel o el síndrome de Lorelei. Por ejemplo, "En el nombre de Hesíodo", un ensayo de 1941, es una advertencia contra la simpatía por los nazis muy extendida en el México de entonces.

El helenismo de Reyes resulta un fenómeno mucho más complejo de lo que sueña nuestra historiografía literaria. Responde tanto a la utilización carnavalizadora de la mitología por los modernistas como a la moda inglesa del otro fin de siglo. Para estudiar a la generación del Ateneo es indispensable el libro de Frank M. Turner *The Greek Heritage in Great Britain* (Yale, 1981).

Dentro de México esta labor de Reyes se vuelve parte del proceso de secularización tan brillantemente estudiado por Rafael Gutiérrez Girardot, como, por contradictorio que parezca, del afán de recuperar la tradición humanística interrumpida por el positivismo. En su afán de sajonizarnos y hacer que alcanzáramos la ciencia y la técnica la enseñanza positivista redujo los estudios de griego y latín a la clase de etimologías.

Al establecerse aquí después de casi treinta años de exilio y diplomacia Reyes no quiso competir con nadie y de sus intereses juveniles eligió la afición de Grecia. Ernesto Mejía Sánchez insiste en que es modestia la afirmación de Reyes al comienzo de su *Ilíada*: "No leo el griego: lo descifro apenas". Que nuestro helenista no supiera griego sería una paradoja más de la cultura mexicana, semejante a la que obliga a quienes contraen matrimonio a escuchar la *Epístola* de Melchor Ocampo, un prócer que ni como hijo ni como padre conoció esa institución. Pero no está reñida con la idea de Reyes: la literatura se dirige a la persona humana como tal, no en cuanto especialista.

Sea cual fuere su conocimiento del griego y del latín, Reyes, el escritor laico y liberal por excelencia en una tradición tan católica como la nuestra, no podría competir en este campo con quienes se formaron en los seminarios. Nunca se ha puesto por escrito que su archienemigo fue el padre Ángel María Garibay. Nuestra gratitud infinita por el padre Garibay no puede cegarnos ante el hecho de que ni en sus traducciones nahuas ni griegas logró escribir un castellano siquiera aproximado al de Reyes. En un mundo perfecto hubiera habido un traductor que supiese tanto griego y latín como Garibay y escribiera en su lengua materna como Reyes. En otro menos belicoso que el nuestro ambos hubieran colaborado para darnos en español grandes versiones de la tragedia griega y la poesía náhuatl.

La misma disputa entre la secularización y la Iglesia católica como refugio de la tradición clásica está presente en el texto más conflictivo de Reyes, "Discurso por Virgilio". Christopher Domínguez Michael en uno de los mejores ensayos que ha generado hasta ahora el centenario ("Alfonso Reyes y las ruinas de Troya", en

"Rumbos de Reyes", el número especial de *La Gaceta* del Fondo de Cultura Económica) considera el "Discurso" como "el platillo que Reyes sacó de su cocina para el banquete nacionalista y estatólatra de los años treinta".

Virgilio cumplió veinte siglos en el momento en que México acababa de salir, con noventa mil habitantes menos, de la brutal guerra cristera. El cristianismo se apropió de Virgilio y lo hizo heraldo de la llegada de Cristo. El latín era la lengua eclesiástica. A Reyes no le quedaba sino un ardid que hoy nos parece un exceso señor-presidentista (aunque en realidad se dirige no a Ortiz Rubio sino al Jefe Máximo Calles) para llegar a la afirmación clave del ensayo: "Quiero el latín para las izquierdas porque no veo la ventaja de dejar caer conquistas ya alcanzadas".

EL AHUEHUETE Y EL BONSÁI

Hace muchos años, al reseñar en esta misma página el *Diálogo de los libros*, se comparaban las obras de Reyes y Torri respectivamente al ahuehuete y el bonsái. Ahora el bonsái está en muchas casas y el ahuehuete, "viejo del agua", ha desaparecido porque su existencia dependía de un medio lacustre que se perdió para siempre.

El autor que ha escrito bien una obra que consta sólo de dos o tres libros breves y portátiles tiene todas las de ganar frente a su compañero que escribió, no menos bien, un centenar de libros que ocupan varios metros de estantería y pesan veinte o más kilos. ¿Dónde encontraremos el espacio y el tiempo para leer a Reyes? Si lo sentimos como una obligación cultural, la ansiedad que esto nos produce hará que acojamos como una bendición toda condena y cualquier sarcasmo liberador. Volver a Reyes una estatua de sal, de mármol o de bronce es una invitación a orinarse en el pedestal. Con ello nos sacudimos los cuatro metros y los veinte kilos, sí, pero también nos perdemos muchos placeres y enseñanzas posibles.

Desde que en el siglo XVIII apareció la literatura como institución sólo hay dos modelos para medir el triunfo de un escritor: es Goethe (o Victor Hugo o Tolstói o Balzac o Dostoievski) o es Rimbaud: "Di tu palabra y rómpete". La Obra con mayúscula, a la europea, o El Libro, también con mayúscula, a la norteamericana.

Reyes no cabe en ninguno de estos esquemas y también lo afecta la distancia entre la promesa que es infinita y abstracta, y la realización, que es limitada y concreta por amplios que sean sus horizontes; el abismo que media entre la página escrita, llena de tachaduras, errores y correcciones.

No cabe porque no es un escritor europeo ni estadounidense sino mexicano. Sólo es posible entenderlo como un producto de nuestra historia y nuestra sociedad. No es André Gide ni Edmund Wilson sino el hijo pródigo del porfiriato y la revolución. A quien dice: "Muy bien, quiero leerlo. ¿Por dónde empezar?", hay que contestarle: "Empieza por donde quieras, lee lo que te interese, considera las obras de Reyes una enciclopedia o un periódico que nadie te pide que leas de principio a fin".

LA ILUSTRACIÓN MEXICANA

La enciclopedia y el periódico: los medios de expresión del siglo XVIII, el siglo que no tuvimos, la Ilustración que nos faltó. A sabiendas o no Reyes intentó reparar lo que perdimos cuando a fines del XVI fue suprimida la enseñanza de la cultura europea a los indios en el colegio de Tlatelolco, porque la asimilaron tan bien que no tardaron en corregirle su latín a los frailes, y cuando Clavijero no pudo terminar su Enciclopedia Mexicana y tuvo que publicarla resumida como su gran *Historia antigua de México*.

Así, tanto la aparente dispersión de Reyes como su deseo de unidad manifiesto en las útiles y opresivas *Obras completas* se entienden al considerar que cada libro y cada artículo son fichas para esa imposible e indispensable enciclopedia imaginaria. Gutiérrez Girardot lo ha visto con claridad deslumbrante: América no podía ser América Latina si antes no se apropiaba de la cultura europea. En este sentido Reyes continúa el trabajo de los modernistas y es el más universitario de nuestros autores: casi todo su trabajo consistió en poner en práctica el deber que Justo Sierra asignó a la Universidad Nacional: mexicanizar la ciencia, nacionalizar el saber.

Es, como decían en su época, un fragmentario porque vio en el periódico el libro del pueblo, la extensión de las aulas, el medio de compartir y democratizar lo que hasta entonces había sido privilegio de unos cuantos. Reyes, el más grande periodista literario de la lengua española, no escribió novelas. Pero ¿cuántas novelas de 1918-1922 pueden leerse en 1989 con el placer que deparan sus artículos de, digamos, *Simpatías y diferencias*? "No soy enemigo de los géneros", decía Pedro Henríquez Ureña. Las brevísimas notas que al final de su vida reunió en los dos tomos de *Las burlas veras* valen más que muchas obras serias y presuntuosas de ese periodo.

Junto al Reyes "menor" y encantador que sembró no un bonsái sino un bosque de bonsáis ocultos en la maleza de las *Obras completas*, hay el académico capaz de hacer libros unitarios tan rigurosos como *El deslinde*, *La antigua retórica*, *La crítica en la edad ateniense*. ¿La Universidad desaprovechó a Reyes? (Por lo demás, gran conferencista, el primero que aplicó en México la fórmula de Ortega y Gasset para no matar de tedio al auditorio: "Sea usted histrión".) No, porque su ámbito no era el aula ni el cubículo sino el café, la redacción y el salón. Reyes no es un *magister* sino un conversador. Su obra es una conversación interminable que escuchamos con los ojos, como en el verso de Quevedo.

Reyes tuvo la fortuna de presidir la República de las Letras, esa república que no por intangible deja de tener su poetariado y su poetburó e inclusive su hampa y sus escuadrones de la muerte, cuando existían Guzmán y Vasconcelos, Azuela y González Martínez para no dejarlo solo y balancear su peso. Antiautoritario por excelencia, a falta de parlamento y elecciones nos dio la prensa y la tertulia.

Fue como Sócrates el dialoguista, el suscitador, el interrogador que nos obliga a tomar conciencia de nosotros mismos y a pasar por la razón todos nuestros impulsos. Sea o no el mejor prosista de la lengua española, como quiere Borges (Dámaso Alonso le da el título a Martín Luis Guzmán, hoy tan presente en *El general en su laberinto*), hasta en la más trivial de sus notas redime a Reyes de la insignificancia su *gracia* en el sentido casi teológico del término.

Alfonso Reyes no quiso ser ni más ni menos que escritor. Su herencia civil es de primer orden y en este punto cualquier homenaje se queda corto: inventó para nosotros una prosa en que podemos conocer el mundo, pensar el mundo, explicarnos el mundo. Una prosa siempre en movimiento que nunca se detiene y jamás se estanca y es y será siempre modelo inimitable de precisión, concisión, suavidad y en primer término naturalidad. Como dijo Octavio Paz hace cuarenta años, al enseñarnos a escribir nos enseñó a pensar.

JAMES JOYCE DE DUBLÍN (1882-1941)

Se dice que la obra entera de Joyce podría llamarse, como su primer libro, *Dublineses*. Joyce abandonó la ciudad natal, pero en tanto que escritor jamás salió de ella. Sus relatos, publicados precisamente en 1914, son el cierre admirable del siglo diecinueve; *Ulises*, aparecida en 1922, es la primera novela del siglo veinte.

Décimo hijo de una familia venida a menos, Joyce estudió con los jesuitas. A los dieciséis años rechazó el catolicismo y optó por una rebelión literaria que sólo podía cumplirse con tres armas: "silencio, exilio y astucia". En 1904 conoció a Nora Barnacle, camarera de un hotel, y se fue a vivir con ella a Trieste. Allí se sostuvo como profesor de idiomas en la escuela Berlitz. Cuando ya estaba impreso *Dublineses* el dueño de la imprenta quemó el libro por inmoral. Cuarenta editores lo rechazaron antes de que se publicara el día en que estalló la Primera Guerra Mundial.

Dublineses representa una mirada, previa a *Ulises*, sobre lo que Joyce deja atrás y sin embargo no abandonará nunca. Son quince cuentos interrelacionados que forman un todo, una parábola del destino humano desde la infancia hasta la muerte. No hay tragedia, sólo degradación, egoísmo, crueldad. Joyce rechaza su propio mundo y se despide de Dublín en un libro que no es tarea de aprendizaje sino una obra maestra a la altura de sus logros mayores.

Como preparación de su trabajo capital Joyce escribió también un conjunto de poemas, *Música de cámara*; un drama ibseniano, *Exiliados*, y una autobiografía novelesca, *Retrato del artista adolescente*. Gracias al mecenazgo de Harriet Shaw Weaver, vivió en París dedicado a escribir. Ezra Pound lo ayudó a publicar capítulos de *Ulises* en revistas que enfrentaron cargos de obscenidad. Al fin, en 1922, lo imprimió completo Sylvia Beach, dueña de la librería Shakespeare & Company. La novela estuvo prohibida hasta 1933. Como los libros de Lawrence, *Ulises* otorgó a la sexualidad la importancia que tiene en la vida diaria.

Durante diecisiete años, con enormes dificultades a causa del glaucoma que ensombrecía su vista, Joyce trabajó en *Finnegans Wake* ("El velorio de Finnegan"), poema en prosa antinarrativa sobre las ensoñaciones de un dublinés, intraducible sueño polígloto que resume los sueños de la humanidad. Al entrar los nazis en París Joyce se refugió en Zúrich, donde murió a consecuencia de una operación.

Joyce y Virginia Woolf nacieron y dejaron de existir en los mismos años: 1822-1941. Ambos, cada uno a su manera, perfeccionaron el monólogo interior. Transcribieron el fluir de la conciencia, la interminable conversación que todo ser humano sostiene consigo mismo. El virtuosismo de sus novelas es un intento de expresar lo indecible, escribir lo nunca antes escrito, acercarse a la vida como la percibimos desde nuestra interioridad, abolir las distancias para que conozcamos a los personajes como no llegaremos a conocer a ninguna persona viva.

Joyce y Virginia Woolf crearon inmensas dificultades para todos los novelistas que han venido después. Sesenta años transcurrieron desde la aparición en 1922 de *Ulises* y *El cuarto de Jacob*. Hoy no se puede escribir como ellos y tampoco es posible hacerlo como si ellos no hubieran escrito.

Ulises narra los hechos de un día (el 16 de junio de 1904, cuando Joyce encontró a Nora) en las vidas de Leopold Bloom, su esposa

Molly y Stephen Dedalus, protagonista del *Retrato* y de su borrador: *Stephen el héroe* (publicado póstumamente en 1944). Es minuciosamente fiel a los detalles concretos —no se hubiera escrito sin el naturalismo de Zola—; pero en otro nivel simbólico se vuelve una representación alegórica del paso de cada uno de nosotros por la tierra. Todo episodio corresponde a uno de la *Odisea* y muestra una diversidad de géneros y estilos paródicos. El genio verbal de un hombre que por su mala vista escuchaba, más que veía, el mundo, la absoluta seriedad y el mayor rigor están al servicio de una epopeya cómica, por ello mismo intensamente trágica.

Malcolm Lowry de Cuernavaca (1909-1957)

Después de Auschwitz y de Hiroshima la literatura nos ha ofrecido demasiados *infernos* y ningún *paradiso*. Hay un subgénero infernal de las letras inglesas que es el libro acerca de México. También lo practicaron Lawrence (*La serpiente emplumada, Mañanas en México*), Greene (*El poder y la gloria, Caminos sin ley*), Waugh (*Robo legal*, un panfleto mercenario contra la expropiación petrolera). Únicamente Malcolm Lowry pudo escribir con el trasfondo mexicano una gran novela: *Bajo el volcán* (1947) es un descenso al laberinto del alcoholismo como enfermedad simbólica y endémica de nuestro siglo, un poema de desamor, un alegato sobre la imposibilidad de escapar de la historia.

A partir de 1964, cuando Era publicó *Bajo el volcán* traducida por Raúl Ortiz y Ortiz, Lowry es también un novelista mexicano, tan nuestro como Azuela o Rulfo. La biografía escrita por Douglas Day, que edita el Fondo de Cultura Económica en traducción de Manuel Fernández Perera, es en realidad la novela de una novela, la historia íntima del escritor más autobiográfico que ha existido.

Lowry nació en Cheshire, hijo de una familia a la que enriqueció el comercio del algodón. Fue un niño obeso y casi ciego por la irresponsabilidad de un médico que no lo curó bien de un pelotazo. El tratamiento cruel por parte de sus compañeros de escuela parece la causa de los problemas psíquicos que encontraron su manifestación externa en el alcoholismo.

A los dieciocho años se hizo a la mar en un barco mercante. Con base en esta experiencia escribió *Ultramarina*, su primera novela. Se graduó en Cambridge. Halló un maestro literario, tutor y padre de reemplazo en el poeta y novelista norteamericano Conrad Aiken (1889-1973).

En 1936 Lowry y su primera esposa, Jan Gabrial, se establecieron en Cuernavaca. Gracias a una pequeña mensualidad familiar, Lowry pudo dedicarse a escribir *Bajo el volcán*. Pero esa dependencia contribuyó a hacerlo totalmente inepto para lo cotidiano, y el subsidio fue empleado en comprar tequila, mezcal y pulque. Jan le dio a elegir al "borracho inglés" entre ella y el alcohol. Abandonado, Lowry pasó días alucinando en Oaxaca (su personal "ciudad de las noches espantosas"), y en 1939 se refugió en Hollywood. Conoció a Margerie Bonner, autora de novelas policiales y guiones radiofónicos, a quien se debe elogiar como, cuando menos, colaboradora de todo lo que Lowry escribió después de 1940.

Lowry y Margerie se casaron y vivieron en una cabaña en la ensenada de Burrard, cerca de Vancouver, Canadá. Allí Lowry terminó *Bajo el volcán*, que rechazaron varias editoriales. En 1945 vinieron a México, donde fueron brutalmente maltratados y saqueados por agentes de policía y migración. Al fin en 1947 se publicó *Bajo el volcán*. Fue inmediatamente aclamada aunque pasarían años antes de que se la reconociera como un libro fundamental del siglo veinte y, desde luego, lo mejor que ha escrito un extranjero sobre nuestro país.

Desolado por su triunfo ("Es un desastre de éxito. Más hondo que tu casa entre llamas consumida") Lowry siguió trabajando en la serie de novelas independientes que iba a llamarse "El viaje que nunca termina", búsqueda de la redención a través de los círculos infernales. La obra entera de Lowry es un solo libro acerca de la dificultad de amar, la pasión de escribir, la batalla perdida contra el alcohol.

En 1957, cuando la dipsomanía ya completaba su proceso destructivo, Margerie y Lowry alquilaron una casa en la aldea de Ripe en East Sussex, Inglaterra. El 27 de junio de hace veinticinco años, después de un pleito conyugal, Lowry se suicidó tomándose una botella de ginebra con cincuenta somníferos. Había escrito años atrás su propio "Epitafio":

> Malcolm Lowry
> Borracho del Bowery
> Su prosa florida
> También fue encendida
> De noche vivía
> y siempre bebía
>
> Y murió tocando el ukelele

Margerie Bonner ha publicado lo que Lowry dejó inédito, disperso y a menudo inconcluso: *Selected Poems*, *Selected Letters*, *Lunar Caustic*, *Escúchanos, oh Señor, desde el cielo tu morada*, *Oscuro como la tumba donde yace mi amigo*, *October Ferry to Gabriola*. En 1969 Salvador Elizondo tradujo, también para Era, *Por el canal de Panamá*, una de las novelas cortas que forman *Hear Us O Lord from Heaven Thy Dwelling Place*. En ella hay un triple juego de espejos: Sigbjørn Wilderness escribe una novela autobiográfica que protagoniza Martin Trumbaugh y ambos son un reflejo obsesivo de su autor. Así, en *Bajo el volcán*, Lowry es el cónsul Geoffrey Firmin y también su medio hermano Hugh; Cuernavaca es Oaxaca y todo México. Y México es el mundo: el infierno paradisiaco y el paraíso infernal.

Hoy, después de las Malvinas y en la hora trágica de Beirut, Afganistán y El Salvador, vemos actualizarse la advertencia que

Malcolm Lowry tomó de los parques mexicanos y aplicó a la tierra entera en *Bajo el volcán*:

¿LE GUSTA ESTE JARDÍN QUE ES SUYO?
EVITE QUE SUS HIJOS LO DESTRUYAN.

ALBERT CAMUS
Y LA TORMENTA DE LA HISTORIA

C uenta María Casares en sus memorias, *Residente privilegia-da*, que se unió a Albert Camus (1913-1960) la noche del 6 de junio de 1944, o sea el Día D en que los aliados desembarcaron en Francia y se inició el último acto del nazifascismo.

María Casares, que llegara a ser la gran actriz del teatro y del cine franceses, era una exiliada española, hija de Santiago Casares Quiroga, jefe de Gobierno bajo la presidencia de Manuel Azaña. Por su parte, Camus era un *pied-noir*, en términos mexicanos (aunque no hispanoamericanos) un criollo. A los 30 años ya se había convertido en el autor de *El extranjero, Bodas, El mito de Sísifo, El revés y el derecho, Calígula* y *El malentendido*. Sería el narrador, ensayista y dramaturgo más joven que recibió a los 44 años el Premio Nobel 1957, si no fuera por Rudyard Kipling (1865-1936), quien en 1907 lo obtuvo a los 42 años.

LA EXCEPCIÓN Y LA REGLA

La relación entre la actriz y el escritor se prolongó hasta la muerte, en verdad *absurda*, de Camus el 4 de enero de 1960, en el fin de una época y el comienzo de otra, los sesenta. Fue un accidente sin razón de ser pues ocurrió en una recta de la Borgoña. Entre los despojos de la catástrofe se encontraron el boleto de regreso a París en tren y el manuscrito de una novela inconclusa, en realidad una autobiografía de infancia y adolescencia, que su hija Catherine Camus no publicó hasta 1994. La gran traductora Aurora Bernárdez hizo posible que saliera en español en diciembre de aquel mismo año y en Tusquets Editores.

En general no se le hace ningún bien a un escritor publicando lo que no dejó terminado. Si se recuerda que la estupidez de algunos enemigos objetó a Camus el hecho de escribir *demasiado bien*, veremos a *El primer hombre* como un borrador, una primera versión que se transformaría varias veces antes de que su autor lo diera por terminado. Siempre hay excepciones y este libro es una de ellas. Funciona como memorias de ultratumba, indispensables para entender a Camus y su actitud ante la guerra de Argelia que tantos reproches despertó en su momento.

ENSEÑANZAS DE LA MISERIA

Como novela cumple con la exigencia de Solyenitzin: ser nuestra única manera de vivir las experiencias que nunca hemos tenido. Para enterarnos de qué se siente nacer *pied-noir* y más que pobre en la Argelia del siglo pasado, *El primer hombre* es insustituible. Ninguna obra histórica ni sociológica puede darnos la visión desde dentro que proporciona Camus. Son páginas esperanzadoras en el sentido de mostrarnos que nadie nace condenado y casi siempre es posible hallar una oportunidad. Un niño huérfano, hijo de una sirvienta y crecido en la miseria, logra convertirse en uno de los grandes escritores franceses.

Elementos para una explicación se encuentran en el hecho de que, así como la Nueva España era teóricamente un reino y en realidad una colonia, Argelia en el papel era un departamento, en el sentido que damos a los estados de una república, y por tanto tenía el mismo sistema educativo que se aplicaba en París o en Marsella. Quiso la fortuna de Camus que encontrara dos excelentes profesores: Louis Germain en primaria y Jean Grenier en el liceo. Su agradecimiento llegó al grado de dedicarle a Grenier su discurso del Nobel.

Desde luego ningún estudio psicoanalítico ni la mejor crítica literaria pueden dilucidar el misterio del talento: ¿por qué Camus alcanza una altura a la que no llegaron tantos hijos de la gran burguesía, educados en las mejores universidades y con profesores particulares, bibliotecas privadas, viajes y tiempo libre para leer y escribir?

A TI, QUE NO LEERÁS ESTE LIBRO

Camus fue hijo de Lucien Camus, un francoalsaciano que trabajaba en un viñedo argelino. Por ser pobre fue movilizado en calidad de zuavo para combatir a los marroquíes. En 1914, al estallar la Primera Guerra Mundial, se le envió a Francia, un país, su país, al que conoció poco antes de morir a los 29 años, en la batalla del Marne.

Su madre, Catalina Sintès, provenía de Mahón, en la isla de Menorca. Muchas personas afirman que en esa ciudad de las Baleares se inventaron la mayonesa (originalmente "mahonesa"), propagada a toda Europa por el cardenal Richelieu, y la mezclilla. (En Puerto Rico los yins se llaman "mahones".) Viuda con dos hijos pequeños, Catalina tuvo que refugiarse en casa de su madre y trabajar como sirvienta. La dedicatoria de *El primer hombre* es conmovedora: "A ti, que nunca podrás leer este libro".

La viuda de Camus no tuvo oportunidad de ir a la escuela. Aunque un accidente la había dejado casi sorda, pudo enseñar castellano y catalán a su hijo menor, quien llegó a hablarlos a la perfección. Fue una mujer de gran inteligencia que adoró a Albert, que también la veneraba, y le infundió sin ostentación la mayor seguridad en sí mismo y en sus capacidades.

Quien lea estas memorias apenas noveladas y alguna de las muchas biografías que existen sobre Camus quizá piense, en una mezcla de Job con Walter Benjamin, que todos los seres humanos somos apenas hojas que ha arrastrado el viento de la tempestad al que llamamos Historia.

En tan breve espacio es imposible hablar de las etapas griega, cartaginesa y romana de Argelia. En cambio no es posible callar que los moriscos expulsados de su España natal por el triunfo de los Reyes Católicos se refugian en Argel y desde allí hacen la guerra de guerrillas marítima.

Grandes piratas, como Barba Roja, impiden que el Mediterráneo se convierta en el Mare Nostrum español. Carlos V, vencedor en los campos de Europa, fracasa ante los muros de Argel. En esa expedición va Hernán Cortés, el otrora poderoso conquistador de México.

Francia se apodera en 1830 de Argelia y decide explotarla mediante colonos, europeos pobres a quienes les ofrecen la posibilidad de enriquecerse con mayor facilidad que en América. Hay una resistencia inquebrantable de los árabes y contra ellos inician sus carreras los mariscales de México, Bazaine y Forey. Tal vez sin Juárez y los chinacos México hubiera sido la Argelia americana.

El ejército francés se desgasta aquí y pierde la guerra franco-prusiana. Alsacia y Lorena pasan a poder de Alemania. De entre los alsacianos que desean seguir siendo franceses sale la familia Camus. Les dan las tierras que eran de los comuneros asesinados en 1871.

Catalina Sintès es hija de una de las familias catalanas que encuentran su última esperanza en territorio argelino. Por último, pero no finalmente, la guerra de España y la Segunda Guerra Mundial permiten el encuentro en París de Albert Camus y María Casares.

El niño Albert crece en un barrio de miseria y en un apartamento paupérrimo, dominado por la abuela, en donde se hacinan cinco miembros de la familia. El edificio huele muy mal porque las únicas letrinas se encuentran en el rellano y no pasan de ser hoyos en el piso.

Todo está aplastado por el inmenso omnipresente calor. No hay luz eléctrica sino lámparas de petróleo. Catalina limpia de rodillas los suelos ajenos y se ayuda lavando ropa. A cambio de la indigencia menesterosa y cruel en que viven, el niño Albert tiene dos tesoros, el mar y el sol, y le encanta la escuela. Pronto destaca por su inteligencia, su destreza para redactar y su habilidad para los deportes, sobre todo el futbol, que le fascina.

Durante un siglo multitudes enteras habían llegado a Argelia para labrar la tierra en que finalmente se iban a abrir sus tumbas. Todas aquellas generaciones habían desaparecido sin dejar huella, y así sus hijos y sus nietos. Para Albert el gran misterio es la miseria que hace seres sin nombre y sin pasado y los devuelve al inmenso tropel de los muertos anónimos que han construido el mundo.

En esa tierra cada uno era el primer hombre. Él mismo se había criado solo, creció solo, en la pobreza, sin ayuda y sin auxilio, en una orilla feliz y bajo la luz de las primeras mañanas del mundo para abordar después, solo, sin memoria y sin fe, el orbe de los hombres de su tiempo y su espantosa y exaltante historia.

Rosario Castellanos o la literatura como ejercicio de la libertad

Carlos Monsiváis escribió en 1965 que "en Rosario Castellanos se extingue la literatura femenina (como atenuante y salvoconducto) y se inicia la literatura de la mujer mexicana". Ella hizo posible que comenzaran a resquebrajarse las murallas de Nepantla —la "tierra de en medio", la tierra de nadie— que desde Sor Juana fue el recinto natural y la cárcel de mujeres para nuestras escritoras. Gracias a Rosario Castellanos las mexicanas —las más oprimidas de las oprimidas— volvieron a encontrar su voz y a defender su dignidad de seres humanos.

El cambio de actitud ha sido tan radical que es difícil, en este sentido, hacerle justicia inmediata a Rosario Castellanos. Cuando pase la conmoción de su muerte y se relean sus libros, se verá que nadie entre nosotros tuvo en su momento una conciencia tan clara de lo que significa la doble condición de mujer y de mexicana ni hizo de esta conciencia la materia misma de su obra, la línea central de su trabajo. Naturalmente no supimos leerla. El peso de la inercia nos embotaba, la oscuridad de las nociones adquiridas nos cegaba, la defensa instintiva de nuestros privilegios nos ponía en guardia. Como todos los precursores, Rosario Castellanos tuvo que pagar un precio muy alto en sufrimientos personales. Como todos los mártires, tiene la esperanza de la resurrección.

De cada pueblo y de cada época se dice que dan a los poetas muertos todo aquello que niegan a los vivos. La melancólica explicación descansa en que nadie puede saber verdaderamente quién es un poeta hasta que sus versos son su única voz, hasta que nos hablan no ya de la muerte sino desde la muerte, y al cerrarse sobre sí mismos se iluminan con su auténtica luz. Dejan de ser productos de una persona para volverse lo único que realmente nos queda de ella y se basta a sí mismo porque está despojado del aura mediúmnica y fantasmagórica que la tecnología da a sus productos como la videocinta y la grabación.

Para quienes tuvimos el privilegio de tratarla hubo inevitablemente dos personas distintas: una escribía los poemas más trágicos y dolorosos de la literatura mexicana; otra se presentaba al mundo bajo un aspecto tan invariablemente gentil y risueño que uno no puede menos que recordarla con esas palabras que se dijeron de otro poeta: "Su presencia era mágica y traía la felicidad". Una pálida sombra de lo que fue el insaciable encanto de su conversación queda en sus artículos de los últimos años, cuando sus responsabilidades diplomáticas la obligaron a cambiar de tono y estilo. Pero el gesto, el brillo de los ojos, la entonación, la mímica, la sonrisa, no hay página ni filmación que puedan capturarlos y se han perdido irremediablemente.

Mucho se ha escrito y se escribirá sobre la bondad, la generosidad, la simpatía, la lucidez con que Rosario Castellanos escuchó a tantos de nosotros sin hacernos sentir nunca que éramos los "cronófagos" tan temidos por Goethe y no conformes con devorar su tiempo la agobiábamos con necedades. Bien está que se diga esto públicamente, siempre que no nos haga perder de vista la verdadera concreción y objetivación de su inteligencia: su obra. Aquí el mejor responso es el de Pound ante el féretro de Eliot: "Léanla". Que lean sus libros quienes no han tenido acceso a ellos y los relean quienes los conocieron en otras épocas y bajo otras circunstancias, es el verdadero homenaje a Rosario Castellanos.

Esta escritora para siempre ligada al "sur profundo" mexicano nació en el más capitalino de los lugares: el 108 de la Avenida Insurgentes. Pero su conciencia se abrió al mundo en Chiapas y en Comitán pasó su infancia y adolescencia. "Para conjugar los fantasmas que me rodeaban no tuve a mi alcance sino las palabras", dirá años después. De niña descubrió que su profesión iba a ser la literatura que ciertamente no figuraba entre las actividades respetables y mucho menos para las mujeres.

Cuando su familia quedó semiarruinada por la reforma agraria cardenista, Rosario Castellanos volvió a estudiar a México y eligió la carrera de filosofía. 1948 fue el año decisivo: murieron sus padres, publicó sus dos primeros libros —*Trayectoria del polvo* y *Apuntes para una declaración de fe*—, sufrió la inevitable crisis religiosa y, como tantos otros poetas, descubrió la moderna poesía de su idioma en la extraordinaria antología *Laurel* de Juan Gil Albert, Octavio Paz, Emilio Prados y Xavier Villaurrutia. Y en *Laurel* dos predilecciones que no la abandonaron jamás: el Gorostiza de *Muerte sin fin* y el Novo de *Nuevo amor*.

Dolores Castro, su gran amiga desde la secundaria, la incorporó al grupo del que saldría la Generación de 1950: Emilio Carballido, Ernesto Cardenal, Sergio Galindo, Otto Raúl González, Miguel Guardia, Luisa Josefina Hernández, Carlos Illescas, Sergio Magaña, Ernesto Mejía Sánchez, Augusto Monterroso, Jaime Sabines. La mayor parte de ellos colaboran en *América*, la revista de Efrén Hernández y Marco Antonio Millán, que publicó también los primeros cuentos de Juan Rulfo.

Presentó una tesis *Sobre cultura femenina* —que precisamente negaba la existencia de una cultura femenina y que, para Elena Poniatowska, es el punto de partida intelectual de la liberación de las mujeres en México— y con Dolores Castro fue a seguir un curso de estética en Madrid y a recorrer Europa. Volvió para convertirse en promotora de actos culturales en el Instituto de Ciencias y Artes en Tuxtla. Ya había publicado dos nuevos libros de poemas

—*De la vigilia estéril* y *El rescate del mundo*— cuando un principio de tuberculosis la mantuvo un año en cama; le permitió leer íntegramente a Tolstói, Proust y Mann y escribir varias obras de teatro. Algunas jamás se publicaron ("Eva", "Vocación de Sor Juana", "La creciente"), dos —en verso— llegaron a su obra poética coleccionada en 1972 (*Salomé* y *Judith*) y una, *Tablero de damas*, retrato satírico de Gabriela Mistral y algunos de sus admiradores nacionales, provocó un debate que acabó con la revista *América*. Convertida en novela breve *Tablero de damas* dio su título, *Álbum de familia*, al último libro de prosa narrativa publicado en 1971 por Rosario Castellanos.

La enfermedad cumplió la función mítica de la retirada al desierto. Rosario Castellanos se encontró a sí misma y llegó a los grandes años de creación. Al reflexionar críticamente sobre el significado de ser mujer y de escribir poesía adquirió la desconfianza hacia los temas sensuales, la precaución contra la grandilocuencia, la perspectiva irónica, el afán de experimentación y la aceptación de lo desagradable como material poético. El intento de hacer obras teatrales la puso en contacto con la lengua hablada e hizo de su versificación un instrumento transparente y exacto.

Al mismo tiempo nació su interés por la narración. Carballido la animó a aprovechar sus recuerdos de infancia en una novela. El resultado fue doble: *Balún Canán* (1957) y el descubrimiento, mediante la escritura, de la situación en que vivió ella y la muy distinta en que siguen viviendo los indígenas. Todo lo que había aceptado como parte del orden natural de las cosas se le reveló en su verdadera significación y le exigió una actitud intelectual y una actitud moral. Regaló a quienes las trabajaban las tierras que ella había heredado y se fue a trabajar al Centro Coordinador del Instituto Indigenista en Chiapas. Durante años recorrió la zona, escribió obras didácticas de teatro guiñol, una interpretación de la Constitución para que los indígenas conocieran sus derechos y un libro de lectura para los niños recién castellanizados.

La lectura de Simone Weil —dice en una excelente entrevista de 1962 con Emmanuel Carballo— le reveló las constantes que determinan la actitud de los sometidos frente a los sometedores, el trato que los poderosos dan a los débiles, el cuadro de reacciones de los sojuzgados, la corriente del mal que va de los fuertes a los débiles y regresa otra vez a los fuertes.

Y todo esto lo hacía mientras en los cafés de la ciudad de México otros alegábamos sobre la responsabilidad del escritor y teníamos la certeza de que consiste nada más en exigirles a otros escritores que sean responsables. Rosario Castellanos comprendió que al mostrarle que los hombres condensan sus vidas en historias, su nana le había dado la palabra, y ella tenía que devolver la palabra, el arca de la memoria, a quienes les fue arrebatada. Y lo hizo —en *Balún Canán*, *Oficio de tinieblas*, *Ciudad Real*— aunque en aquellos tiempos que ya parecen tan remotos era de buen tono despreciar cuanto se refiriera a lo indígena, lo autóctono, lo nacional. México vivía en el triunfalismo del subdesarrollo y se creía en "la etapa del despegue" sin darse cuenta de que cambiaba su oro por espejismos y que sus pies de arcilla —el inconcebible lastre de miseria, explotación y corrupción— lo anclaban en el círculo del infierno del que jamás hemos salido.

Al México "moderno e internacional" Rosario Castellanos opuso el cuadro de lo que había hecho de sus indios. Por otra parte, rompió con esa rama de la buena conciencia citadina llamada "literatura indigenista", última metamorfosis de la noción europea del Buen Salvaje, que consideraba a los indígenas como exotismo local dentro del exotismo nacional. "Los indios —dijo a Carballo— son seres humanos absolutamente iguales a los blancos, sólo que colocados en una circunstancia especial y desfavorable. No me parecen misteriosos ni poéticos. Lo que ocurre es que viven en una miseria atroz. Es necesario describir cómo esa miseria ha atrofiado sus mejores cualidades."

Si el éxito extranjero de *Balún Canán* abrió camino a lo que después la neocursilería iba a llamar el "boom", los textos políticos publicados en *Excélsior* de 1964 a 1969 se anticiparon a lo que sería el periodismo de los setentas. No hay que dejar en silencio sus trabajos de crítica —parcialmente reunidos en *Juicios sumarios* y *Mujer que sabe latín*— pero esta nota llega a su fin sin decir casi nada acerca de la obra admirable que constituyen los libros reunidos en *Poesía no eres tú* (1972), sobre todo "Lamentación de Dido" (1955), uno de nuestros grandes poemas, *Al pie de la letra* (1959) y *Lívida luz* (1960) que acaso formen un solo libro con *Materia memorable* (1969).

Rosario Castellanos encontró en estas páginas su voz, su estilo, la característica no formal sino esencial e intrínseca que permite a un poema ser lo que es; un instrumento verbal que la autorizó a referirse a todas las cosas y hacerlas poéticamente reconciliables, dar a un sector de la experiencia un significado que sin el poema —que no es sino atención enfocada— pasaría inadvertido. Con ella se afianzó en la lírica mexicana una voluntad que podríamos llamar "realista" —directa, coloquial (pero no prosaica), en cierto sentido antimetafórica—, se cumplió la gran ruptura de la Generación de 1950 con el simbolismo. Apareció también el recurso de la distancia: el afán de objetivar confesiones y observaciones en un monólogo que se atribuye a un personaje reconocible o inventado. Y todo lo hizo con tanta inteligencia y tan agudo sentido rítmico y verbal que nunca incurrió en el despeñadero que acecha a este género: parece traducción de un idioma que se desconoce a otro que tampoco se domina.

Una y otra vez la poesía de Rosario Castellanos nos recordó que la vida no es eterna y el sufrimiento no es molestia accidental sino la condición misma de la vida. Pero lo hizo en un lenguaje de tanta fluidez y luminosidad que la impresión final no corresponde a la pesadumbre sino al goce ante el trabajo artístico bien realizado.

Ahora llegó al lugar de su quietud. Nos dejó su obra, nos legó el consuelo de su memoria y el testamento de la continuidad: todos

somos árboles en el bosque y otros se levantarán allí donde caiga-
mos. Porque

> … no hay soledad, no hay
> muerte, aunque yo
> olvide y aunque yo me
> acabe.
> Hombre, donde tú estás,
> donde tú vives
> permanecemos todos.

SIMONE DE BEAUVOIR:
LA CEREMONIA DEL ADIÓS

A la memoria de José Fuentes Mares

El lunes 14 de abril murió Simone de Beauvoir, en la Francia de la "cohabitación" entre la derecha triunfante y la izquierda en repliegue. Faltaban unas cuantas horas para la Blitzkrieg de la séptima flota contra Trípoli y Bengasi, un día para la muerte de Jean Genet y el sexto aniversario fúnebre de Jean-Paul Sartre.

Si el otro fin de siglo queda enmarcado entre el entierro y apoteosis de Victor Hugo (1885) y el hundimiento del *Titanic* (1912), tal vez en lo porvenir nuestro fin de siglo se vea como iniciado en 1986 con la explosión del *Challenger*, con el desastre del camino elegido para que el Tercer Mundo alcanzara el progreso mediante la industrialización, con el principio formal en Libia de la guerra de los ricos contra los pobres, del terrorismo computadorizado contra el terrorismo a mano y a pie y, finalmente pero no en último término, con la desaparición de las grandes figuras a quienes debe parte de su forma el siglo que ha entrado en el más aterrador de los ocasos.

Hace 37 años, en los dos tomos ("Los hechos y los mitos" y "La experiencia vivida") de *El segundo sexo*, Simone de Beauvoir cumplió una de las tareas más revolucionarias de nuestro tiempo: descubrir a la mujer ante el hombre y sobre todo ante sí misma; darle conciencia de que su permanente derrota no debía ser infinita. Para ello era indispensable que asumiese su destino femenino y su condición de individuo autónomo, que dejara de ser objeto en manos del hombre para convertirse en protagonista de la historia y de su propia vida.

Destruir la servidumbre

El segundo sexo no ha dejado de ser piedra de escándalo. Su autora sabía que es más cómodo sufrir la esclavitud ciega que liberarse: también los muertos están mejor adaptados a la tierra que los vivos. Ante el liberacionismo radical de los setentas, en una época pudo parecer complaciente un alegato dirigido a los hombres para exhortarlos a destruir la eterna servidumbre y afirmar, por encima de las diferencias naturales, su fraternidad con el otro sexo. Simone de Beauvoir decía en 1974 que su libro pudo ser útil a las militantes sin ser un libro militante. "Ahora entiendo por feminismo el luchar por reivindicaciones propiamente femeninas al lado de la lucha de clases y me declaro feminista. No, no hemos ganado la partida."

Nadie negará nunca su fértil osadía, su fundación de una corriente de pensamiento decisiva para este siglo y el otro. Ninguna de las obras que lo continuaron, aprobándolo u oponiéndose a él, ha superado *El segundo sexo* en capacidad de revelación, amplitud de conocimientos, valor como texto literario.

Quien escribe mejor convence más, y ella es una gran escritora por derecho propio. Si no tuviera un puesto en la historia por su defensa de las mujeres en 1949 y de los ancianos (*La vejez*, 1970), tendría un sitio de honor en las letras por sus novelas y relatos, sus ensayos y sobre todo su extraordinario ciclo biográfico: *Memorias de una joven formal, La plenitud de la vida, La fuerza de las cosas, Una muerte dulce, Final de cuentas, La ceremonia de los adioses y Conversaciones con Jean-Paul Sartre*, libros aparecidos en 1958 y 1981.

Simone de Beauvoir cumplió en su persona lo que anhelaba para todas las mujeres. Se realizó como ser humano y como escritora sin borrarse jamás ante su compañero durante medio siglo. Permanecerá junto a Sartre y no tras Sartre. Ambos se complementaron porque fueron diferentes.

Vivir para los demás

Nació a comienzos de 1908 en el París de la "bella época". Su familia no tenía dinero sino "clase y cultura". Su padre, escéptico, individualista, gran lector, decía: "La mujer es lo que el marido hace de ella". Lamentaba la inteligencia y la determinación de su hija que no hubieran resultado peligrosas en un niño. La madre, en cambio, era católica y tradicionalista. Para ajustar el desequilibrio Simone se acostumbró a la reflexión y se inclinó hacia la esfera intelectual.

Bajo la buena educación recibida en su casa y en el colegio de monjas, Simone disimulaba una gran voluntad, una obstinada soberbia. Pronto se apartó de la adoración a un Dios que permitía el Mal y cerraba los ojos ante la inferioridad de las mujeres decretada por los hombres. Ella, por lo contrario, quería ser útil y verlo todo. Estaba precozmente convencida de que nadie es un fin en sí mismo ni puede justificarse si no contribuye a elevar el nivel intelectual y moral de la comunidad humana.

Conservó del catolicismo la idea básica de que nadie es desdeñable. Adolescente, se trazó un camino: perfeccionarse, expresarse en una obra que ayudara a vivir a los demás. Dialogaba consigo misma en su diario aunque su verdadera vocación estaba en conocer, investigar, teorizar, trasmitir lo aprendido. Eligió la literatura porque le pareció el camino de realización más transitable para una mujer.

Terminó el bachillerato con diplomas de excelencia. Pese al anti-feminismo paterno, en vez de perseguir como sus amigas un buen matrimonio, optó por estudiar filosofía en la Sorbona. En los años veinte "París era una fiesta" enteramente dominada por los jóvenes que sobrevivieron a la gran matanza de 14-18 o llegaron tarde para morir en masa en las trincheras como sus hermanos mayores.

Uno de estos jóvenes animaba las fiestas con canciones populares, era aficionado al jazz, las novelas policiales, las películas de vaqueros, y enemigo mortal del espíritu de la seriedad, la solemnidad burguesa que no resiste el toque de la ironía. En Jean-Paul Sartre, Simone admiró sobre todo el rigor, la capacidad de entrenamiento intelectual, la pasión de quien vive para pensar y escribir.

Él, por su parte, la apodó "Castor" en alabanza de su mente organizada, su don de construir y apropiarse lúcidamente de su espacio vital. Simone se recibió con una tesis sobre Leibniz, dio clases, pudo pagarse el "cuarto propio" reclamado por Virginia Woolf para que una mujer se haga dueña de sí misma. Sentía el llamado del placer, la tentación de la aventura y al mismo tiempo su timidez la ataba a los tabúes.

Era aún aquella "joven formal" cuando tuvo su único encuentro con Simone Weil y le dijo que el gran problema humano consistía en hallarle sentido a la existencia. La Weil le respondió a la otra Simone que, como nunca había tenido hambre, era incapaz de entender que lo único importante es una revolución que pueda alimentar a todos los seres humanos.

HISTORIA Y FICCIÓN

En 1929 la comunidad de formación, trabajo y propósitos desembocó en el amor. Simone se unió a Sartre para siempre con el inexorable fin de convertirse en lo que, pese a todo, lograron ser. Fueron años difíciles de oscuridad, preparación, trabajo continuo. Vivían de modestos salarios profesorales y se defendían del mundo mediante el juego y la parodia. Su rechazo del orden establecido aún no cobraba un significado político.

Viajaron por toda Europa sin apartarse más que cuando Sartre fue a Alemania para tomar cursos de fenomenología con Husserl, que acaba de descubrirle su entonces íntimo amigo Raymond Aron. (Aron se refiere extensamente a este periodo en sus *Memorias* recién traducidas por Alianza Editorial.) En este momento ninguno de los tres lograba todavía en la medida de sus deseos encarnar sus palabras en el papel, hacer que sus palabras ardieran en la página.

Los fracasos no eran motivo de desaliento sino estímulos para la autocrítica y la voluntad de superación. Habían adquirido ya el indispensable saber que guardan los libros. Les faltaba la experiencia devastadora con que la vida cobra el precio del otro conocimiento. Llegó en la persona de Olga, una alumna adolescente de Sartre. Intentaron una relación que excluyera los celos y las rivalidades pero se convirtió en batalla y desastre. Sin embargo, de ese conflicto salió la materia prima de su novela inicial, *La invitada* (1943).

La invitada estableció la pauta de sus ficciones posteriores: desarrollar una tesis sin hacer propiamente novela de ideas, lograr la autenticidad no por medio de los comentarios omniscientes del narrador sino a través de un diálogo que parezca natural sin las incoherencias de la palabra hablada y, en primer lugar, trasmitir en toda su inmediatez la experiencia vivida: los personajes imaginarios corresponden casi punto por punto a Simone, Olga y Sartre.

Memoria y novela, ficción y no ficción, testimonio e invento: Simone de Beauvoir contribuyó a borrar los límites y a situarlo todo bajo el imperio de la narrativa. Al trazar hechos imaginarios se hace autobiografía, al seleccionar de entre lo vivido lo narrable, al darle forma escrita, se inventa y se ficcionaliza. No hay libro que pueda transmitir una vida, cien tomos no bastan para recoger íntegramente la complejidad del más tranquilo de los días. Y sin embargo, nada ocurre de verdad hasta que no quede escrito, sólo el relato permite entender y asimilar lo que ocurrió en nuestra vida personal y colectiva. El gran personaje de la novelista Simone de Beauvoir es "Simone de Beauvoir", una infinidad de signos negros en la página blanca, que comparte muchos rasgos con la persona civil, nacida en París en 1908 y muerta casi ochenta años después, pero tampoco resulta íntegra y literalmente la misma.

Diálogos

Francisco Villa, 1878-1923.
La entrevista de Xochimilco

Diciembre de 1914. Los ejércitos campesinos ocupan la ciudad de México y dominan todo el país. Venustiano Carranza sólo cuenta con Veracruz y algunos puntos de la costa. El día 4 Emiliano Zapata, comandante del Ejército Libertador del Sur, y Francisco Villa, general en jefe de la División del Norte (otro ejército, más que una simple división), se encuentran en Xochimilco.

Villa se acerca a Zapata y le entrega el ramo que una mujer acaba de darle:

—Señor general Zapata, hoy se cumple mi sueño de conocer al jefe de la gran Revolución del Sur.

—Señor general Villa, realizo el mismo sueño estrechando la mano del jefe de la División del Norte.

Juntos entran en Xochimilco. El pueblo los aclama y arroja flores a su paso. Llegan al palacio municipal y se sientan a una mesa, rodeados por sus acompañantes. Vencen la mutua timidez y empiezan a conversar.

VILLA: Siempre me preocupó que Carranza tomara el control de la república y ustedes quedaran olvidados y yo nomás esperando. Carranza es un descarado.

ZAPATA: Yo digo a los compañeros: "Carranza es un canalla".

VILLA: Los carrancistas son gente que ha dormido en almohadas blanditas. ¿Cómo van a ser amigos del pueblo que ha pasado una vida de puro sufrimiento?

ZAPATA: Al contrario, los carrancistas se acostumbraron a ser el azote del pueblo.

VILLA: Con estos hombres no hubiéramos tenido progreso, ni bienestar ni reparto de tierras sino una tiranía. Y lo que es peor, una tiranía taruga, la muerte para el país. Carranza es una figura que no sé de dónde salió para convertir la república en una anarquía.

ZAPATA: En cada pueblo que pasan...

VILLA: ... hacen destrozo y medio. Pero así se dan a conocer. Antes tenían algo de prestigio; ahora se han desprestigiado. Estos hombres no tienen sentimientos de patria.

ZAPATA: Ninguna clase de sentimientos.

VILLA: Pensé que ahora que vienen del norte iban a pulsar con nosotros. Pero no, no pulsaron.

ZAPATA: Aquí empezaban a agarrarse fuerte y... ya ve usted.

VILLA: Para que ellos llegaran a la ciudad de México peleamos todos nosotros. En el norte el único ejército que peleó fue el nuestro. Llegó a haber batallas donde hubo más de cinco mil muertos.

ZAPATA: ¿En Zacatecas?

VILLA: Y también en Torreón. Allí estuvo muy pesado. Pelearon como dieciocho mil hombres. En toda la región lagunera peleamos como veintisiete días. Pablo González, que estaba comprometido conmigo para no dejar pasar federales, dejó que se colaran once trenes. Pero nos socorrió la suerte; pudimos con ellos y todavía les tomamos Saltillo y, si acaso se descuida ese González, lo tomamos hasta a él.

ZAPATA: Calculé que los carrancistas iban a hacerse fuertes en Querétaro.

VILLA: Yo esperaba que por ahí por el Bajío hubiera más muertos. Pero nada: puro correr. (*Se produce una pausa. Luego añade:*) Vamos a ver si aquí quedan arreglados los destinos de México.

UN ZAPATISTA: Están en manos de ustedes dos.

VILLA: ... para ir luego donde nos necesitan. (*Otra pausa.*) No quiero puestos públicos porque no sé lidiarlos.

ZAPATA: Por eso advierto a todos los amigos: mucho cuidado porque si no, se les cae el machete.

VILLA: Vamos a ver por dónde anda esa gente que sí puede encargarse de los puestos públicos. Nomás vamos a pedirle que no nos dé problemas.

ZAPATA: Creo que no nos van a engañar. Nos hemos limitado a cuidarlos, arriarlos y seguirlos pastoreando.

VILLA: Comprendo muy bien que la guerra la hacemos nosotros los hombres ignorantes y la tienen que aprovechar las personas de gabinete.

ZAPATA: Los hombres del campo, los que han trabajado más, son los que menos tienen que disfrutar de aquellas banquetas. La ciudad de México son puras banquetas. Lo digo por mí: de que ando en una banqueta, hasta me quiero caer.

VILLA: La capital es un rancho que nos queda muy grande. Está mejor allá afuera. Nada más que se arregle esto, vuelvo a la campaña del norte. Allá tengo mucho que hacer. Se va a pelear muy duro todavía.

ZAPATA: Porque se van a reconcentrar en sus comederos viejos.

VILLA: Aquí van a querer darme la quemada, pero creo que les gano. Le aseguro que me encargo de la campaña del norte y plaza a que lleguemos, plaza que les tomo. Para los toros de Tepehuanes, los caballos de allá mismo. Yo creo que ellos todavía van a defender a Carranza, porque de patria no veo nada. En la Convención de Aguascalientes dijeron: "que se retire el general Villa". Contesté: "es bueno retirarse, pero mejor hablo primero con mi general Zapata". Yo quisiera que se arreglara todo lo nuestro e irme por allá a unos jacalitos que tenía antes de la revolución. Mis ilusiones son que se repartan los terrenos de los ricos. ¿No habrá por aquí algún rico?

VOCES: Es pueblo, es pueblo.

VILLA: Pues para ese pueblo queremos las tierritas. Ya luego que se las repartan, comenzará el partido que se las quite.

Zapata: Le tienen mucho amor a la tierra. Todavía no lo creen cuando se les dice: "esta tierra es de ustedes". Piensan que es un sueño. Pero al ver que otros sacan producto de esa tierra, ellos también dirán: "voy a pedir la mía y a sembrar". Es el amor que el pueblo tiene a la tierra. Por lo regular, toda la gente de eso se mantiene.

Villa: Ya verán cómo el pueblo es el que manda, y él va a ver quiénes son sus amigos.

Zapata: El pueblo sabe por sí mismo que tiene que defenderse. Primero es matar que dejar la tierra.

Villa: Nomás le toman sabor a la tierra y después les damos el partido que se la quite. Nuestro pueblo nunca ha tenido justicia ni libertad. Todos los terrenos principales son de los ricos y el pueblo, el pobrecito pueblo, encuerado, trabajando de sol a sol. Yo creo que en lo sucesivo va a ser otra vida. Y si no, no dejamos esos máusers que tenemos.

(Sirven coñac. Villa, quien es abstemio y no fuma, pide un vaso de agua.)

Villa: A mí no me gusta adular a nadie, pero usted bien sabe que todo el tiempo, desde que levanté la revolución, anduve pensando en ustedes. Y, pues hombre, hasta que me vine a encontrar con los verdaderos hombres del pueblo.

Zapata: Correspondiendo a la alusión, celebro haberme encontrado con un hombre que de veras sabe luchar.

Villa: ¿Sabe usted cuánto tiempo llevo peleando contra el gobierno? Veintidós años.

Zapata: Pues yo también desde los 18 años. *(Pausa)*. El tiempo es el que desengaña a los hombres.

Villa: El tiempo, sí señor.

(Hoy, 5 de junio, se cumple un siglo del nacimiento de Francisco Villa, nombre histórico de Doroteo Arango Arámbula, en el rancho de Río Grande, San Juan del Río, Durango. En vez de una recordación convencional, preferimos evocarlo en su centenario con una síntesis —dramatizada, pero fiel— de un diálogo que sostuvo con Zapata entre las doce y media y las dos de la tarde y que Federico Cervantes transcribe en *Francisco Villa y la Revolución* —pp. 361-366—; Gonzalo Atayde, secretario particular del general Roque González Garza, tomó taquigráficamente esta conversación. La continuaron en privado y, según el propio González Garza, se pusieron de acuerdo en varios puntos: alianza entre el Ejército Libertador del Sur y la División del Norte, aceptación del reparto agrario según lo establece el Plan de Ayala, compromiso de Villa para dar a Zapata implementos de guerra, pacto para llevar a la presidencia a un civil identificado con los principios de la Revolución.

(El día 6 Zapata avanzó con sus tropas desde San Ángel y Mixcoac y Villa con las suyas desde la Hacienda de los Morales. Los ejércitos campesinos desfilaron durante horas por la ciudad. Villa y Zapata observaron el desfile desde el balcón del Palacio Nacional. La inmensa victoria de diciembre de 1914 no se afianzó: en 1915 las grandes batallas del Bajío cambiaron la historia de México al señalar el triunfo del gobierno burgués de Carranza —por intermedio militar de Obregón— sobre la insurrección campesina. El desastre del movimiento popular fue consumado por los asesinatos de Zapata —1919— y Villa —1923.

(En *La Revolución interrumpida* —pp. 147-148— Adolfo Gilly ha visto los gérmenes de la derrota en este diálogo de Xochimilco: derrota política, porque Villa y Zapata no pueden conservar el poder en sus manos y se disponen a traspasarlo. Derrota militar, porque sin un poder central no pueden formar un ejército centralizado. Cuando ya tienen el centro en sus manos, Villa y Zapata deciden soltarlo y volver cada uno a combatir en su región, cuyo horizonte en el fondo no han podido sobrepasar hasta alcanzar los límites nacionales.)

ALFONSO REYES Y JOSÉ VASCONCELOS

A Jesús Arellano: In memoriam

Son las cinco de la mañana. La hora del lobo. La hora en que, dice López Velarde, se nace, se muere y se ama. México parece un cementerio. Nadie se aventura a pie por las calles en que será invariablemente asaltado, si no por los ladrones por la patrulla. Con todo, no cesa el estruendo de los vehículos. En la esquina de lo que fueron calzada de Tacubaya y Juanacatlán aparece el fantasma de Alfonso Reyes. Cruza el Circuito Interior el espectro de José Vasconcelos y se aproxima a su amigo de juventud.

VASCONCELOS: ¿Qué haces a estas horas, Alfonso?

REYES: Contemplo mi calle. Un poco triste ¿no?

VASCONCELOS: Cuando menos la animan algunas putas. En cambio la mía ni siquiera es calle. Un puente sin agua, un viaducto, algo hecho para las máquinas y no para los seres humanos.

REYES: Después de muertos seguimos unidos: nuestras calles hacen esquina. Y en Tacubaya. Para nuestra generación fue muy importante Tacubaya.

VASCONCELOS: Como verás, no queda nada de Tacubaya. No era un lugar de ricos como San Ángel. Acabaron con ella las obras viales, todas inconclusas, de no sé cuántos sexenios. Oye ¿qué es eso que se levanta donde estaban las bombas de la Condesa?

REYES: El Imce, más conocido como el monumento a la devaluación. ¿No quieres caminar un poco? Me gustaría aparecerme en mi casa. Hace veinte años que no la veo.

Reyes y Vasconcelos atraviesan la calle entre camiones que no se detienen, pero como no los ven tampoco pueden atropellarlos. Tomados del brazo caminan lentamente por la acera del Circuito Interior.

VASCONCELOS: Veinte años. Llevamos muertos veinte años.

REYES: Parecen veinte siglos. Es otro mundo. No me gustaría nada seguir viviendo en él.

VASCONCELOS: Hay cosas buenas. Me da gusto comprobar que al fin se adoptaron oficialmente mis tesis sobre el criollismo.

REYES: Cambiemos de tema. No critico al régimen ni me gusta hablar de política.

VASCONCELOS: Ni la muerte pudo curarte de tu trauma. Alfonso: el general Reyes murió hace mucho tiempo. Todo es política en la vida.

REYES: Todo es violencia. Jamás pude aceptarlo. Nunca quise el sufrimiento ni el exterminio de los demás.

VASCONCELOS: Nadie te lo agradeció. Por eso no te leen. Tus virtudes no son de este siglo. Tu obra es una gratísima conversación, un salón literario portátil. Eres el compañero ideal para endulzar las incomodidades y abolir el tedio del viaje. Tu mundo es el siglo dieciocho, antes de la Revolución francesa por supuesto.

REYES: ¿Y tú?

VASCONCELOS: Hablé el lenguaje de la pasión, sacudí las conciencias como decíamos entonces. Ante mí nadie puede ser indiferente. Me odian o me veneran. Alfonso, no se limitan a respetarme. Soy algo más que una gloria literaria, una estatua a la que pocos vuelven la mirada. Soy muchos, no soy uno. En mí encarnaron todas las contradicciones que forman la miseria y la gloria humana.

REYES: Te admiro y me horrorizas, José. Por tu causa se derramó la sangre. Yo no conduje a nadie a su muerte.

VASCONCELOS: Traté de redimir a este país de infamias, a esta tierra de asesinos, ladrones y fariseos…

REYES: Tu tierra.

VASCONCELOS: La nuestra, Alfonso. Somos lo que México hizo de nosotros.

REYES: México y tu ambición y vanidad sin medida. ¿Por qué no te conformaste con ser lo mejor que fuiste? Tu sitio no estaba en la república del poder, al menos no de ese poder que buscaste.

VASCONCELOS: Me robaron las elecciones.

REYES: Y si no te las hubieran robado ¿sabes cuál hubiese sido tu destino? A los tres meses los generales, los empresarios y el embajador norteamericano te hubieran echado a patadas. Acuérdate de Madero, de Rómulo Gallegos y de Juan Bosch.

VASCONCELOS: Tú no te arriesgaste, Alfonso. Por eso cometiste menos errores.

REYES: Me arriesgué a ser nada más escritor, a darle a mi país lo único y lo mejor que podía darle.

VASCONCELOS: Sí, una obra encantadora e inconclusa. Proyectos, esquemas, puntos de partida, resúmenes, glosas. Muy bien escrita, claro. El estilismo. Siempre odié el estilismo, consuelo de los estériles y los cobardes.

REYES: Lo odiaste porque no podías escribir prosa como Martín Luis ni como yo. Sin embargo, a pesar tuyo, fuiste un gran escritor. *Ulises criollo* es un libro prodigioso. Lo más parecido, junto con *El águila y la serpiente* y *La sombra del caudillo*, a una novela en una generación de extraordinarios prosistas y narradores que jamás pudimos escribir novelas ni dramas ni verdaderos poemas.

VASCONCELOS: Fui un filósofo, intenté crear un sistema filosófico. En cambio tú, Alfonso —con toda la admiración que mereces y con medio siglo de afecto— no fuiste sino esa cosa amorfa y horrible que llamamos "hombre de letras" porque no podemos nombrarlo de una manera más precisa.

Reyes: Fui un escritor, a secas. Un ensayista.

Vasconcelos: Un especialista en generalidades. Alguien que mariposea sobre todos los temas y no se compromete con ninguno. Tu obra entera es periodismo, sin duda magistral y de suprema calidad literaria, pero al fin y al cabo periodismo.

Reyes: ¿Por qué te parece mal el periodismo? Democraticé hasta donde pude el saber de los pocos y lo llevé a quienes habían aprendido el analfabeto gracias a tu labor como secretario de Educación Pública. Además, Pepe, casi toda la literatura española de nuestra época es periodismo: Ortega, Unamuno, Azorín, Díez-Canedo. Tú también fuiste un gran periodista. Lástima que hayas puesto ese talento al servicio de las peores causas. Qué pena ver que terminaste tus días como editorialista estrella del coronel García Valseca.

Vasconcelos: No robé. Tenía que ganarme la vida. Acepto, si tú quieres, que me equivoqué trágicamente respecto a Hitler, Franco y Mussolini. Pero lo hice por antiimperialismo, por creer que los enemigos de nuestros enemigos eran nuestros amigos.

Reyes: Pepe, no contribuyamos a la confusión general. Tu antiyanquismo fue tan de derecha como el de Federico Gamboa o Carlos Pereyra.

Inmersos en la discusión, Reyes y Vasconcelos han llegado sin darse cuenta frente a la casa del primero. Atraviesan las paredes y entran en la biblioteca.

Reyes: Todo está como lo dejé hace veinte años.

Vasconcelos: Un museo. Qué espanto.

Reyes: Pepe, estás a punto de alcanzar tu centenario (te quitabas la edad, como tu coterráneo don Porfirio). Los desplantes juveniles ya no te quedan. ¿Por qué no te sientas?

Vasconcelos: Déjame ver tus libros. Qué antiguallas. Mira Toynbee. Dedicado. Ya nadie cita a Toynbee. *Sic transit.*

REYES: Pero Toynbee fue el único que predijo adecuadamente lo que iban a ser los terribles setentas. Fortuna nuestra no haberlos vivido. Nadie, basado en el pensamiento socioeconómico ni en el pensamiento mágico, supo ver lo que nos esperaba, de la crisis petrolera a la crisis de Irán, de Camboya al Cono Sur. El 16 de diciembre de 1969 Arnold dijo: "En la próxima década la violencia llegará a extremos infernales. La situación será espantosa para todo el planeta, especialmente para el Tercer Mundo".

VASCONCELOS: Te da miedo la situación, Alfonso.

REYES: Me aterra. Pienso siempre en lo que dijo T. W. Adorno: "Del mundo, tal como existe, uno nunca estará lo suficientemente asustado".

VASCONCELOS: Buscaste la paz. Paz en la guerra. Por eso a tu manera fuiste un freak. Perdona el pochismo: formamos, qué curioso, la primera generación mexicana que habló fluidamente el inglés. En un mundo donde todos quieren pelea, tú intentaste no hacerle daño a nadie. Por tanto interrumpiste la maquinaria. Todo se te vino encima. Tu ideal hubiera sido no el siglo dieciocho —me equivoqué— sino el monasterio del siglo doce: libros, manuscritos, tranquilidad, buena mesa, buena cama. La isla rodeada de barbarie por todas partes. Alfonso, "fuego y sangre ha sido nuestro tiempo". Tus virtudes —tolerancia, concordia, respeto humano— no son de este mundo. Aun muerto, eres un anacronismo viviente.

REYES: Objeta lo que desees a esos rasgos. Cuando todo se ha dicho son preferibles a sus contrarios: intolerancia, inhumanidad, tortura, exterminio de quien no es o no piensa como yo.

VASCONCELOS: El mundo es de los fuertes y de los crueles, Alfonso. Tu proyecto de vida es una utopía.

REYES: Hace setenta años traducíamos en voz alta a Wilde. ¿Te acuerdas?: "No vale la pena ningún mapa que no incluya la isla de Utopía".

La luz de la mañana invade la Capilla Alfonsina.

VASCONCELOS: Adiós, Alfonso. Nos vemos en mi centenario.

REYES: Hasta muy pronto, Pepe, hasta el 82. Mientras tanto, no dejaré que mueras: te seguiré leyendo. A pesar de todo.

VASCONCELOS: Yo también te seguiré leyendo, Alfonsito.

Desaparecen. La Capilla Alfonsina queda en silencio.

(Por la transcripción, JEP.)

Entremés del centenario de Kafka

Para Juan María Alponte

Viernes primero de julio de 1983. En un restaurante más bien pequeño y modesto en las calles de Ámsterdam, México D.F., Artemia y Critilo, sentados a la mesa, beben agua mineral y leen diarios y revistas. Cerca de ellos se encuentran el Señor de los Anillos y sus amigos. El Señor, muy bien vestido, tiene sortijas en cada dedo, esclavas y reloj digital de oro macizo. Vocifera contra los gobiernos de hoy, ayer y antesdeayer. Pretende ser escuchado por toda la concurrencia. Ha hecho claro que el restaurancito no corresponde a su clase pero allí cocinan un plato que le gusta. Llega Andrenio sudoroso y jadeante y se disculpa ante Artemia y Critilo.

ANDRENIO: Perdónenme. No lo van a creer pero me perdí. He pasado mi vida entera en este rumbo y siempre me pierdo en Ámsterdam.

ARTEMIA: Es la calle más extraña del mundo: un laberinto circular.

CRITILO: ¿Qué tiene de raro? Era la pista del hipódromo de la Condesa.

ANDRENIO: Sí, pero el hipódromo tenía meta, tribunas, entrada y salida. Ámsterdam no comienza ni termina en ninguna parte. Nunca sabes en dónde estás ni adónde vas.

ARTEMIA: Envuelve al parque México y debía llamarse la calle México.

ANDRENIO: No ¿saben qué?: la calle Kafka. Después de todo, aquí deben vivir todavía personas que lo conocieron en Praga. A lo mejor si no hubiera muerto en 1924, Kafka, refugiado antinazi en México, hubiese vivido en la calle de Ámsterdam.

CRITILO: ¿Por qué no lo propones en una carta pública al regente?

ANDRENIO: ¿Tú crees que sepa quién es Kafka?

CRITILO: Cómo no: nuestros actuales gobernantes son *expertos* en Kafka.

ARTEMIA: Un poco viejo tu chistecito ¿no?

CRITILO: Ningún chistecito. Hace veinte años me daban mucha risa cosas en las que ahora no veo la menor ironía. Decir por ejemplo: "En México Kafka sería un escritor naturalista" o…

ANDRENIO: Perdóname que te interrumpa. ¿Se acuerdan de lo que dijo Lukács cuando los soviéticos lo detuvieron en 1956 en Budapest?: "Me equivoqué al condenar a Kafka: es un escritor realista".

CRITILO: … o decir que México era Kafkahuamilpa.

ARTEMIA: Kafkahuamilpa: la caverna sin fondo, el túnel que no deja ver la luz. Y también la milpa de Kafka. Talamos el bosque para sembrar la milpa. Quemamos la milpa a fin de levantar el rascacielos. Y hoy nos ahogamos sin el bosque, la milpa está seca y abandonada, el maíz se ha vuelto producto de importación, y el rascacielos no funcionó: se quedó a mediohacer, como todo en México.

ANDRENIO: Sí: vean la ciudad pobre, las casas a medioconstruir para siempre, las paredes de ladrillos blancos que eternamente apuntan hacia lo inacabado…

ARTEMIA: … como nosotros, como el país del que somos átomos.

(Llega el Mesero. Mientras distribuye los platos se escuchan las vociferaciones de)

EL SEÑOR DE LOS ANILLOS: Siempre lo he dicho: hay que colgarlos en el Zócalo. No tiene nombre lo que nos hicieron estos bandidos.

Bola de rateros hijos de la chingada. Les juro que si me los ponen enfrente no sé qué les hago. Uno se parte el lomo trabaja y trabaja, genera empleos, distribuye riqueza, levanta un país, y vienen unos cabrones y acaban con todo. Yo afortunadamente no soy ningún pendejo: desde el 81 vi venir la cosa. Y pa luego es tarde: ¡todo en dólares y pa fuera! ¿Se imaginan de la que me salvé? Yo, si esto se pone como creo que se va a poner, me largo a Houston con mi familia. Al fin los niños hablan inglés perfecto y allá tenemos nuestra casa y nuestro centrito comercial.

ARTEMIA (*en voz muy baja*): ¿Oyeron?

ANDRENIO: Sí. Es *divino*. Un patriota. Un gran mexicano. Un juez implacable de la corrupción. La corrupción que siempre son los otros.

CRITILO: ¿Por qué será que nunca nos vemos a nosotros mismos?

ARTEMIA: Un problema de fábrica. Todos los seres humanos parecemos hechos en México. En vez de tener los ojos clavados en la cara debimos haberlos tenido en la punta de unas antenas retráctiles, como algunos insectos. Sólo así podríamos vernos desde fuera y juzgar nuestros actos.

ANDRENIO: Allí tienes otro animal para la zoología fantástica de Kafka: el hombre capaz de…

ARTEMIA: "¿El hombre?" ¿Y las mujeres qué?

ANDRENIO: Perdón. Lo decía en el sentido genérico, antropológico…

(*Nuevamente sus voces son ahogadas por la estentórea de*)

EL SEÑOR DE LOS ANILLOS: Y los pinches obreros ¿qué se creen? Ya ni quien los aguante, la verdad que sí, compadre. Y luego que por qué reetiquetamos y que "hambreadores voraces" y que la chingada. Si Comercio me autoriza nada más el 150 por ciento de aumento, pues cuando mucho puedo subirles un seis o un siete en los salarios. Es mi negocio, compadre; ne-go-cio, no casa de beneficencia. De eso vivo. A mí quién me paga los sueldazos del gobierno. Por eso les digo a los obreros: trabajen, produzcan, huevones. No vivan siempre pedos y nomás en el colchón haciendo hijos. Así no se va a sacar el buey de la barranca, pendejos.

ARTEMIA: Qué violencia verbal ¿no les parece?

CRITILO: Pálido reflejo de la otra.

ANDRENIO: ¿Saben qué se me ocurre? Así debe de haber sido el padre de Kafka.

ARTEMIA: No creo. Éste es un *Mexican Night Special*, un producto neto de aquí y de ahora. Resultado y causante de la crisis.

ANDRENIO: Como nosotros. Cada quien a su modo.

ARTEMIA: Sí, desgraciadamente.

(Entra un niño a vender los periódicos del mediodía: CERCADA LA CASA DE DÍAZ SERRANO / DAN HASTA A $40 LA TORTILLA.*)*

CRITILO: De veras que el poder mexicano tiene un aspecto sintoísta: otorga una pasajera esencia divina a los ungidos y los hace objeto de veneración sexenal.

ARTEMIA: Sí, pero cuando viene el otro sexenio la nueva religión, como siempre, transforma en demonios a los dioses de la religión vencida.

ANDRENIO: ¿Desde cuándo son defensores?

CRITILO: Mira, lo que tenía que decir sobre el portillato y su proyecto de país lo dije durante el portillato. Ustedes mismos se rieron de mí por "apocalíptico". Y claro, ante la magnitud de los sucesos, resulté de un optimismo candoroso e infantil. Ahora no me sumaré a ningún linchamiento. Verdugos y torturadores los hay en abundancia. Oigan nada más aquí al compañero.

EL SEÑOR DE LOS ANILLOS *(cada vez más exaltado):* ¡Están cercando al Perro! ¡Están cercando al Perro! El círculo de fuego. Para que él solito se clave el aguijón como los escorpiones. ¡Ayjayjay, el gusto que me va a dar!

ANDRENIO: Ahí tienes tu colonia penitenciaría.

CRITILO: ¿Es el cuento de la máquina de torturar que grababa en sus víctimas la inscripción "Sé justo"?

ANDRENIO: Sí, claro.

CRITILO: Volvamos al principio.

ANDRENIO: Nunca hemos salido de Kafkahuamilpa.

ARTEMIA: ¿Saben lo que me jode de esa expresión? Que digo "Kafkahuamilpa" y al decirlo me separo, con un gran suspiro de alivio y superioridad, del resto de los mexicanos. Allá están "ustedes": nacos, ignorantes, mugrosos, corruptos, ineficientes, bandidos. Aquí estamos "nosotros": blancos, cultos, limpios, incorruptibles, buenísimos en todo lo que hacemos, intachables, honestos. No señor: aquí llueve mierda en polvo a toda hora del día y de la noche. Esa mierda la respiramos todos. Vivimos de ella. Estamos hechos de ella. Todos andamos en la misma olla y...

CRITILO: ... el agua ya empezó a hervir, langostita, y no hay manera de tumbar la tapa de la olla y volver a esconderte al fondo del océano.

ANDRENIO: Eso sí me parece Kafka puro: la analogía de la indefensión humana con la indefensión de los animales.

CRITILO: Desde luego, para Kafka la metáfora central de este mundo es el matadero. El matadero en que sobre la sangre de los animales comenzó la fortuna de la familia Kafka.

ARTEMIA: Que en checo quiere decir "grajo". Leí en la última biografía, la de Ronald Hayman, que a los judíos se les prohibía tener apellido. Se llamaban por ejemplo Chaim ben Jakob.

CRITILO: ¿Y eso no es apellido?

ARTEMIA: Quiere decir simplemente: "Jaime hijo de Jacobo". Cuando les concedieron la gracia de un apellido la hostilidad cristiana y la infinita bondad humana sólo les dieron a escoger entre los animales más repulsivos o más perseguidos. Allí, un siglo antes de su nacimiento, empezó la identificación de Kafka con los insectos, los monos, los perros, los roedores.

CRITILO: Por eso para expulsar a alguien de la humanidad lo haces verbalmente un animal, le das animísticamente los rasgos de un animal. A partir de ese momento puedes llevarlo sin que te tiemble el pulso al matadero.

ARTEMIA: Y una vez que lo has exterminado vuelves tranquilamente a tu casa, besas a tus hijos y te pones a escuchar los *Flötenquartette* de Mozart y a leer a Goethe, con profunda satisfacción por el deber cumplido.

ANDRENIO: Es horrible.

CRITILO: Kafka supo ver eso y más. Yo creo que es *el* escritor del siglo veinte.

ANDRENIO: Fíjense en la fuerza de los lugares comunes. Por algo existe en todas las lenguas el adjetivo "kafkiano". Ningún otro escritor ha tenido esa fuerza, no hablas de una situación "cervantina"…

ARTEMIA: Pero sí de cosas "dantescas" o personajes "dickensianos". En todo caso, lo importante es que el término "kafkiano" existe en todas las lenguas.

CRITILO: En inglés se dice *kafkaesque.*

ANDRENIO: ¿Ah, sí? No lo he visto en el Webster.

ARTEMIA: Pues ya está en todos los Larousse de 1983 (apropiadamente). Sólo que no escriben, como nosotros, "kafkiano" sino "kafkaiano": "Dícese de una situación absurda, ilógica, extraña".

CRITILO: Así pues, en México todos los periódicos del mes de junio son kafkianos, kafkaianos o kafkaescos. Al leerlos sientes lo que sintió Gide ante la prosa de Kafka: "la notación naturalista de un universo fantástico". Como Ámsterdam, podemos empezar por donde gusten: la quema de la bandera, los silbidos al himno, la política de precios y salarios, la "solución final" de las huelgas universitarias, la liquidación de Uramex para acabar con el Sutin, la imposibilidad de que haya por segunda vez "Pan y circo", la autorización de aumentos a las trasnacionales y la persecución a la que venda un peso más caras las tortillas, la subida de cinco mil por ciento en las tarifas de correos para libros y revistas, la venta al mejor postor extranjero de las empresas propiedad de la nación, la "guerra sucia" que ya ha empezado a toda hora y en todas partes y transforma la nota roja en crónica bélica y, *last but not least*, como lo dirían los hijos del señor de aquí al lado, lo que ayer señalaba Alejandro Gómez Arias.

ANDRENIO: ¿Qué es?

CRITILO: El que presenciamos uno de los mayores giros de nuestra historia: ninguno de los gobiernos anteriores había hecho tan abierta y sinceramente la teoría central y la práctica de su política con el cuadro de ideas de la derecha.

ARTEMIA: Es decir, la primacía del orden sobre la justicia social.

ANDRENIO: ¿Qué querían: que fueran Fidel Castro y la junta sandinista?

CRITILO: Bueno, es que...

(En ese momento irrumpe, pistola en mano, el Joven)

JOVEN: Carteras, anillos, joyas, relojes. Rapidito.

ARTEMIA: ¿Los vende?

JOVEN: Hazte la chistosita y te meto un plomo.

(Como para refutar los dicterios contra la ineficiencia mexicana el Joven y sus acompañantes despluman en menos de dos minutos a todos los clientes y se van caminando por Ámsterdam con la mayor tranquilidad. El Señor de los Anillos se quedó sin nada y el espanto logró al fin cerrarle la boca. Se acerca el mesero.)

CRITILO: Oiga, comprenderá usted que vamos a quedarle a deber.

MESERO: No se preocupe, les guardo la nota. La próxima vez me pagan. ¿Se acuerdan que antes entraba un sordomudito y dejaba en las mesas paquetes de agujas para que ustedes dieran lo que fuese su voluntad? Bueno, pues ya se murió de hambre el sordomudito y ahora vienen esos todos los días. Dicen que no es asalto, robo ni expropiación. Lo llaman "la colecta para la crisis".

UNA CONVERSACIÓN SOBRE LA VIOLENCIA: VIGILANTES Y ASALTANTES

In memoriam Rubén Anaya Sarmiento

ALFARO: Supongo que están enterados del caso de Bernhard Hugo Goetz y leyeron acerca de él en *Time* y *Newsweek*.

ZAMORA: Sí, claro.

ZUAZO: No sé quién es. No leo *Time* ni *Newsweek*.

ZAMORA: El tipo que disparó en el metro de Nueva York a cuatro adolescentes negros que pretendieron asaltarlo.

ZUAZO: Mira las ventajas del imperio: como ocurrió en Nueva York es tema de discusión mundial. Lo mismo pasó aquí, en camiones suburbanos, uno en Naucalpan, otro en Nezahualcóyotl. Dos pasajeros mataron a sus respectivos asaltantes y las noticias se extraviaron entre otras mil de la violencia cotidiana... Bueno, en realidad no sé bien cómo estuvo lo de Goetz.

ALFARO: El "vigilante" del subway.

ZAMORA: Otra palabra tomada al español. Como "pronunciamiento", "machismo", "mordida".

ZUAZO: En reciprocidad debemos castellanizar *mug, mugged, mugging*.

ALFARO: No hace falta: "asalto" implica ya violencia y robo.

ZUAZO: ¿Dijeron que se llama Goetz? Qué curioso. Otra vez la realidad plagia a la literatura. *Goetz von Berlichingen* es el drama representativo del "Sturm und Drang" (que se podría traducir como "tempestad y empuje"), el comienzo del romanticismo alemán.

Es un drama de Goethe acerca de un noble que encabeza una rebelión campesina contra los abusos de la corte de Bramberg.

ALFARO: La venganza… Goetz, era el de ahora, toca algo muy profundo de la psique humana. La venganza es el gran tema de todos los tiempos, desde la *Ilíada* y la *Odisea* hasta *El karate kid*…

ZAMORA: Pasando por *El conde de Montecristo*, *Sandokán*, *El Corsario Negro*, las *Memorias de Pancho Villa*.

ZUAZO: El aspecto mítico parece secundario en estos momentos. Goetz en 1985 es el ciudadano de un mundo inhabitable que ya no cree en nada ni en nadie y se hace justicia por su propia mano. Pero me gustaría saber algo más.

ALFARO: Goetz es un técnico en electrónica, tan común y corriente como nosotros. El sábado 22 de diciembre sube al expreso de la séptima avenida. Los cuatro adolescentes negros lo rodean, le preguntan la hora, le piden un cerillo y luego cinco dólares para sus juegos electrónicos. Goetz se levanta, dice: "Tengo cinco dólares para cada uno de ustedes", saca un revólver calibre 38. Los adolescentes huyen, Goetz les dispara hasta quedarse sin balas. El tren se detiene en el túnel. Goetz escapa. Nueve días después se entrega en Concord. Paga su propia fianza por cincuenta mil dólares y se convierte a pesar suyo en un héroe de nuestro tiempo. Casi todo el mundo se identifica con él. Hay manifestaciones y colectas en su favor. Hasta la madre de uno de los heridos declara su simpatía. Sólo hay voces aisladas como Jim Breslin, columnista del *Daily News*, según las cuales nadie estaría tan contento si los heridos (uno de los cuales quedará paralizado de por vida) no fueran negros.

ZAMORA: Bueno, debemos agregar que en 1981 Goetz fue asaltado y golpeado en el metro por otros adolescentes negros. Le quedó un cartílago roto en el pecho. Uno de sus victimarios estuvo brevemente detenido y luego, para colmo, presentó cargos contra Goetz.

ZUAZO: Es decir, la policía no sirve de nada, el sistema judicial protege a los criminales, todos estamos en peligro. Se acabó el contrato entre las partes de la sociedad. Terminó la civilización urbana. Hemos vuelto a la selva y cada quien que se defienda como pueda.

ALFARO: Y si eso ocurre en Nueva York, donde por mucha corrupción policiaca que exista no se ha llegado a los abismos de Durazo y Alfredo Ríos Galeana —comandante del Batallón de Radiopatrullas del Estado de México y primer asaltante de la República—, imagínense la gravedad de la situación entre nosotros.

ZAMORA: Allá hay seguro contra el desempleo y estampillas para ser canjeadas por comida. Aquí no hay sino rabia, ultraje, desesperación.

ALFARO: La miseria es un factor importantísimo de la violencia pero no es el único. Limitarla de esta manera me parece racista y clasista. Es un hecho evidente que la inmensa mayoría de los pobres no son asaltantes ni asesinos. Y muchos asaltantes y asesinos no son pobres.

ZAMORA: Si Ríos Galeana junta una fortuna de entre quinientos y mil millones de pesos ¿ya quién puede hablar en su caso de lucha de los pobres contra los ricos?

ZUAZO: Ser pobre en México es ser la eterna víctima de la violencia física y la violencia económica.

ALFARO: Sí, los ricos pueden protegerse. Los pobres no van a pagar guaruras, puertas blindadas, perros amaestrados, sistemas electrónicos de seguridad.

ZAMORA: ¿Entonces qué hacemos: comprar nuestra pistola de fayuca?

ZUAZO: Muy bien: en teoría la compras para defenderte de los asaltantes. Pero esta conversación sube de tono, te exaltas y acabas disparando contra nosotros. De presunto agredido pasas a seguro agresor; en busca de protección contra la delincuencia, cuando menos piensas entras en sus filas. Todo gracias a la pistola.

ZAMORA: ¿Acaso sugieres que ponga la otra mejilla? En los viejos tiempos aún era posible: dejaba que me robaran y ya. Ahora lo más probable es que previamente me den una cuchillada.

ALFARO: Estamos de verdad en el vientre del Leviatán: no debemos armarnos, no podemos permitir tampoco que la violencia continúe y se propague a todo.

ZAMORA: Según una encuesta de *Novedades*, el mayor temor es a la policía; la mayor cantidad de denuncias es en contra de los cuerpos de seguridad.

ALFARO: De todos modos es gravísimo que la iniciativa privada le quite al Estado el monopolio de la violencia. Como saben, en muchas colonias ya operan cuerpos de vigilancia y seguridad para "cazar hampones y asesinos".

ZUAZO: Con lo cual los hampones y asesinos dirigen sus mejores esfuerzos hacia aquellos que no pueden pagarse tales lujos.

ZAMORA: Es un triste consuelo vivir prisionero en tu propia casa y vigilado por tus vigilantes. A todos nos robaron la calle, la noche, el sueño. No se puede seguir así.

ALFARO: ¿Ya ves? Tú también, quién lo hubiera dicho hace veinte años, estás clamando por la ley y el orden. Tras los horrores de la inflación y la violencia callejera ¿qué sombra ominosa se dibuja en el horizonte?

ZAMORA: ¿Quién va a ser sino el Führer, el Duce, el Hombre Fuerte providencial que instaurará la mano dura para arreglar las cosas?

ZUAZO: Permítanme defraudar las esperanzas de la derecha, no menos que las ilusiones de la izquierda: ahora el planeta entero está afectado, también hay inseguridad y asaltos en los países socialistas. Esto no quiere decir que no debamos tener como prioridad absoluta la lucha contra la miseria; sólo que, por desgracia, no basta acabar con ella para obtener la paz y la tranquilidad.

ALFARO: Sin incurrir en la idealización de los países socialistas, resulta innegable que el problema es mucho más terrible en un país como México y en una ciudad como ésta.

ZUAZO: Y en estos niveles africanos de miseria a que llegamos en 1985 brilla la televisión con una publicidad dirigida a la clase media suburbana de los Estados Unidos, la más rica y consumista de la historia.

ZAMORA: ¿Tú realmente crees que...?

ZUAZO: Si la publicidad no fuera efectiva no se invertirían billones de dólares en ella. Si las series de violencia no pueden causar mal, entonces tampoco pueden hacer ningún bien los programas patrióticos o culturales.

ALFARO: Todo eso engendra ira, rabia. Y no sólo en los más pobres.

ZUAZO: Añádanle que la inflación al ser la gran transferidora de riqueza de los pobres hacia los ricos, es por tanto la gran engendradora de la ira. Para que exista la violencia tiene que haber ira.

ALFARO: Volvemos al tema de la venganza; Goetz se vengó de los jóvenes que se vengaron en él por no tener cincuenta mil dólares para sus placeres. Y de venganza en venganza llegamos de nuevo al estado de naturaleza: todos contra todos.

ZUAZO: En ese caso tal vez el único remedio estaría en invertir el camino: hacer que todos fueran solidarios con todos.

ZAMORA: Bastante utópico en esta sociedad y en este momento.

ALFARO: Hablamos y hablamos mientras en torno nuestro la gente sigue matando y muriendo, robando y siendo robada.

ZUAZO: Desde luego hablando no vamos a componer las cosas, pero tampoco nada se compondrá si antes no hablamos y hacemos que otros se preocupen por hablar.

ZAMORA: Sí, porque a medida que empeora la situación más tiendes a encerrarte protectivamente en ti mismo, a no ver sino tu propio horizonte. Cada quien se dice en su interior: "Todo eso le ocurre a otros. A mí no me va a pasar nada".

ALFARO: La morgue está rebosante con los cadáveres de personas muy seguras de que a ellas no podía pasarles nada.

ZUAZO: Mientras tanto se está haciendo tarde.

ZAMORA: Sí, terminemos antes de que caiga la noche.

(Por la transcripción, JEP)

LILITH: Nuestra época será definida como aquella en la que todo el mundo piensa en el sexo todo el tiempo —excepto durante el acto mismo, cuando la mente tiende a divagar.

CAÍN: ¿Quién dijo eso?

LILITH: Howard Nemerov. Un poeta. Acaba de morir.

CAÍN: En mi vida oí hablar de él.

LILITH: Claro, los poetas son las otras víctimas del nuevo orden. Ya viste cómo terminó hace poco Gabriel Celaya que en su momento fue aclamado y célebre. Aquí más cerca ¿qué se ha hecho para ayudar a don Germán Pardo García? Eduardo Camacho Suárez denunció hace ya varias semanas las condiciones intolerables en que don Germán agoniza en su departamento modestísimo. ¿Alguien se ha movido por él? Y durante cuántos años el poeta colombiano pagó de su dinero la revista *Nivel* para difundir y homenajear a cientos de escritores que hoy corresponden a su generosidad con la mayor ingratitud.

CAÍN: Es que ya nadie lee poesía. Ni siquiera los poetas.

LILITH: Pero todos la escuchan envuelta en la música.

CAÍN: ¿Tú crees?

LILITH: Por supuesto. Cuando Gloria Trevi canta: "No no no sé, no sé / Qué voy a hacer sin él / Si no puedo estar con él / Y no quiero estar sin él", ¿no está diciendo exactamente lo mismo que Catulo?: "Odi et amo, quare id faciam, fortasse requiris. / Nescio, sed fieri sentio et excrucior".

CAÍN: De acuerdo, pero no hemos venido a Pornotopia a hablar de poesía sino del fin de la historia.

LILITH: ¿Cuál de todas?

CAÍN: La historia de la sexualidad.

LA DEVOLUCIÓN SEXUAL

LILITH: La sexualidad no se acaba nunca.

CAÍN: No, pero cambian las tendencias dominantes. La revolución sexual de, digamos, 1965-1981, la única época en todo el trayecto de la humanidad en que la gente pudo hacer lo que quiso con sus cuerpos, ha dejado su sitio a la devolución sexual. Todo regresa a Pornotopia, la Disneylandia de la sexualidad, y se somete a las leyes del mercado. La deidad que preside el fin de siglo no es Venus ni Baco, no es Dionisio ni Pan, no son los sátiros ni las ninfas. El dios del fin de siglo es Onán.

LILITH: En primer lugar no lo deifiques; en segundo no lo difames. Pobre Onán. Mira el poder de la escritura con minúscula y de la Escritura con mayúscula. Unas cuantas líneas en Génesis, 38, y quién sabe cuántos siglos de error.

CAÍN: De acuerdo. Onán no era onanista. Se limitaba a practicar el más antiguo método de control natal, llamado técnicamente *coitus interruptus*. Onán fue el segundo hijo de Judá. Cuando Yahveh eliminó al primogénito Er, Judá ordenó al menor: "Cásate con la mujer de tu hermano, cumple como cuñado y procura descendencia". Onán sabía que esa descendencia no iba a ser suya. Acataba el débito conyugal pero "derramaba en tierra". Yahveh se enfureció y lo hizo morir.

LILITH: Todo sistema aspira a reproducirse y a perpetuarse. No puede admitir el gasto inútil. La moral sexual de Occidente se basa en las necesidades históricas de un pueblo poco numeroso rodeado de enemigos por todas partes.

CAÍN: Apenas serenados los terrores del otro milenio, se institu-
yen los grandes mecanismos de control: el placer se transfiere al
orbe del pecado, se inventan la confesión y el purgatorio, se le-
vantan las hogueras inquisitoriales.

LILITH: Basta. Sonamos a viejo, a Foucault y a 68. Historia antigua.
Ya nadie quiere oír hablar de esas cosas. Pasaron de moda como
el antiimperialismo, el tercermundismo, la liberación. Schwarze-
negger y Schwarzkopf derrotaron a Herbert Marcuse y Norman
O. Brown. Ahora o te alineas por la derecha o te vuelves un cero
a la izquierda.

CAÍN: Sí, el 68 fue la revuelta contra papá. Finalmente y como
siempre ganó papá. Estamos de nuevo en 1955, o más bien 1952:
antes de Brigitte Bardot, Elvis Presley, Marilyn Monroe y James
Dean. La película de estos años no se llamaría *Back to the Future*
sino *Forward to the Past*.

LA ELECTRONIZACIÓN DE LA SOLEDAD

LILITH: Aunque no te guste, déjame citarte a otro poeta, Luis Cer-
nuda: "El deseo es una pregunta para la que no existe respuesta".
Nunca ha habido ni habrá un orden erótico que haga justicia a
todos, que satisfaga a todos. La palabra misma, orden, implica re-
presión. Das rienda suelta a tus instintos y pulsiones y te convier-
tes en asesino en cadena. La libertad absoluta es la victimización
absoluta de los demás. Sobre todo de las mujeres. ¿Qué dice en
el fondo el doctor Freud?: "Las mujeres tienen la culpa de todo".
¿Qué es lo primero que se te ocurre gritarle a quien te ofende o
irrita?: Hijo de la chingada, hijo de puta. La madre es responsa-
ble, no él. Otra vez: "Las mujeres tienen la culpa de todo".

CAÍN: Precisamente para no entrar en esas discusiones sin salida,
para no tener que decidir a cada instante y para resolver por omi-
sión el mayor problema humano: la convivencia, Onán se instala

en Pornotopia y tiene a su servicio toda la tecnología disponible. La soledad se erotiza y la erotización se vuelve electrónica y mercadotécnica. Por eso digo que Onán es la falsa deidad del fin de siglo, una deidad menor, aunque omnipresente, y subsidiaria de Mercurio, dios del comercio, divinidad del mercado.

LA SEXUALIDAD-FICCIÓN

LILITH: Lo que quieres decir es que el derrumbe de la utopía se traduce en la consolidación de Pornotopia. Cae el muro del socialismo irreal, el socialismo que nunca existió, y se levanta el supermercado ubicuo, el complejo *multimedia* de la sexualidad-ficción. Basta de realidades, sólo queremos fantasías. Porque la realidad no hay quien pueda con ella.

CAÍN: Exacto. Mira estos catálogos. Hasta ahora pocos tienen acceso aquí a este primer mundo. Pero si todo sigue como va antes de un año el nuevo onanismo se habrá democratizado, México estará lleno de franquicias y sucursales: una en cada esquina.

LILITH: ¿Te parece muy mal? Como decía el año pasado Enrique Serna, es preferible ver dos cuerpos enlazados que extasiarse ante las mutilaciones, destripamientos, decapitaciones y torturas con que todo el mundo se divierte en sus videocaseteras; o los juegos de guerra y exterminio con que se entrena a los niños para vivir en un mundo dominado por la ley de la selva empresarial.

CAÍN: No intento hacer la apología ni el vejamen de la pornografía. Me limito a recordarte que es un invento de la represión victoriana. Hasta el siglo XVIII sólo hubo arte erótico. La pornografía nace como respuesta a las prohibiciones establecidas para cimentar el imperio y proteger a la reina-niña, a la adolescente Victoria que heredó el trono cuando era una muchachita. Sólo nos la representamos como una anciana pero hasta la reina Victoria tuvo quince años.

LILITH: Yo estoy segura de que la pornografía fue inventada un domingo, en Londres. No hay nada tan desolador como un domingo puritano.

CUENTO DE HADAS PARA ADULTOS

CAÍN: Desde luego existe un lazo indisoluble entre puritanismo y pornografía. La una no podría vivir sin el otro. Pero nada es sencillo. Así como flota un trasfondo perverso en las dulces historias para niños, hay una inocencia básica en los sótanos de la pornografía. Es el cuento de hadas para adultos, de allí su fascinación.

LILITH: De todos modos minoritaria si se compara con la novela rosa y los relatos de venganza. No hay *best-sellers* pornográficos capaces de competir en ventas con los libros de Barbara Cartland y *El conde de Montecristo*.

CAÍN: No entremos en discusiones interminables. Me limito a señalar lo que está aquí: la pornografización de la intimidad cuando ya Leviatán, Moloch o como quieras llamar a lo que los antiguos designaban como "el sistema" ha neutralizado todo lo subversivo. Para decirlo en buen español, ha hecho que hasta lo más kinky se vuelva mainstream. Por ejemplo, el más inocente conjunto musical infantil entra hoy en los hogares con atuendos que ayer monopolizaban las alcobas secretas del sadomasoquismo. La publicidad es casi inconcebible sin una sugerencia de fornicación. También Eros y Venus son tributarios de Mercurio.

LILITH: La pornografía es abominable por autoritaria y totalitaria. Se relaciona con el poder y la dominación. Confiere a los hombres el sentimiento nazi de la omnipotencia absoluta a costa de nosotras las mujeres. Crea un clima de sexualidad violenta y agresora en que ninguna mujer puede sentirse a salvo.

CAÍN: Cómo negar que es uno de sus empleos. Yo sólo me pronunciaría por abolirla si me garantizaran que cancelada la pornografía ninguna mujer volverá a ser víctima de una violación. Y a pesar de todo debo decirte que, terribles como son, las consecuencias más siniestras de la pornografía pesan poco frente a la muerte y el dolor que han infligido a la humanidad todas las doctrinas que predican la bondad universal y el amor al prójimo: te mato para salvarte. Te torturo para redimirte. Te conquisto para civilizarte.

LILITH: Con ese criterio...

CAÍN: Vuelvo a los catálogos y a la idea de Pornotopia como la Disneylandia del sexo, la aldea electrónica de Citeres, el cuento de hadas para adultos en donde todo el mundo está perpetuamente disponible. Allí no existen discusiones como la nuestra, se borran las agonías, los egoísmos, las mentiras, la hipocresía de la vida sexual. No hay sentimientos ni resentimientos. Queda atrás la imposible convivencia humana. No existen las palabras de que están hechas la historia, los dramas y las novelas: amor, matrimonio, adulterio, celos, posesividad, divorcio, hijos, familia, secreto, propiedades, trabajo, clases sociales... Ayer la pornografía era algo impuesto: tomabas o dejabas la película, el librito, las fotos, los dibujos. El desarrollo tecnológico permite por vez primera en la historia el *do it yourself*, el "hágalo usted mismo", pornográfico. La pornoindustria pierde su máscara y se muestra como lo que es ante el noventa y cinco por ciento de sus consumidores: un utensilio casero para la masturbación.

TECHNOPORNO, CRACIA Y SIDA

LILITH: Entonces el sida parece inventado no por los puritanos sino por los technopornócratas.

CAÍN: Aun después de Auschwitz y todo lo que hemos visto, no puedo concebir en la mente humana una maldad tan insondable como para inventar el sida. La enfermedad puritana por excelencia. La división Pánzer que aplasta como en Tiananmén la revuelta sexual y restaura el viejo orden, el de siempre.

LILITH: Los que hacen el amor son castigados con una muerte indescriptible. En cambio puedes torturar, asesinar, oprimir, explotar, sin temor al contagio ni al ostracismo social.

CAÍN: Todo en el mundo está mal repartido. Compara la intensidad y duración del orgasmo con el dolor de muelas.

LILITH: El sida es la más contundente imposición de las virtudes del puritanismo: rectitud, honradez, continencia, frugalidad, ahorro.

CAÍN: Virtudes que engendran por contrapartida el erotismo secreto y onanístico del fin de siglo. Tras él hay una auténtica industria pesada multinacional que comercia con todos los nuevos medios. Así como lo admirable de la música y la literatura es que todo está hecho a partir de un número muy limitado de notas y de letras, lo asombroso del med-onanismo es desplegar al infinito las posibilidades del empleo y la combinación imaginaria de los cuerpos.

COMPACTSEXUALIDAD Y GUERRA NINTENDO

LILITH: Explícate.

CAÍN: Miles de números telefónicos de paga funcionan día y noche para que puedas sostener pseudoconversaciones autoestimulantes. La oferta en materia de videos no tiene fin. Lo mismo ocurre en el campo de las revistas a todo color. La *Plastisex* de que hablaba Arreola hace treinta años hoy es moneda común y ya circulan muñecas inflables que se venden por menos de diez dólares. Ya no se compara lo que hay: los productos se hacen al gusto del consumidor. Se pueden ordenar películas de pura acción sin los intermedios más o menos dramáticos o farsescos entre los actos sexuales. Una casa especializada en fotomontajes proporciona videos en que las diosas sexuales de ayer reencarnan en los cuerpos de hoy y puedes ver a tu gusto a Brigitte Bardot o a quien se te antoje con quien quieras. Esta digitalización no excluye el arte antiguo y aún vigente de pornograficar los cómics tradicionales y tener acceso al lecho conyugal de Lorenzo y Pepita, Mandrake y Narda, El Príncipe Valiente y Aleta. No son nuevos tampoco, aunque sí ya vienen *improved*, el *Electro Pocket Pussy* y la *Jack Off Machine (Washable and Reusable)*.

LILITH: Todo es de una pasividad aterradora.

CAÍN: Si quieres ser más, como dicen, "creativa", tienes a tu disposición la radio de banda civil con el inconveniente de que puede haber interferencias y tu voz corre el riesgo de ser reconocida y grabada. Lo último (hasta donde sé: ya debe de haber una nueva tecnología que vuelva obsoleta esta práctica), es lo que llamaremos autopornografía dialogada e instantánea por medio de la computadora, el módem y el correo electrónico. Quien se conecte a la red (todo cuesta) puede sostener diálogos apasionados por escrito sin que después, gracias a la pantalla y su efimeridad destellante, queden penosos registros, comprometedores, capaces de requerir la ayuda de la trituradora de papel. Nunca sabrás la identidad de tu corresponsal. Acaso es alguien a quien ves todos los días u otra persona a la que no conocerás como tal, a semejanza de lo que ocurre con quien satisface a diez mil kilómetros de distancia tus fantasías telefónicas. A la guerra *nintendo* del Golfo Pérsico, se une la *compact* sexualidad.

LILITH: Escalofría pensar en el aire lleno de todas esas voces e imágenes eróticas, imposibles de captar sin el receptor preparado. Un personaje de Alejandro Rossi pensaba hace pocos años al ver las luces de la ciudad en cuántas parejas estarían haciendo el amor tras esas ventanitas. De hoy en adelante, al pasar frente a un conjunto habitacional, pensaré en cuántos estarán solos y entregados a la electromasturbación en cualesquiera de sus variantes.

Caín: No seas tan negativa. Considera también el lado bueno de las cosas. Este desarrollo tecnológico puede significar a la postre la verdadera pornotopia: el fin de todos los problemas sexuales.

Lilith: Pero también el fin de las pasiones, la abolición del placer, la humanidad encerrada en el narcisismo solipsista, la victoria del mercado como poder abstracto y sin cara, el grado cero de la convivencia, el triunfo de la muerte disfrazada de vida.

INTERNET, UNA HISTORIA DE AMOR:
UNA VELADA CON CHÉJOV

En mayo de 1993, se intentó aquí mexicanizar la experiencia de Anne Cattaneo que, para el espectáculo *Orchards*, encargó a David Mamet y otros autores adaptar cuentos de Antón Chéjov (1860-1904) a la circunstancia norteamericana. El relato que invocamos entonces dio por resultado "Table Dance", la tentativa se hace ahora con "Ninochka", uno de los cuentos en miniatura que el gran narrador ruso publicó en 1885.

PERSONAJES

Gaby
Sergio
Mauricio

ESCENA 1: LOS AMIGOS

Un departamento elegante en una colonia de alta clase media en la ciudad de México. Sofá, sillones, mesa de centro, minibar, televisor, foto-mural con un paisaje nevado de las montañas Rocallosas. Al fondo la puerta del estudio electrónico de Sergio. Son las 11 de la mañana, Sergio abre la puerta y aparece Mauricio, bien vestido, en contraste con los yins y la camiseta del otro con la leyenda "Windows 98".

MAURICIO: Hola.

SERGIO: Gracias por venir. Pasa. Siéntate.

MAURICIO: Sólo un momento. Tengo que regresar a la oficina.

SERGIO: Ya sé que estás ocupadísimo. Te agradezco doblemente que hayas venido.

MAURICIO: Sergio, ¿no me lo podías haber dicho por teléfono?

SERGIO: Es que… Me da mucha pena.

MAURICIO: A ti todo te da pena. No tienes remedio.

SERGIO: Mauricio, perdóname. Ya sé que todo el tiempo te estoy dando lata.

MAURICIO: Hombre, para eso son los amigos. ¿Más pleitos?

SERGIO: Sí, por una tontería. A otros no les importa. Todo se les resbala. Pero a mí cualquier cosita me deprime y me trastorna. No puedo dormir.

MAURICIO: Se nota. ¿Qué pasó?

ESCENA 2: LA VIDA CONYUGAL

(Breve oscuridad. Cambio de luz. Son las 9 de la noche anterior y sólo Gaby está en la sala. Se acerca a la puerta del estudio.)

GABY: ¿Mi amor? ¿Sabes? No voy a salir.

SERGIO: *(aparece con un printout en la mano)* ¿Te quedas conmigo? Ah, qué maravilla.

GABY: Debía ir a la presentación del libro de Lorena. No sé por qué se le ocurrió hacerla en un lugar siniestro lleno de nacos. Luego si se tardan leyendo sus imbecilidades el regreso es terrorífico… Oye, parece que no te alegró mucho la noticia.

SERGIO: Claro que sí. Lo que pasa es que…

GABY: … no te gusta que te aparte de tu Internet. Estás clavado desde que nos levantamos. ¿Doce, trece horas? ¿Cuántas?

SERGIO: Es que de verdad lo de hoy es sensacional. Mira, está comprobado: Ana Anderson no era Anastasia sino una impostora muy hábil. El que sobrevivió fue el zarévich. Mira esto que me enviaron: una foto de él, *en París y en 1932*.

GABY: Espero que pronto te hartes del zar y los Romanov como te aburrieron los secretos del *Titanic* en cuanto llegó la película. Se ve que no tienes que ganarte la vida, creo que Mauricio se pasa de buen amigo al darte ese sueldo de analista sin exigirte nada a cambio. Podrías hacer cosas más útiles con tu jueguito.

SERGIO: Gaby, perdóname, no le hago daño a nadie. Es que de verdad lo del zarévich es extraordinario. Nunca se había presentado una foto adulta de él. Sólo está en Internet. Aún no sale en la tele ni en los periódicos.

GABY: ¿Dónde la encontraste?

SERGIO: Me la envió Sagra, mi amiga de Alicante. Mira, aquí está.

GABY: Ah, entonces no es la familia del zar lo que te tiene atado a Internet. Sostienes correspondencia electrónica con putas. Debes de estar en una red de pornografía infantil. Eres un cerdo.

SERGIO: Pero, mi amor, yo no conozco a Sagra. Puro correo electrónico.

GABY: Seguro que ya se citaron para verse en Cancún o en Huatulco o no sé dónde. ¿Con cuántas otras, eh? Ya sé lo que haces todo el día encerrado con tu maldito equipo.

SERGIO: Mi vida, tú siempre estás fuera. El gimnasio, las clases de meditación, el taller de cerámica.

GABY: ¿Y sabes por qué? Porque nunca me haces caso. Lo único que te importa en la vida es la Internet. Te detesto. ¿Me oyes? Te aborrezco. Ni un minuto más. Me voy a casa de mi mamá. Quédate con tu Sagra y con tus Romanov.

(*Breve oscuridad. Cambio de luz. Al día siguiente, a las 6 de la tarde, Gaby está sola ante el televisor. Tocan a la puerta. Se levanta. Abre. Entra Mauricio. La abraza y la besa.*)

Mauricio: ¿Y el nerd?

Gaby: Fue a buscarme a casa de mi mamá. No debe tardar.

Mauricio: ¿Qué le hiciste al pobre? Me llama, vengo a verlo, me suplica: "Mauricio, tú tienes gran influencia sobre Gaby. Son amigos desde hace mucho. Ella te respeta, te ve como una autoridad, confía absolutamente en ti. Ayúdame, por favor. Dile que estoy dispuesto a todo por ella".

Gaby: Te sale genial la imitación. El nerd ya encontró quien lo mantenga y sea además su paño de lágrimas ¿no?

(*Se sientan en el sofá, Mauricio besa y acaricia a Gaby.*)

Gaby: No pasó nada. Estaba aburridísima porque no podía verte. Para divertirme le hice una escena de celos con una española que le manda correo electrónico sobre el asesinato de la familia del zar y quién sabe cuántas sandeces.

Mauricio: Déjalo que se entretenga. Eres cruel con una persona tan débil como el nerd y que además te quiere tanto.

Gaby: Él sí pero yo no. Además le hago el favor de fingir que me dan celos. Por mí, que se pase la eternidad con su Internet y me deje en paz para estar contigo.

Mauricio: Bueno, tienes que ser un poquito más tolerante con el pobre nerd. Es patético ver cómo te ama. Me hace sentir incómodo. ¿Me sirves una copa?

(Sergio abre la puerta con su llave y entra en la sala.)

Gaby: Mi amor, llegas a tiempo. ¿Qué te sirvo, mi vida: whisky o vodka?

Sergio: Una coca light, por favor.

(Mauricio se levanta del sofá y le tiende la mano. Sergio lo abraza muy conmovido.)

Sergio: No sabes cuánto te agradezco, Mauricio. Qué buen amigo eres. Qué haría sin ti, de verdad.

(Gaby le da el refresco a Sergio y la copa a Mauricio y permanece de pie a su lado.)

Sergio: Antes de brindar quisiera darte —no vayas a rechazarlo, por favor— lo único que puedo, una cosita de nada, para agradecerte lo que has hecho por mí. Es un disquet con toda la información sobre el misterio de la Gran Pirámide. Te va a interesar, estoy seguro. Me ha llevado años compilarlo.

Mauricio: Sergio, mil gracias. No te hubieras molestado. Bueno, salud.

Gaby: Mi vida, siéntate, Mauricio tiene algo que decirte.

Mauricio: Sí. Supongo que te enteraste de las nuevas medidas económicas que ha dictado el gobierno.

Sergio: Terribles.

Mauricio: Más que terribles: siniestras, devastadoras, mortales. Tendremos que hacer un recorte muy drástico de personal. En estas circunstancias, como comprenderás, mister Brooks no me autorizó para mantenerte en tu puesto. De modo que esta quincena será el último depósito en tu cuenta.

SERGIO: ¿Y con qué voy a mantener a Gaby?

MAURICIO: Lo del recorte no es lo único que iba a decirte.

SERGIO: ¿Qué más?

GABY: Mi amor, tú eres un hombre inteligente y sin duda te habrás dado cuenta de que Mauricio y yo nos amamos. Nos amábamos incluso desde antes de que tú y yo nos conociéramos. Sabes bien que Mauricio no puede dejar a Silvia y a los niños.

MAURICIO: Por eso tuvimos que hacer clandestino lo que es puro y transparente. Una pasión en el auténtico sentido del término: sexual, espiritual, carnal, mental, todo. ¿Entiendes, verdad?

SERGIO: Comprendo perfectamente. Hay un sitio en Internet que explica muy bien este tipo de situaciones. Dice que son incontrolables y que en materia de amor nadie debe sentir culpa.

GABY: Ay, mi vida, gracias. No sabes qué alivio.

MAURICIO: No esperaba menos de ti. Has estado a la altura.

SERGIO: Lo que me preocupa es la otra parte de este asunto, el lado práctico, digamos. Tú, Mauricio, eres un hombre de mundo. Yo no. Yo sólo sé de computadoras. Respecto a las convenciones sociales lo ignoro todo. Ayúdenme los dos, se los suplico. Díganme ¿qué se supone que va a hacer Gaby ahora? ¿Será mejor que ustedes dos se vayan a un departamento? O ¿tal vez lo ideal resultaría que Gaby se quedara viviendo conmigo?

MAURICIO: Ya hemos pensado en todo. No te preocupes. En estas condiciones no te voy a dejar en la calle. No permitiré que asumas tú solo el costo social de las medidas del gobierno por así decirlo. Ja, ja. Somos amigos y para mí la amistad es sagrada. Gaby se queda aquí como siempre. Yo me encargo de los gastos, con un ajuste mensual según la inflación. A cambio de eso ocupo tu cuarto para los días en que tenga tiempo de venir a reunirme con ella. Tú conservas tu estudio y tu equipo, que al fin y al cabo es lo que más te gusta. Nada más añadimos un sofá-cama. Así te puedes encerrar todo el tiempo con tu Internet sin que nadie te moleste.

GABY: Mi vida ¿no es lo mejor para todos? Sergio ¿te vas?
SERGIO: No, sólo voy a ver qué me ha llegado de correo electrónico.

Oscuridad final.

(Por la adaptación, JEP)

COLUMBINE HIGH SCHOOL.
UNA INTERROGACIÓN

1

Escenario vacío. Un ciclorama negro. Música a todo volumen que se hace cada vez más violenta. Al centro se enciende una pantalla. Imágenes vertiginosas de *Doom*, el videojuego predilecto de Eric Harris. Alguien invisible tiene el control. Desde su punto de vista, que por tanto se vuelve el nuestro, contemplamos a seres semihumanos que vuelan en pedazos y son exterminados bajo el fuego virtual de las armas disponibles para el jugador: ametralladoras, granadas, bombas, cohetes. Una neblina sangrienta cubre la pantalla. *(Oscuridad.)*

2

Al centro del escenario, afueras de Columbine High School. Salen los camilleros con una muchacha que sangra. Se acerca el equipo de televisión.

PRODUCTOR: Ésta, ésta. Que no se vaya.
REPORTERO: Se está muriendo.
PRODUCTOR: Qué maravilla. Así es más dramático. Vende mejor.
CAMILLERO: Déjenla en paz. Está malherida. Se encuentra en estado de shock.
PRODUCTOR: No interfiera con el derecho a la información.

REPORTERO: ¿Qué sintió al recibir la primera bala?

CAMILLERO: ¿Lo ve? No puede contestarle.

REPORTERO: ¿Fue agredida sexualmente?

PRODUCTOR (al camarógrafo): Tómale las piernas llenas de sangre. Álzale un poco la falda.

REPORTERO: Aquí viene otro.

CAMARÓGRAFO: Le dieron en la cabeza.

PRODUCTOR: Excelente. Vamos con él. (Oscuridad.)

3

A la derecha luz sobre la celda de John W. Hinckley en el manicomio de Saint Elizabeth's, Washington, D.C. Retratos de Jodie Foster cubren la pared.

HINCKLEY: Jodie, parece mentira: dieciocho años. Pasaron ya dieciocho años y no te olvido. Mira, sigo rodeado por ti, hoy como entonces vivo para ti, aunque nunca vamos a encontrarnos, lo sé. Pero, Jodie, nuestras vidas se unieron para siempre. Al disparar contra Reagan quise impresionarte y lo logré. Me hice un lugar en las noticias y un nicho en la historia.

Las personas que más admiro en el mundo son tú, divina Jodie, Adolf Hitler y Charlie Manson. Mi sueño es que algún día vengas a visitarme. St. Elizabeth's no es un manicomio cualquiera. Es una serie de edificios victorianos con bastante espacio, aire y luz. Hay conmigo personas que te gustará conocer. Un amigo mató y se comió a su madre en 1943. Tenía 17 años. Lleva 56 aquí. Es un anciano de 73. Hombre encantador, todo un caballero. No conoce nada de lo que ha pasado en el mundo en este medio siglo.

Otra de mis compañeras también envejeció aquí. Era una adolescente cuando en 1951 entró en Sears, compró una sierra eléctrica, fue a un vestidor y se cortó un brazo y una pierna. De niña había sido víctima de —¿cómo le llaman ahora?— abuso sexual. Y desde entonces, así como está, anda con su medio cuerpo en busca de sexo por todos los corredores. Esta es la vida real, Jodie. Deberías venir a St. Elizabeth's y hacer una de tus películas con nosotros. Date prisa, Jodie. Porque todo esto ya es historia antigua. ¿Dónde quedamos todos nosotros y hasta el mismo Charlie Manson frente a Eric Harris y Dylan Klebold? Jodie, ellos no habían nacido cuando, sólo para que me quisieras, herí a Reagan y dejé inválido a su secretario. De haber contado con sus oportunidades, con su Internet y con su arsenal, qué no hubiera hecho yo por ti, Jodie Foster. Ya no existirían la Casa Blanca ni el Capitolio ni el Pentágono. (*Oscuridad. Aparecen en la pantalla las escenas más atroces de* Natural Born Killers.)

4

Morgue de Jarratt, Virginia. Eric Payne se quita la manta que cubre su cadáver, se levanta y toma asiento en la plancha de concreto.

PAYNE: Ustedes no me conocen. No soy ni seré famoso como los otros. Me llamo Eric Payne. Nací en 1973. Ocupo una posición intermedia en edad entre Hinckley y los adolescentes de Littleton. El 28 de abril me ejecutaron por el asesinato a martillazos de dos mujeres de 60 años. Fue en Richmond y en julio de 1997.
No pedí clemencia al gobernador. Me negué a pasarme la vida en la celda de los condenados a muerte. ¿Para qué? La inyección letal es rápida e indolora. Por tanto no tiene el menor atractivo para los medios de comunicación. No divierte. No entretiene. Es aburrida en un tiempo en que todo debe ser brutal y sangriento. Fíjense ustedes, hasta el último virus que acaba de infectar miles y miles de aparatos venía envuelto en un video que muestra un sapo vivo triturado por una licuadora.

Soy un lugar común. No soy Harris ni Klebold. Yo tenía cuatro meses de edad cuando mi padre mató a balazos a mi madre y luego se ahorcó en su celda. Desde entonces y hasta que cometí los asesinatos de Richmond e intenté matar a otra mujer y a su hijo de ocho años, mi existencia fue una sucesión de orfanatos y cárceles y drogas. Explicar mi conducta no ofrece problema alguno. Nadie escribirá un libro acerca de mí. Ya hay demasiados. La gente como yo abunda. No le interesa a nadie. Lo terrible, señoras y señores, es explicarse a Harris y a Klebold. Allí los quiero ver. Buenas noches y adiós. *(Oscuridad.)*

En la pantalla imágenes alternas de las víctimas de los serbios en Kosovo y de las víctimas civiles serbias de los bombardeos de la OTAN.

5

Se ilumina el extremo derecho del escenario. Mesa redonda en un estudio de televisión. El interrogador, una explicadora y dos explicadores.

LA EXPLICADORA: ¿Me permiten leerles un poema mexicano escrito hace exactamente diez años?
EL EXPLICADOR 1: ¿Un poema? ¿Qué tiene que ver?
EL EXPLICADOR 2: Harris escribía poemas, recitaba a Shakespeare.
EL INTERROGADOR: Adelante. Puede leerlo si no es muy largo.
LA EXPLICADORA: No, es brevísimo. Aquí está:

"Los desairados bajo el desamor,
   los que nadie quiere
   por su gordura, rabia acumulada,
   o por su escualidez rencorosa,
   los siempre desdeñados por feos o tontos o viejos,

llega un día en que se arman de valor,

gastan lo que no tienen en comprarse una Uzi

y antes de despedirse con un tiro en la sien

ametrallan al mundo entero."

EL EXPLICADOR 1: No sirve para nuestros fines.

LA EXPLICADORA: ¿Por qué?

EL EXPLICADOR 1: Porque Harris y Klebold rompen todos los esquemas: no son ni gordos ni escuálidos, ni desdeñados ni mucho menos tontos o viejos.

EL EXPLICADOR 2: Y no gastaron lo que no tenían en comprarse una Uzi. Dispusieron de fondos suficientes para hacerse de un arsenal mortífero. Rescato nada más los dos últimos versos que sí son aplicables a nuestro caso: "Y antes de despedirse con un tiro en la sien / ametrallan al mundo entero".

EL INTERROGADOR: Entonces ¿creen ustedes que lo sucedido en Littleton no tiene precedentes?

EL EXPLICADOR 1: No: Harris y Klebold despedazaron todas las teorías. Su caso es el *Titanic* del fin de siglo. Lo que nadie esperaba sucedió y se llevó cuanto habíamos pensado al respecto.

LA EXPLICADORA: Tienes razón. Los otros niños que han hecho matanzas en sus escuelas resultan transparentes comparados con estos dos. No son pobres, todo lo contrario, no pertenecen a minorías oprimidas, no son hijos de matrimonios deshechos.

EL EXPLICADOR 1: En sus textos Harris da rienda suelta a su rabia y anuncia sus planes de exterminio.

LA EXPLICADORA: Creyeron que esas páginas y el video que fue como el ensayo general de la matanza eran una ficción. Una más entre todos los simulacros que nos rodean.

EL EXPLICADOR 1: Allí está el punto clave. Al parecer, estamos ante la versión internética, posmoderna, instantánea y electrónica de lo que llamaron quijotismo y bovarismo.

LA EXPLICADORA: Sólo que en vez de embestir contra molinos de viento creyéndolos gigantes, Harris y Klebold exterminaron a sus compañeros pensando que eran los humanoides de *Doom*.

EL EXPLICADOR 2: A Don Quijote le sorbieron el seso las novelas de caballería. A Emma Bovary la llevó a la muerte el imaginarse que era posible vivir en la realidad como las heroínas de las novelas sentimentales. Cambia esos libros por el material que consumen los adolescentes y hallarás el mismo proceso adaptado a nuestro fin de siglo.

EL INTERROGADOR: ¿Propone usted suprimir los videos, las películas, los noticiarios?

EL EXPLICADOR 2: No propongo nada. Trato de hallar respuestas.

EL EXPLICADOR 1: Eric Harris quería matar. Sabemos muy poco de él. Parece que la desencadenadora final de su rabia fue la frustración de no ser aceptado en los *marines*. Su deseo era ir a Kosovo y exterminar serbios como figuritas de videojuego.

EL EXPLICADOR 2: A falta de serbios ametralló a sus compañeros.

LA EXPLICADORA: En los Balcanes hubiera sido un héroe. En Denver es un asesino masivo.

EL INTERROGADOR: ¿Qué me dicen ustedes del nazismo de estos muchachos?

EL EXPLICADOR 1: Falta de información. Selectividad equivocada. Del nazismo recogen los desfiles, los estadios, los triunfos. Omiten los campos de exterminio, la derrota brutal de Hitler, el precio que hizo pagar por sus ambiciones al pueblo alemán.

LA EXPLICADORA: Se quedan con el paso bajo el Arco de Triunfo pero no ven las derrotas, el bombardeo de Dresde —la Hiroshima de Europa—, el montón de ruinas a que Berlín quedó reducido.

EL EXPLICADOR 2: Perdón por insistir pero yo creo que el imán del nazismo es la sensación de omnipotencia, la cura virtual de nuestras humillaciones y frustraciones, aunque no dure, aunque todo el que destruye se autodestruya.

EL INTERROGADOR: Tenemos un minuto nada más. Ustedes han omitido algo esencial: esos muchachos se vengaron. En modo alguno los justifico pero sí digo que actuaron así porque los habían humillado los *jocks*, los atletas de su escuela.

LA EXPLICADORA: Hemos dejado fuera muchas cosas. ¿Sabremos alguna vez la verdad de Harris y Klebold? Dinamitaron todas nuestras certezas. Nos enfrentaron al gran misterio del Mal.

EL EXPLICADOR 1: Sí, Columbine High School es el *Titanic* del fin de siglo. (*Oscuridad final.*)

La hora de todos.
Entremés del 11 de septiembre

Entremés: *pieza breve que se representaba en los entreactos*

1

Sala en un departamento de la Ciudad de México. Pedro mira en el televisor las imágenes repetidas hasta lo obsesionante. Suena el timbre. Apaga con el mando a distancia y va a abrir la puerta. Entran Ana y Manuel. Ellos toman asiento en un sofá y Felipe lo hace en un sillón.

ANA: ¿Cómo estás?

PEDRO: Aplastado. Como si todo eso me hubiera caído encima.

MANUEL: Yo también. Por vez primera no sé que decir. Me gustaría quedarme callado y no colaborar a la otra explosión, el estallido de las palabras.

ANA: Sin embargo hay que decir algo.

PEDRO: Todo está dicho y nadie acierta aún a encontrar las nuevas palabras.

MANUEL: Entonces apuntemos que fue el *Titanic* del siglo XXI.

2

ANA: Todo se hundió en el World Trade Center y en el Pentágono: el nuevo Orden Mundial del neoliberalismo y también el intento de oponerse a él mediante la violencia.

PEDRO: Es como si el siglo que apenas comenzaba hubiera pasado sin transición del Génesis al Apocalipsis.

MANUEL: No se acabó el mundo…

ANA: … pero sí se acabó ese mundo que comenzó con la caída del muro de Berlín.

PEDRO: Nadie sabe qué seguirá. No me atrevo a hacer predicciones.

MANUEL: Los augurios no sirven de nada. Para bien y para mal, siempre ocurre lo que menos se espera. Tan inútil resulta el pesimismo como el optimismo.

3

PEDRO: Ya que no el Tarot ni el *I Ching*, ¿qué prefieren que consultemos: mi biblioteca o mi videoteca?

MANUEL: Cien películas de desastres y ninguna acertó.

ANA: Pero todas estuvieron cerca. Sólo que esta vez no llegó a tiempo el Séptimo de Caballería, no hubo héroe que en el postrer instante salvara a todos.

MANUEL: Me conmueve que, en la última película de desastres filmada en el siglo veinte, Spielberg presentara un planeta ya sin habitantes donde lo único que sobrevive entre el mar son las Torres Gemelas del World Trade Center.

PEDRO: "Murió lo que era firme…"

MANUEL: Sí, pero ahora ni siquiera "lo fugitivo permanece y dura". Terminó todo.

4

ANA: No quiero criticar a nadie. En mi vida me he plantado frente a un micrófono y, de haberlo hecho, sin duda mi papel hubiera sido peor. Siento, con todo, que la inmediatez de la comunicación instantánea mató hasta el conocimiento más superficial de la historia.

PEDRO: ¿Por qué lo dices?

ANA: Por haber escuchado que el 11 de septiembre se dio la única invasión de territorio norteamericano tras el ataque de Villa en 1917. Bueno, fuerzas villistas asaltaron Columbus pero Villa no participó en esos hechos.

MANUEL: Además, según creo recordar, en 1812 los ingleses entraron a Washington y quemaron la Casa Blanca. Luego fueron derrotados por Andrew Jackson en Nueva Orleans.

PEDRO: Más grave me parece haber comparado el golpe con la matanza de El Álamo. Desde luego, lo que hizo Santa Anna me parece injustificable. Pero Texas en modo alguno era territorio angloamericano en 1836, sino una de las llamadas provincias internas de México.

5

ANA: Lo que nadie que yo haya escuchado recordó fue el empleo del principio bélico de la aviación. Así como el inventor de los fertilizantes produjo también los gases letales, progreso y destrucción se unieron en el aeroplano. Se disputa quién fue el primero: un aviador italiano que lanzó bombas en Libia, o nuestro Álvaro Obregón que en 1913 ordenó el ataque aéreo contra un barco huertista en Guaymas. Sin saberlo, Obregón abrió camino hacia los bombardeos nazis en Barcelona, Gernika, Varsovia, Rotterdam y los bombardeos aliados de Dresde, Berlín, Tokio y, para colmo de horror, Hiroshima y Nagasaki. Y ahora las Torres y el Pentágono.

MANUEL: Espero que haya sido el italiano. No me gustaría que también tuviéramos ese honor.

PEDRO: Otra baja en la guerra de las citas fue la literatura. Nadie habló sino de las novelas más baratas.

6

MANUEL: Un momento: basta ya de despreciar a los *best-sellers*. En 2001 quien haga leer a las personas tiene todo mi respeto. ¿Te imaginas cuántos millones y millones de quienes antes eran no lectores han abierto y terminado un libro gracias a Stephen King?

PEDRO: Bueno, no quiero entrar en esa discusión. Tampoco enumerar antecedentes. Pienso nada más en la pobre literatura mexicana, lo que es más, en la pobre literatura española, a las que nadie, fuera de nosotros, toma en cuenta a lo largo del ancho mundo.

ANA: ¿A qué te refieres?

PEDRO: ¿A qué me refiero? A Juan José Arreola.

MANUEL: Arreola… aun en medio de estos horrores no deja de estremecerme que la mentalidad más brillante de su tiempo y el don verbal más prodigioso que hemos conocido se encuentre casi sin habla ni movimiento. La injusticia cósmica está por todas partes.

7

ANA: De acuerdo, pero ¿qué tiene que ver Arreola con el World Trade Center y el Pentágono?

PEDRO: Hacia 1952, entre *Varia invención* y *Confabulario,* Arreola escribió una obra de teatro, *La hora de todos.*

ANA: Tienes razón. Lo había olvidado por completo.

PEDRO: La pieza de Arreola parte de un hecho real, de una noticia

que leyó en el periódico y cita textualmente. Déjame buscarla…
"La mañana del día 28 de julio de 1945, un avión del ejército cho-
có contra el Empire State Building, a la altura del piso setenta,
con saldo de trece muertos y veinte heridos".

ANA: ¡Trece muertos y veinte heridos frente a los muertos y heridos
del 11 de septiembre!

MANUEL: Cada vida es irremplazable. Además, aquello fue un acci-
dente, no un ataque devastador.

8

PEDRO: lo interesante es que Arreola imagina un personaje, Harri-
son Fish, que desde su oficina regula el precio del azúcar, despi-
de obreros en Oklahoma, estremece a Wall Street si vende sus
acciones siderúrgicas…

MANUEL: Del mismo modo que en las Torres Gemelas estaba, en-
tre tantos otros centros del poder económico mundial, la bolsa del
azúcar y el café donde se tomaron las decisiones que, al hundir las
cosechas tradicionales, ayudaron a la extensión del cultivo de dro-
gas, y con la caída de los precios del café determinaron, al menos en
parte, la rebelión del EZLN y la actual hambruna en Centroamérica.

PEDRO: En la obra de Arreola, Harrison Fish es el dueño del mun-
do, el amo del universo, hasta que ocurre lo que nadie esperaba.

ANA: En modo alguno acepto que la lucha contra la globalización
se haga mediante la masacre (insisto: *masacre*, no simple matan-
za) de los inocentes y mediante la tortura; lo que sufrieron las
víctimas en los aviones secuestrados es tan tortura como la pica-
na y el soplete. Y ¿qué decir del tormento de quienes ahora es-
peran entre las ruinas que sus hijos, esposos, hermanos hayan
sobrevivido por azar?

MANUEL: En eso estamos todos de acuerdo.

9

Pedro: También en el destino de los monumentos altísimos que la soberbia humana se erige a sí misma. Podría hacerles una antología instantánea. Miren, por ejemplo, la "Canción a las ruinas de Itálica" (Rodrigo Caro, 1573-1616):

Las torres que desprecio al aire fueron
a su gran pesadumbre se rindieron.

O Francis Beaumont (1584-1616):

¡Contempla aquí, mortalidad y teme
todas esas mudanzas de la carne!
Cuántos huesos augustos, reflexiona,
duermen aquí bajo un montón de piedras;
Yacen los que tuvieron reinos y señoríos,
mas fuerza no les queda ni para alzar la mano,
y en sus púlpitos, donde su sello puso el polvo,
predican; "NO confíes en grandezas"…

O estos versos de otro de los nuestros, Juan de Dios Peza (1852-1919):

Maravillas de la otra edad,
prodigios de lo pasado,
páginas que no ha estudiado
la indolente humanidad.
¿Por qué vuestra majestad
causa entusiasmo y pavor?
Porque de tanto esplendor
y de tantas muertas galas
están batiendo las alas
los siglos en derredor.

Y termino con un poemita de un amigo en común, publicado apenas hace dos años:

Las torres se derrumban y no se vuelven a alzar.
El humilde hormiguero siempre regresa.

10

MANUEL: Volvamos a *La hora de todos*. Arreola le hace un homenaje a Quevedo al apropiarse del título de su libro, acaso en el que más trabajó su autor (1635-1636 y 1639, 1644 y 1645).

La hora de todos y la fortuna con seso, subtitulada *Fantasía moral*, es su testamento y despedida. Arreola la admiraba mucho, tanto como el *Marco Bruto* y más que *Los sueños* y *El buscón*.

PEDRO: Es una obra maestra pero nada fácil de leer. Pecaría de arrogancia si les dijera que la entiendo.

MANUEL: Yo tampoco me siento a la altura de *La hora de todos*. Me atrevería a decir que, a mi indocto juicio, es una *Divina Comedia* carnavalesca, una protonovela del mundo al revés que en muchos sentidos anticipa a Swift y resulta el primer libro transnacional y multicultural de la literatura europea. En sus páginas comparecen los musulmanes, los judíos, los ingleses, los franceses, los italianos, los negros esclavizados, los araucanos que resisten la conquista española, los holandeses que mediante la piratería se llevan las riquezas de España y Portugal, los arbitristas (los tecnócratas de su siglo).

ANA: No me extraña: *La hora de todos* es la obra española que más y mejor corresponde a la Guerra de los Treinta Años (1618-1648). Se libró ante todo en Alemania pero fue en realidad la primera guerra de verdad mundial, la lucha de los príncipes protestantes contra los Habsburgo. Al terminar la Guerra de los Treinta Años, el Sacro Imperio Romano estaba destruido, España había dejado de ser la primera potencia del mundo e Inglaterra y Francia dominaban a Europa, comenzaban a disputar el dominio del Nuevo Mundo.

PEDRO: Sin la derrota española en los tiempos de Quevedo no hubiera habido ni World Trade Center ni Pentágono.

MANUEL: La tragedia del 11 de septiembre de 2001 fue también la hora de todos.

ANA: Y cambiará, no se sabe cómo, las vidas de todos.

No fumarás

Esta columna, aparecida el 6 de junio de 1988, es resucitada en un mundo inimaginable hace 20 años (sin Internet, sin celulares), que, paradójicamente, es muy parecido.

A la memoria de Guillermo Haro y María Elvira Bermúdez

PRIMER ACTO

Díaz: La pregunta para romper el hielo fue sucesivamente: ¿Estudias o trabajas? ¿De qué signo eres? ¿A ti también te recortaron de tu empleo? En 1988 es: ¿Cuántas veces te han asaltado esta semana?

Cué: Hay teorías políticas para explicar el Estado policial. Lo que estamos viviendo es algo nuevo: la sociedad delincuencial. Una forma de guerra civil en la que ya no hay ejércitos ni campos de batalla porque su escenario está en todas partes y todos somos sus víctimas.

Díaz: Hoy ya nadie cita a Marshall McLuhan. Sin embargo, él profetizó en 1974 lo que iba a sucedernos en 1988. Una sola vez hablé con McLuhan en el Faculty Club de la Universidad de Toronto. Él acababa de regresar de México y le pareció que iban a ser explosivas las consecuencias de difundir en el mundo de la pobreza la misma publicidad diseñada para el país más rico de la Tierra.

CUÉ: Y entonces nadie podía prever lo que significarían catorce años después el pago de la deuda, la inflación, la reconversión, la privatización, el desempleo, el colapso moral de la sociedad mexicana. A la oferta electrónica de placeres y satisfacciones inalcanzables, se suma el curso de educación continua en la violencia, el asesinato y el asalto que constituyen las series de televisión. Así te explicas mejor lo que nos pasa en 1988.

DÍAZ: ¿Estás a favor de la censura?

CUÉ: No, sólo pido meditar en que si la trivialización televisiva de la violencia en series y noticiarios no puede hacer ningún mal, entonces tampoco puede hacer ningún bien el que se trasmitan programas culturales que nos exhorten a cuidar el agua, sembrar árboles, no inundarlo todo de basura.

DÍAZ: ¿Me permites? ¿Me prestas por favor un cenicero?

CUÉ: Discúlpame: en esta casa no se fuma y no hay ceniceros. Si quieres fumar sal a la puerta de la calle... Creí que ya habías dejado ese vicio espantoso.

DÍAZ: Ah, ¿tú también?

CUÉ: Soy militante anticigarro. Por mi radicalismo parezco exfumador, aunque nunca lo fui. A los trece o catorce años intenté fumar, como todos. Me pareció repugnante y jamás quise probar de nuevo.

DÍAZ: A cada quien su dependencia, ¿verdad? No fumas pero te tomas un Bloody Mary a mediodía, un martini antes de la comida y de la cena, acompañas con vino tus alimentos y remátas con un coñac. ¿No es así?

CUÉ: Bueno, soy bebedor social, no soy alcohólico. ¿Alguna vez me has visto ebrio? Además, beber es otro problema. Ahora estamos hablando del cigarro. Mira, he fotocopiado estos textos para distribuirlos entre mis amigos como tú que *todavía* fuman. Ya quedan pocos, te lo juro.

Díaz: Somos borregos. En los años veinte los Estados Unidos pusieron a fumar a todo el mundo; en los ochenta lo prohíben. Ahora como entonces hay que obedecer la voz del amo. Además, ¿no te parece sospechoso que las campañas sean contra el tabaco, el café y el azúcar, los típicos productos del Tercer Mundo? En 1990 ya nadie fumará ni tomará café ni empleará azúcar. Nuestras únicas exportaciones serán la carne humana y los dólares de la deuda.

Segundo acto

Cué: Guárdate tu discursito demagógico. Ser de izquierda ya no se usa, pasó de moda igual que fumar. Además lo que dices es un sofisma. Los grandes productores de cigarros son los Estados Unidos, la URSS, Japón, China, Alemania, Francia, Italia, Canadá. Mediante los impuestos el tabaco es una de las mayores fuentes de ingresos para los gobiernos, no en balde se trata en muchos países de un monopolio estatal. Así pues, te falló: no es una conspiración imperialista contra el Tercer Mundo, sino un asunto de salud y de supervivencia.

Díaz: Muy bien. Te prometo no volver a fumar si me juras a cambio que nunca más usarás tu automóvil.

Cué: Oye, son cosas diferentes.

Díaz: De cancerígeno a cancerígeno, ¿qué es más letal: el humo de mi cigarro o el escape de tu coche y el de los dos millones de vehículos que han convertido en otro Auschwitz a esta Calcuta? Puedes evitar que el fumador te envuelva en su humo pero no escaparte de absorber el aire envenenado.

Cué: Precisamente por eso deja que nos libremos al menos de un contaminante. Si el medio ya es ponzoñoso, tenemos derecho a que ustedes no lo ensucien aún más con el humo de sus cigarros. Muérete si quieres; por favor no contribuyas a matarme.

Díaz: Yo respeto el derecho de los no fumadores. ¿Por qué no quieres respetar el mío?

Cué: Fuma si te da la gana, pero no en mi presencia. Yo era tolerante hasta hace dos años. En 1986 leí el informe de C. Everett Koop, *surgeon general*, es decir ministro de Salud de Estados Unidos: *The Health Consequences of Involuntary Smoking*. Mira, aquí está. Ve estas líneas: *Passive smoking —inhaling the smoke of others— is also dangerous.*

Díaz: Sí, el reverendo Koop desató la persecución contra los fumadores tan irresponsablemente como hace dos semanas, en su último informe sobre el sida, abrió la temporada de caza contra los homosexuales.

Cué: Y ahora acaba de decir que la nicotina es una droga tan adictiva como cualquier otra.

Díaz: Lo sabía desde que empecé a fumar. En modo alguno quiero hacer proselitismo. Me parece muy bien que no fumes, lo celebro, estoy convencido del daño que hace el tabaco.

Cué: Entonces, ¿por qué sigues fumando?

Díaz: Porque exactamente lo mismo puede pasarte sin fumar.

Cué: Sí, gracias al humo de los fumadores.

Díaz: Mi abuelo murió de cáncer pulmonar. No fumaba ni lo hacía nadie de su casa.

Cué: Eso no prueba nada. Estadísticamente...

Díaz: Ya me vas a salir con las estadísticas. Es el único terreno en que puedo coparte. En lo demás, no. Desde luego no existe ninguna justificación para fumar, excepto el placer. Y el placer no necesita justificación.

Cué: Voy a explicarte tu placer.

Díaz: Pero antes déjame terminar con las estadísticas: en la edad de oro del cigarro, cuando todo el mundo fumaba, digamos entre 1930 y 1950, había menos muertes por cáncer, enfisema y enfermedades cardiacas que ahora. ¿Sí o no?

Cué: Francamente no sé. Es posible.

Díaz: También había menos vehículos, menos industrias, menos aditivos en nuestros alimentos y bebidas. No trato de disculpar al tabaco, nada más quiero decirte que no es el único, ni siquiera el principal, elemento de muerte en nuestra vida.

Cué: Eso, debo admitirlo, es cierto. Cada día nace un nuevo terror. Acaban de descubrir que el aspartame, comercializado como *NutraSweet*, también es altamente cancerígeno.

Díaz: Y espérate a lo último: se culpa al aluminio de la enfermedad de Alzheimer, la demencia senil anticipada que devastó a Rita Hayworth y acaba de atrapar a Marlon Brando. A ver, trata de escaparte del aluminio omnipresente. Dime cuánto plomo comemos y aspiramos, el plomo que nos vuelve asesinos y agresivos y arruinó al imperio romano. El plomo de las gasolinas, las pinturas y los alimentos, ¿no será causa de la locura suicida y homicida del siglo veinte?

Cué: Pero no te me escapes. Estamos hablando del cigarro y quiero explicarte tu placer. ¿Conoces el libro magistral sobre *La dependencia* que Albert Memmi publicó en 1979 con prólogo de Fernand Braudel? La dependencia existe en todos los campos. Permíteme resumirte algunos puntos: fumar es claramente un rito social e individual, un exorcismo contra una ansiedad o una amenaza externa, un manierismo, un modo de obtener seguridad, un medio de comunicación no de comunión y una lucha contra la soledad. Es al mismo tiempo una compulsión, un mal hábito y el conjunto de varias satisfacciones: succión e ingestión, manipulación y ritualización. Dan al fumador cierto apoyo, lo auxilian para conducirse en sociedad, facilitar los contactos, sobreponerse a la ansiedad.

Díaz: Los franceses y su obsesión por explicarlo todo… Eso era antes de C. Everett Koop. Ahora el pobre diablo que se atreve a sacar un cigarro en público es mirado con tanto reproche, asco y desprecio como si se estuviera masturbando en público. Es el débil, el vicioso, el anticuado, el perro al que podemos patear para sentirnos superiores.

CUÉ: Y también el heraldo de la muerte.

DÍAZ: Dijiste "envolvernos": otro "nosotros" contra otro "ellos". Salud o muerte. Haga patria: mate a un fumador. Y luego súbase a su coche y para celebrar su victoria beba hasta rodar por los suelos.

TERCER ACTO

CUÉ: Con la misma furia los Estados Unidos se lanzaron hace 70 años a romper botellas y perseguir bebedores.

DÍAZ: El odio al cuerpo, el odio al placer. ¿Por qué no hay una enfermedad que ataque sólo a los torturadores y a los que matan de hambre a la gente? Mi querido Cué: Eros y Venus no perdonan a nadie. Ya ves, los reverendos que hicieron millones de dólares predicando por televisión la castidad resultaron pornógrafos secretos y violadores públicos.

CUÉ: Allí te concedo un punto: la última fase del puritanismo es la pornografía. La pornografía siempre es misógina. Nada la define mejor que unas palabras teológicas de Henry Miller en una carta a Anaïs Nin: *Woman is evil*.

DÍAZ: La mujer es el mal, el cuerpo es el mal, el placer es el mal. Galway Kinnell dice que el proyecto esencial de la tecnología es cancelar la muerte. Y eso sí no se va a poder: con o sin cigarro, plomo, aspartame o aluminio, vivir es ir muriendo.

CUÉ: Pues sí, pero mientras tanto podemos retrasar ese triunfo.

DÍAZ: ¿Para terminar a los 90 años saludablemente arrumbados desde los 60 en un asilo de ancianos?

CUÉ: Di lo que quieras, no vas a convencerme. Yo hago deporte, corro varias millas todas las mañanas.

DÍAZ: El señor que popularizó el jogging murió de un ataque cardiaco en pleno trote. La vejez y la muerte te alcanzarán por más que trates de huir.

Cué: Desde luego, pero no voy a colaborar con ellas. Estoy convencido de que el tabaco es la venganza de los pueblos indígenas contra los conquistadores. Les dejaron una bomba de tiempo cancerígena para explotar en el quinto centenario.

Díaz: Bueno, habría que hacer la historia natural y social del cigarro.

Cué: El tabaco es la peor dádiva de México al mundo.

Díaz: No es exclusivamente mexicano. Los europeos lo hallaron por primera vez en Cuba en 1492. Los indios de Norteamérica fumaban. Recuerda el calumet, la pipa de la paz. El tabaco que popularizaron Nicot, Raleigh y los piratas Drake y Hawkins (piratas para nosotros, grandes navegantes y exploradores para ellos) era un símbolo de *status* como lo fueron hasta hace poco el puro y la pipa. Los mendigos recogían las colillas para desmenuzarlas y enrollarlas en papel. De allí del diminutivo despectivo: cigarrillo.

Cué: ¿Ah, sí? No sabía.

Díaz: El cigarro y la institución del café se desarrollaron juntos en el xviii y juntos mueren dos siglos después. Allí se gestó la Revolución francesa. Mejor tener a Rambo en el gimnasio que al Che Guevara en un café con su puro. Mejor Silicon Valley que su vecina Universidad de Berkeley. Cambia tu cuerpo y tus hábitos en vez de intentar que cambie el mundo.

Cué: Entonces, ¿cuándo empezó la siniestra costumbre del cigarrillo?

Díaz: Hacia 1880, cuando la máquina de Bonsack abolió la manufactura y permitió la producción en masa y el abaratamiento. El cigarro comenzó a liberar a las mujeres. Recuerda que antes, terminada la cena, ellas se quedaban excluidas hablando de sus cosas mientras los señores se iban a tratar de asuntos serios al salón fumador.

Cué: Habrá que restaurarlo.

Díaz: ¿Y consagrar de nuevo la separación y la desigualdad? De hecho ya sólo fuman los pobres y nada más ellos pueden darse el lujo de estar gordos. Una inversión exacta de lo que ocurría a principios de siglo cuando las pruebas externas de la riqueza y el triunfo eran la obesidad y el habano. Los años veinte prohibieron beber y prácticamente obligaron al mundo entero a adoptar el cigarro como símbolo de elegancia, juventud, modernidad, inteligencia, convivialidad, ascenso social. El cine nos enseñó a besar y a fumar.

CUÉ: Aquellas fotos lánguidas de mujeres y hombres que posaban con el cigarro en los labios para fingirse interesantes y profundos. Cómo cambia todo, qué bárbaro.

DÍAZ: Ahora, gracias a C. Everett Koop, el papá de la salud, todos los placeres son placeres prohibidos. La represión de tus pulsiones sólo puede estallar en agresividad y deseo de muerte. Volvemos al principio de nuestra charla. Hemos creado un mundo en que el prójimo es percibido como invasor amenazante y como sospechoso portador de la muerte. Basta. Me despido. Me muero por fumar.

CUÉ: Tú lo has dicho: te mueres por fumar.

Conversación en las tinieblas

A la memoria de Adolfo Sánchez Vázquez, maestro.

—*Ya estarás satisfecho.*

  —¿De qué?

  —*Tus presagios apocalípticos se cumplieron. México se parece hoy a lo que te habías imaginado.*

  —Jamás pretendí adelantarme a nada. Me limité a indicar algo de lo que estaba pasando y casi nadie quería ver.

  —*¿Con qué objeto?*

  —La ingenua pretensión de que escribirlo podría ayudar a conjurarlo. Si la gente se daba cuenta quizá cambiara de actitud y contribuyera a impedir, o al menos a mitigar, lo que se nos venía encima. Desde luego no tuve ni tengo capacidad alguna de videncia. No podría decirte ni siquiera qué va a pasar de aquí al próximo miércoles.

  —*Mi madre recuerda que la matanza de Acteal coincidió con la exacerbación de la violencia en Argelia. Tú dijiste que había que hacer hasta lo imposible para que en México jamás alcanzáramos esos niveles de crueldad. La gente se rió: "Exagera. Está loco. Eso nunca pasará aquí. Cómo se ve que no sabe nada de Argelia".*

  —Sí, pero no pido que nadie me revindique por esas cosas tan tristes. Prefería mil veces haberme equivocado. De cualquier manera jamás pensé que veríamos lo que ahora presenciamos.

—*La espiral sin fin. Los colgados de los puentes a los que se remata o se quema vivos, las imágenes de los torturados y muertos que presentaron Carlos Marín y Ciro Gómez Leyva…*

—Y lo que seguirá.

—*Ya hablan del Holocausto mexicano.*

—Son cosas muy distintas, pero a propósito del Holocausto me gustaría contarte una pequeña historia que tal vez no conozcas. ¿Has leído en libros o en Internet algo acerca del Velódromo de Invierno?

—*No. ¿Qué tiene que ver el ciclismo con todo esto?*

—Nada. Es el lugar en que se concentra a los judíos de París antes de enviarlos a morir en Auschwitz. Hablamos de 1943. Los años triunfales del nazismo quedaron atrás. La derrota es evidente. Lo han vencido en Stalingrado y en el norte de África. Sin embargo, Hitler se empecina en destinar al exterminio los recursos que se necesitan para la guerra.

—*No veo la relación.*

—Un momento. Adolf Eichmann embarca desde Salónica a todos los judíos de Grecia. Mientras a unos los asesinan en las cámaras de gas, los otros, los de París, son recogidos por la policía francesa de Vichy y los hacinan en el velódromo sin agua, sin comida, sin medios sanitarios, bajo un calor atroz. Tras varios días en estas condiciones los suben a los vagones para ganado.

Antes separan a las familias. Hay un carro del tren lleno de niños. Una muy pequeña, de cuatro o cinco años, grita y pide a su mamá. El oso de peluche, compañero de toda su breve vida, cae al andén. Ella se aferra a las puertas de madera y suplica que le devuelvan al osito.

—*Bueno sí, pero…*

—Hans Koenen, un joven oficial de las ss, supervisa el embarco. Ve a la niña, se ríe de ella, con la culata de su metralleta machaca los dedos de la pequeña hasta rompérselos y estalla en carcajadas. Un policía francés se atreve a reprochárselo.

El convoy de la muerte arranca entre los aullidos de la niña. Hans le grita al francés que la compasión es la peor debilidad. Ellos, los nazis, son los dueños del mundo y tienen derecho a todo. Quien pueda conmoverse por una niña y su osito es un blandengue (insulto predilecto del Führer) y no merece vivir.

—*No le pasó por la mente que eso podía sucederle a sus hijas.*

—O a él mismo. Dos años después los nazis derrotados huyen a la carrera de Praga. La multitud toma por asalto los últimos reductos alemanes y lincha en plena calle a todo uniformado que encuentra. El joven Hans es ya para entonces capitán. No puede hacer nada contra quienes lo golpean, le sacan los ojos, le abren el vientre, lo castran con unas tijeras de jardinero y antes de prenderle fuego y colgarlo de un farol dejan que se arrastre unos segundos por la acera. ¿Qué grita Hans en los últimos instantes de su vida? Pide a su mamá.

—*Es una historia espantosa.*

—Una entre millones. Pero aleccionadora.

—*¿Por qué? Eso no puede suceder aquí.*

—¿Ya ves? Tú también. No te culpo: todos creemos que nada malo nos va a pasar nunca.

—*Es que de otra forma no nos levantaríamos de la cama.*

—Sí, tienes razón. Ignoro cuál es el justo medio. ¿Ya ves que no pretendo aleccionar a nadie? Si me permites, recordaré que en el México antiguo, años antes de que nacieras, cuando en una reunión las conversaciones decaían y ya nadie tenía ganas de hablar alguien sacaba siempre los chistes sobre la nota roja.

En primer término los encabezados clásicos: "Mató a su madre sin motivo justificado", "Buzo que se suicida al no poder desatornillar la escafandra", "Se halló la lengua de su esposo en un tamal oaxaqueño", "Caminaba de espaldas: se le acabó la azotea". Y las noticias de atrocidades que de tan grotescas parecían cómicas. Todo ocurría en un país remoto llamado también México pero sin nada en común con aquel que habitábamos. Eran mundos opuestos y creímos que jamás iban a tocarse.

—*Ahora están lado a lado en todas partes. ¿Hasta cuándo?*

—No lo sé, nadie lo sabe.

—*Todos los espectáculos son escuelas del crimen: videojuegos, teleseries, películas.*

—Sí, y no obstante jamás me atrevería a proponer la censura porque inicias también otro proceso sin fin. Me preocupa no hallar una respuesta. Vamos a suponer que eliminamos esas imágenes violentas. ¿Por cuáles otras las sustituimos?: ¿la tragedia griega, la Biblia, Shakespeare, el teatro de los Siglos de Oro, la gran novela realista, las clases de historia universal? Las pantallas seguirían siendo baños de sangre y escuelas del crimen.

¿Y LA PUBLICIDAD?

—En 1975 Marshall McLuhan vino a México invitado por Televisa para un simposio sobre medios audiovisuales. Volvió muerto de miedo a Canadá. Afirmó hace 36 años que en un país tan pobre como el nuestro el empleo de una publicidad concebida para la nación más rica del planeta auguraba una violencia nunca vista.

—*Entonces ¿qué se puede anunciar sin que se despierten la codicia más feroz y el ansia de tenerlo todo a cualquier precio?*

—No lo sé. Tampoco me corresponde hallar la respuesta. Para eso las universidades forman miles de especialistas todos los años. Me limito a conversar contigo y referirme a lo que me preocupa y me lastima.

—*No terminaste de decir por qué te parece tan aleccionadora la historia del nazi de París y de Praga.*

—Porque contiene algo que no puedes eliminar de ningún intento de explicarte lo que sucede. El mayor atractivo de hacer el mal es la sensación de omnipotencia que confiere. Todos somos pobres diablos y estamos a expensas de todo. De repente encuentras un acto que te permite sentirte superior a los demás y vengarte de

todas las humillaciones y afrentas que has recibido. Esa voluptuo-
sidad suprema te explica al nazi del Velódromo, a todos los niños si-
carios, a Hitler y Stalin. Claro que dura poco pero no hay nada que
no dure poco.

—*¿No hay salida?*

—Tiene que haberla. Confío en que ustedes, los habitantes na-
turales del siglo XXI, a diferencia de nosotros los inmigrantes del
XX, la encontrarán. Mientras tanto, nunca estará de más practicar
la máxima en que coinciden las filosofías y las religiones, la norma
que violamos todo el tiempo y en todas partes: "No hagas a los de-
más lo que no quieras para ti mismo".

—*La más fácil, la más obvia, la más difícil de practicar.*

—Por supuesto, pero no hay nada que la sustituya. Gracias por es-
cucharme. Te deseo lo mejor.

Temas

El destino del terrorismo

E n una entrevista, publicada en Italia por *Il Manifiesto* y en Francia por *Esprit*, Luciana Castellina, diputada del grupo Democracia Proletaria, habla en la prisión de Moabit, Berlín occidental, con Horst Mahler, sentenciado a 12 años de cárcel por tentativa de asesinato de un carcelero durante la liberación por la fuerza de Andreas Baader.

Mahler emigró de la República Democrática Alemana. Como abogado organizó la asistencia jurídica a los rebeldes contra el orden de la Alemania Federal. Cuando le fue impedido el ejercicio de su profesión, Mahler pasó a la clandestinidad y fue uno de los fundadores de la Fracción Ejército Rojo. En la cárcel se apartó políticamente de sus coacusados y se negó a salir libre con los otros terroristas por canje con un funcionario del CDU, el partido gubernamental.

A la pregunta de Luciana Castellina sobre cómo juzga su experiencia y sus errores, Mahler responde que los futuros miembros del grupo Baader-Meinhof crecieron inconscientes de lo que había sido el nazismo. Al entender el pasado alemán tuvieron una reacción traumatizante, moralista. De allí nació el movimiento estudiantil en Alemania. Se desenvolvió en una sociedad sofocada, encerrada por el muro de Berlín donde la reconstrucción se había hecho a nombre del anticomunismo y la noción de libertad se había mistificado como en ninguna otra parte. El problema dominante para ellos fue la libertad y en qué consiste realmente (Vietnam, Alemania oriental, la libertad de enriquecerse, todo este enredo inextricable). Y con ello la vergüenza como una herida, el disgusto del pasado y de las nuevas instituciones alemanas.

Las complejidades de la sociedad

No es un azar que el terrorismo se haya desarrollado en Alemania, Italia y Japón. Pese a todos los rasgos particulares (en primer término, la Resistencia italiana) los tres países tienen una herencia común: el recurrir al idealismo para realizar las peores cosas, la guerra, el fascismo. El Estado encarna el máximo de mistificación moral y representa por ello el máximo de violencia.

Así, pasaron del moralismo a la simpatía por el terrorismo. Su problema era escapar de la duplicidad del Estado que, a nombre de la libertad, participaba en la guerra de Indochina. Concluyeron que el pueblo no tenía la fuerza de superar por sí solo a esta deriva, por su pasividad semejante a la de 1945. (Ésta es la gran diferencia con Italia.) No podían identificarse con su pueblo y se identificaron con el Tercer Mundo. A partir de entonces no se sintieron alemanes sino la quinta columna del Tercer Mundo en las metrópolis.

Aquí, piensa Mahler, radicó su primer error: su politización tenía un sesgo moralista y luego descubrieron que por ser pasiva la protesta moral no significaba nada. Habían leído mucho de Lenin y un poco de Marx para encontrar en ellos lo que buscaban de manera esquemática: que les explicaran qué es el Estado y la necesidad de afrontarlo para librarse de su violencia, pero ignoraban las complejidades de la sociedad.

Sólo veían un enfrentamiento simplista: ellos de una parte, el Estado de otra; los manifestantes aquí, los policías allá. Sin entender cómo, por qué, a través de cuáles articulaciones, el pueblo se identifica sin embargo con ese Estado, lo siente como suyo porque a pesar de todo le da asistencia y seguridad. En suma, del Estado no habían visto sino su fuerza material, no su hegemonía. Por esta razón concibieron el enfrentamiento como una lucha física y no política. Creyeron que si el pueblo no se movilizaba era por temor al Estado; que precisaba darle valor al pueblo y abrirle el camino de la revolución; probar en suma que el Estado era vulnerable.

VIOLENCIA Y AISLAMIENTO

Pronto se dieron cuenta de que en este duelo su movimiento sería aplastado muy pronto. Comenzaron a buscar métodos más eficaces. Así encontraron la teoría de la guerrilla urbana que fue también el fruto de una interpretación romántica del Che, de Fidel Castro, de los fedayines más tarde. Su objetivo fue golpear al Estado en sus puntos neurálgicos y de este modo amartillar el proceso de liberación.

Surgieron dos tendencias: algunos pensaron que era preciso ganarse la aceptación de las masas desencadenando luchas reivindicadoras. En su interior se introduciría la violencia como actos de sabotaje destinados a reforzarlas. Otros creyeron lo contrario: somos hijos de padres fascistas, tenemos que probar que nos hemos liberado a fondo de una concepción imperialista. No debemos privilegiar a la clase obrera alemana favorecida sino al Tercer Mundo oprimido. Hay que ser internacionalistas coherentes.

La Fracción Ejército Rojo nació de esta segunda tendencia. Esto es lo que significaron sus bombas contra la central imperialista alemana, en nombre de Vietnam y los pueblos colonizados. Es allí donde arraigan su violencia y su terrible aislamiento.

¿Cómo es posible —interroga Luciana Castellina— que con el paso del tiempo no se dieran cuenta de su aislamiento, incluso frente a los movimientos tercermundistas, ni el proceso de evolución antidemocrática que su acción provocaba poco a poco en Alemania ni del modo en que la derecha se servía de ella?

Mahler está en prisión desde 1970 e ignora lo que ocurrió y lo que acabaron por pensar los rebeldes. Pero desde un principio se podía entender que una dinámica interna completamente autónoma estaba a punto de encadenarse. A partir de 1972 el movimiento de izquierda se había debilitado, se asistía a un refugio, quedaban cerradas muchas puertas. Todo esto provocó en la FER una reacción de odio. Ya que estaban convencidos de que cuanto hacían era justo, pensaron que quienes no los secundaban se echaban para atrás por miedo a las consecuencias prácticas de sus ideas. Poco a poco el enemigo ya no fue sólo el imperialismo sino también la "izquierda cobarde" que anhelaba la revolución pero rechazaba sus riesgos. La izquierda se volvió *Schweine* (cerdo) como los otros. Había que ignorarla, no discutir con ella ni escucharla. Tanto peor para ella si la derecha devastaba su "jardincito, su democracia".

Sobre esta base muchos jóvenes de la tercera generación simpatizaron con la FER. Veían de un lado la falta de iniciativa por parte de la izquierda alemana, enfrente el rigor de una elección. De allí que se identificaran con los detenidos y despreciaran a los "demócratas". Un proceso que ya es, de algún modo, fascista.

A FUEGO LENTO

La Fracción Ejército Rojo terminó por no tener ningún interés social, por no representar sino a ella misma. Produjo en sus simpatizantes un fenómeno análogo de antipolítica: muchos de ellos derivaron hacia la criminalidad, la droga, el suicidio, la tendencia a depreciar la vida ajena tanto como la propia. Esto es lo que llevan en la cabeza los 16 a quienes se busca ahora como terroristas: la vida no tiene sentido, lo único que vale la pena es matar un *Schweine*.

Cuanto ocurrió, todo este proceso, es muy grave. Es la palanca de la reacción que se sirve ahora del terrorismo para eliminar a fuego lento las libertades democráticas. Los capitalistas saben que la crisis será larga, que no llegarán fácilmente a gobernar con un consenso, que el sistema parlamentario no basta para controlar la sociedad. Ellos preparan hoy el terreno sirviéndose de la Fracción Ejército Rojo.

Para Luciana Castellina, la reacción de la burguesía alemana es desproporcionada, la estabilidad de su sistema aún basta para garantizar formas de gobierno autoritarias y represivas. Mahler cree que la estabilidad de la Bundesrepublik reside enteramente en el crecimiento capitalista, en las pequeñas promociones sociales que ofrece a sus trabajadores: si no ocurre así la estabilidad ha terminado. Por esta razón necesitan cerrar la boca a quienes tomen conciencia de que una fase está a punto de concluir. Por otra parte la contrarrevolución preventiva ha sido siempre la estrategia del CDU (el partido gubernamental). Esto no quiere decir que Alemania ya se encuentre en el fascismo.

La perspectiva es otra. Mahler supone que ningún sistema podrá ser ya regido por el fascismo. En 1932 la mistificación fue posible porque nadie sabía de qué se trataba. Hoy es mucho más difícil. El problema es más bien la debilidad de la alternativa. Marx previó la manera en que el capitalismo llegaría a su fin, no qué sociedad había que construir después. No hay modelos en las experiencias históricas. La revolución no puede ser hecha sino por la mayoría del pueblo. Pero no se organiza una mayoría si no se ve claramente a dónde se quiere llegar. La izquierda, sobre todo en Alemania, sabe decir lo que rechaza, no lo que desea. El capitalismo es como una casa que se derrumba; pero nadie abandonará las ruinas sin saber primero cuál será la nueva casa. Sobre este punto hay que trabajar, no de manera ideológica sino organizando una experiencia de masa sin la cual el caos ganará terreno, y el caos acarrea siempre la reacción.

Para terminar, Luciana Castellina interroga a Mahler sobre acontecimientos de unos cuantos meses que ya son historia (el asesinato de Schleyer, la toma del avión en Mogadiscio, las "ejecuciones por suicidio" —el término lo crearán después de las Brigadas Rojas— en la prisión de Stuttgart), y sobre la necesidad de que la izquierda alemana se oponga a las medidas represivas y al mismo tiempo reflexione sobre el terrorismo.

Mahler contesta que ellos empezaron protestando contra la matanza norteamericana en My Lai y ahora la RFA, con el solo objeto de liberar a alguien con quien el pueblo no se identifica, amenaza con otra matanza de mujeres y niños inocentes. Esto debería mostrar el vacío del terrorismo y cancelar las simpatías que despierta. Pero el furor que ha sucedido a las "ejecuciones por suicidio" puede hacer olvidar todo aquello que las precedió. Sería grave convertir a los muertos en héroes y mártires. La única manera de impedirlo es que una comisión internacional averigüe qué pasó realmente en la cárcel. Al mismo tiempo es indispensable iniciar una campaña contra la represión en las prisiones a fin de que los presos políticos no queden a merced de las autoridades.

(Por la transcripción, JEP)

Nombre del paciente.— Narciso.

Origen del nombre.— Hijo de un río y de la ninfa Leiríope, Narciso era un adolescente impotente. Rechazó a otra ninfa: Eco. Eco se fue consumiendo hasta que sólo perduró su voz. Afrodita lo castigó: al asomarse a una fuente Narciso se enamoró de su imagen reflejada en el agua. Incapaz de hacerse el amor a sí mismo, se quedó contemplándose en su autofascinación hasta morir, desaparecer y convertirse en flor. Reyes en su *Mitología griega* deriva el nombre de *nárkee*, estupor: "el estupor que produce la contemplación del rostro en el espejo".

Narcisismo.— Sigmund Freud llamó así a la fijación de la energía libidinal en el propio sujeto. El o la narcisista jamás llega a establecer relaciones satisfactorias con sus semejantes, en el campo sexual menos que en ningún otro. Su energía suele descargarse mediante prácticas autoeróticas.

Lugar y fecha de nacimiento.— Estados Unidos de Norteamérica después de la Segunda Guerra Mundial.

Factores que rodearon el nacimiento.— Prosperidad de posguerra, hegemonía norteamericana en el mundo, sociedad de consumo, expansión publicitaria, televisión, erosión de las creencias tradicionales, confianza en la alta tecnología, el progreso ilimitado, la estabilidad económica y la inagotabilidad de los recursos naturales.

Ancestros simbólicos.— Dos personajes del novelista Daniel Defoe: *Robinson Crusoe* (1719), el empresario capitalista, dotado de todas las virtudes de su clase en ascenso, que domina a la naturaleza y la humilla como somete a los pueblos no europeos; y *Moll Flanders* (1722), la Xaviera Hollander de cuando comenzó todo esto a cuyo fin —que no es para mañana— estamos asistiendo. Tras dos siglos en que predominó la herencia genética paterna, de un tiempo a esta parte los rasgos de Robinson se han desvanecido: sea cual fuere su sexo, Narciso tiende a imitar más bien la conducta de "The happy hooker", "la Alegre Madame".

Médico encargado del diagnóstico.— Christopher Lasch, profesor de historia en la universidad de Rochester, autor de muchas obras entre ellas *The New Radicalism in America y Haven in a Heartless World: The Family Besieged*. Los datos transcritos en este informe clínico constan en su libro de muy reciente aparición: *The Culture of Narcissism: American Life in an Age of Diminishing Expectations*.

Método.— Como Fromm, Marcuse y muchos estructuralistas, el doctor Lasch intenta una síntesis heterodoxa de marxismo y freudismo. Se advierte sólida formación académica (Lasch ha cumplido de verdad con todas sus tareas escolares), ejemplar coraje para sostener sus opiniones y también un trasfondo de escuela dominical: el médico no oculta su confianza en los valores puritanos. Metodológicamente, quien supiera de estas cosas podría reprocharle no ver como un todo la sociedad a la que juzga, concentrarse en una clase social como si existiera aparte de las otras.

Definición lascheana de Narciso.— Producto final del individualismo burgués que comenzó con Moll y Robinson. Vive sólo en el presente y para el presente. Al cortar sus lazos con el pasado (al que observa cómica y despectivamente como "nostalgia") se quedó también sin futuro (al que nada más logra representarse como apocalipsis). Exige y casi invariablemente consigue la satisfacción instantánea de todas sus necesidades. No obstante, sufre perpetua inquietud y anda en un estado de deseo siempre insatisfecho. ("Quiero, quiero" y "más, más" son sus términos predilectos.) Se liberó de antiguos tabúes pero en modo alguno puede afirmarse que sea menos infeliz y esté menos angustiado que sus padres y abuelos reprimidos. En el mundo capitalista, la cultura contemporánea (cultura en el amplio sentido antropológico) es su creación. En estos países (aun en los que marchan en el furgón de cola, como el nuestro) la época actual es la era de narciso. Por algo se ha llamado a los agonizantes setentas "la década del yo", en contraste con los solidarios sesentas.

Aclaración.— Una vez más hay que pedirle perdón a los pobres de la tierra. Por supuesto el diagnóstico no se refiere a ellos: quien tiene hambre de pan y de justicia no se mira al espejo. Narciso es el ahíto insaciable, la víctima ejemplar de la publicidad y su creación de necesidades innecesarias.

Definición lascheana del narcisismo.— Sentimiento de vacío interior. Rabia reprimida e ilimitada. Deseos orales insatisfechos. Absoluta falta de consideración por los demás. Falso conocimiento de sí mismo. Afán de seducir para manipular sin aparente violencia a su prójimo. Humor nervioso y autoinjuriador. Miedo pánico a la vejez y a la muerte (que constituyen obviamente el ineluctable destino de Narciso). Percepción alterada del tiempo. Fascinación por personas célebres cuyo único mérito es ser famosas. Temor de la competencia. Menoscabo del espíritu de juego. Vínculos en perpetuo empeoramiento entre mujeres y hombres. Búsqueda desesperada de algo que esté más allá de uno mismo y dé sentido a una existencia día tras día más insufrible en medio de todos los placeres.

Síntomas.— Desesperación y pesimismo. Para Narciso el proceso inflacionario que roe a la sociedad no tiene ya respuesta a la vieja pregunta de "adónde vamos a parar". Los recursos naturales se agotan. Respirar es cancerígeno. Los dirigentes son nulidades cada vez más mediocres y corruptas. De los automóviles a los alimentos sintéticos, cuanto pareció aliviar la pesadumbre de la vida se ha vuelto aliado de la muerte. Existir se convirtió en perpetua batalla: públicamente acechan el terrorismo y la delincuencia; privadamente las relaciones interpersonales no proporcionan en 1979 refugio alguno contra la sociedad violenta y asumen también características de combate. La promiscuidad ha matado los sentimientos. (El sexo es ahora algo que ocupa un lugar intermedio entre la gimnasia y la gastronomía; a menudo el orgasmo se ve como una defecación menos sucia y levemente más placentera.) El hedonismo de los consumidores expresa en realidad un anhelo desesperado de supervivencia. La búsqueda de la felicidad termina en el callejón sin salida del narcisismo. El principio del placer encubre una destructora cólera edípica. Antes se cambiaba para progresar; ahora los cambios entrañan decadencia. (Ejemplo local: los ejes viales, el circuito interior, todo el D.F.) Narciso no entiende el curso actual de la historia ni puede someterla a direcciones racionales. Sus movimientos artísticos valoran el exhibicionismo y no el orden ni el control: creen atacar el *statu quo* y en realidad lo apoyan involuntariamente. Narciso degrada y trivializa lo que toca.

Causas del mal.— Abdicación de la autoridad en el hogar y en la escuela. Olvido de las responsabilidades morales. Deseo de poder y enriquecimiento sin límites que no se frena ante el costo humano de sus exigencias. Libertades pronto metamorfoseadas en nuevas y más atroces servidumbres. El Dr. Lasch es particularmente severo con la llamada revolución sexual: todo iba mejor en los viejos tiempos cuando se pensaba que la sexualidad era algo sucio. La actual insistencia en su limpieza expresa un deseo de sanearlo que lava sus implicaciones inconscientes. Las relaciones sexuales se

transforman en actuación: no hace mucho los hombres lamenta-
ban la frigidez de las mujeres; hoy se aterran ante su exigencia de
orgasmos. (El mal de Narciso no es la satiriasis sino la impotencia.
El auge de la pornografía significa, entre otras cosas, la apoteosis de
la masturbación. Los quince o veinte millones de lectores de *Play-
boy* y *Penthouse* se reclutan no tanto entre los delincuentes sexuales
y los fornicadores incansables como entre los onanistas.)

Tratamiento recomendado.— Regreso a la disciplina moral antigua-
mente asociada a la ética del trabajo.

Problemas del tratamiento.— Es difícil negarle razón en casi todas sus
críticas al Dr. Lasch. Sin duda hay que agradecerle sus señalamien-
tos. No obstante, la búsqueda de orden y disciplina puede conducir
fácilmente al terror. Y a pesar de todo entre dos males, el más sórdi-
do de los burdeles resulta preferible a la más inmaculada cámara de
exterminio. La deshumanizadora mercantilización del principio del
placer (sexual y no sexual) es imposible de combatir mediante el re-
greso a un principio de realidad que, en nombre de la ética y el traba-
jo, condenaba a una vida de horror a casi todos, en primer término
a las mujeres y a los niños. No se exorciza a Xaviera Hollander con
el fantasma de la abuelita a quien le fue negado su derecho a cono-
cer el orgasmo. El bribón que literalmente exhibe un trozo de mierda
en una bienal de arte de vanguardia y obtiene en recompensa becas,
entrevistas televisadas y estudios críticos, es menos pernicioso de
lo que sería reimplantar la flagelación disciplinaria en las escuelas.

Comentario final.— En medio de su vacío, su angustia, su soledad,
su confusión Narciso sabe una sola cosa: no hay regreso al punto
de partida. Librado a sus propias fuerzas se extinguirá sin remedio.
Los únicos que pueden sacarlo del laberinto son los otros: sus pró-
jimos más próximos y también más remotos. Imposible retroceder:
hoy como siempre, ayer es nunca jamás.

El romance del ferrocarril (1830-1980)

A Francisco Martínez de la Vega

Cuesta trabajo imaginar a estas alturas que durante cinco mil años la humanidad dependió casi exclusivamente de los animales como medio de transporte y fuerza de tracción terrestre. La rueda se cree inventada unos 3,500 años antes de Cristo; Roma dominó al mundo entonces conocido gracias tanto a sus legiones como a su red de caminos; y sin embargo el coche de caballos no apareció hasta 1564. A nadie se le había ocurrido emplear el carro de guerra o de carga como soporte de la litera conducida a hombros de esclavos. Un anónimo artesano de Kocs, Hungría, desencadenó un proceso que aún no termina y puso el nombre de su aldea en todos los idiomas (*Kocs*: coche). Otro desconocido añadió la llanta de hierro. Por esa misma época aparecieron en las minas rieles de madera para el acarreo de vagonetas.

Aparte del simio número 199 (usted y yo), el caballo era (y es) el animal más importante de la historia. Nuestra conducta para con él, hoy como ayer, justificaría todas las quejas del pesimista acerca de nuestra mala entraña. Como se ha dicho, sobre sus lomos se construyó la civilización. También se dividió el género humano entre el caballero que montaba y el plebeyo que iba a pie. Pero a todos les gusta hacer cosita: ante los terrores del reverendo Malthus, comenzó la explosión demográfica y con ella la necesidad de transportar a cada vez más gente.

Vapor y rieles

Abuelo de Marx y los comuneros, el siglo xviii se propuso ganar el cielo por asalto, en vez de invertir en resignaciones y arrepentimientos para ver si Dios lo daba como premio a los muertos. El dolor en la tierra y el sudor en la frente encontrarían su fin, o cuando menos su paliativo, gracias a la inteligencia humana y no a la inescrutable bondad divina. El progreso nacionalista se basó, no obstante, en la creencia mágica de que la naturaleza se renueva siempre y se limpia a sí misma. Vio a la Madre Naturaleza como la quintaesencial Sufrida Madre Mexicana que todo lo perdona y de todo nos provee.

Hoy maldecimos el progreso que no ha hecho descender el cielo a la tierra sino ha provocado que nos asalte el infierno. Pero ¿usted aceptaría ir a pie o en mula del Detritus Infernal a Querétaro, prescindir de la electricidad, el gas, el agua corriente, el teléfono, la anestesia? Y no lo olvide: hay millones de nuestros contemporáneos y de nuestros compatriotas a quienes ni siquiera han llegado estos "anacronismos".

En el siglo de las luces el *boom* de la plata mexicoperuana auspició el gran desarrollo de la industria del hierro. La máquina de vapor de Watt se usó para bombear agua de las minas y hacer que funcionaran altos hornos. Varios inventores ligaron esos dos elementos de las minas: vapor y rieles. El primero que presentó una máquina funcional fue Richard Trevithick en 1804. Por fin, hace justamente siglo y medio, la locomotora *Rocket* de George Stephenson realizó su primer viaje de Liverpool a Manchester, y al mismo tiempo la *Tom Thumb* de Peter Cooper arrastró los iniciales vagones entre Baltimore y Ellicott.

Junto al barco de vapor que empezó a navegar en 1812, el ferrocarril cambió la historia en una medida difícil de apreciar hoy. Permitió a Europa consumar el dominio del planeta y, así, al capitalismo extenderse por todas partes. Al conquistar la distancia la humanidad dejó de ser esclava de su cuerpo, aceleró hasta grados inimaginables la percepción de su experiencia vivida y cambió el sentido del tiempo: todos empezaron a vivir bajo el dictado del reloj que había en las estaciones.

LAS VENAS DEL MUNDO

Como dibujos animados las redes ferroviarias tatuaron el mapa de la tierra, fueron las venas en el cuerpo del mundo. El ferrocarril se extendió a Francia (1832), Alemania (35), Canadá (36), Rusia (37), Italia (39), España (48), India (53), Argentina (57). Venció las selvas y las montañas, los abismos y los ríos, permitió la unificación de los Estados Unidos y de Alemania y afianzó el poderío industrial de Gran Bretaña, "taller del mundo".

El avance tecnológico del tren no tiene fin, hubo innovaciones para satisfacer cada necesidad. En países inmensos como Rusia y Estados Unidos fue preciso uncir al convoy carros dormitorios y comedores, no sólo vagones que eran simples perfeccionamientos de la diligencia. Westinghouse inventó los frenos de aire. En 1887 aparecieron los carros frigoríficos. Grandes hazañas se volvieron comunes: el ferrocarril transcontinental norteamericano, el transiberiano, el trasandino. Para explicarse su significado basta pensar en que antes de, por ejemplo, el Canadian Pacific el viaje de Montreal a Vancouver exigía dar vuelta al continente por Panamá y a veces por el Cabo de Hornos.

El desarrollo ferroviario se basó en una explotación faraónica de los trabajadores, por regla general inmigrantes. Los ferrocarrileros dieron uno de sus mayores impulsos al sindicalismo, y en México y en todas partes siguen siendo un gremio combativo por excelencia. Paralelamente, los ferrocarriles norteamericanos engendraron las corporaciones que hoy son transnacionales.

Las posibilidades militares de este medio de transporte por mucho tiempo imbatible se vieron embrionariamente en la invasión a México en 1847 y siete años después durante la guerra de Crimea. En la de Secesión el tren ayudó decisivamente al triunfo del Norte. En 1870 Von Moltke pudo aplastar a Bazaine y a Luis Bonaparte gracias a la velocidad con que el ferrocarril movilizó a las tropas prusianas. Con todo, su edad de oro fue la época de (relativa) paz que marcó el anterior fin de siglo. En la Primera Guerra Mundial se empleó para mover soldados y provisiones: como armas ya existían el tanque y el avión. En la Segunda quedó ominosamente como el instrumento en que los nazis llevaron a los campos de exterminio a más de seis millones de seres humanos.

Entre 1920 y 1930 el aeroplano, el automóvil y el autobús provocaron la decadencia del ferrocarril. No pudieron frenarla la máquina Diesel ni la eléctrica. Pese a todo, frente al tribunal de los usuarios existen muchos argumentos a favor del tren y aún no se ha dicho la última palabra.

GARE DE LA DOULEUR

Su influencia en las costumbres, las artes y las letras merece libros enteros. La tiranía del espacio sólo permite hablar aquí, si no de los miles de cuadros y películas que ha inspirado, al menos de cómo el tren propició el desenvolvimiento de las revistas ilustradas, el libro portátil y del relato literario. La gran época del realismo está atravesada por el ferrocarril. En decenas de cuentos de Maupassant y en cuando menos dos grandes novelas es personaje principal. En *Ana Karenina* abre y cierra la narración como una deidad diabólica. Zola en *La bestia humana* retrata a la locomotora como un ser vivo, una "yegua de acero" con voluntad propia, capaz de amor y odio, agonía y muerte. Las descripciones ferroviarias de Zola subrayan la inhumanidad del progreso, según algunos críticos, convierten el naturalismo en surrealismo.

Se puede vivir perfectamente en 1980 sin haberse subido nunca a un tren ni sentir lo que fue para las anteriores generaciones aquel sentimiento que llaman los franceses "*angoisse de gare*", angustia de estación. Catedrales (ya demolidas) de la tecnología, las viejas estaciones daban a la tristeza de partir y despedirse una inmediatez y un dramatismo que nunca igualarán los aeropuertos.

CONTRANOSTALGIA

De los ferrocarriles mexicanos todo está por decirse. Cuando Lerdo quiso dejar entre México y los Estados Unidos el desierto, le contestaron de allá arriba que si no entraban los ferrocarriles entrarían las bayonetas. Antes de su nacionalización cardenista, nuestras vías férreas fueron una simple extensión de las líneas norteamericanas y sirvieron para llevarse materias primas y traernos a los primeros turistas hace más o menos cien años. En los carros pullman también llegaron a México los hot cakes, los sándwiches y los huevos con tocino.

La Revolución se hizo en aquellos trenes que preservan las imágenes imborrables de Casasola. Simultáneamente al tren blindado que transportó a Lenin hasta la estación de Finlandia y el que condujo a Trotsky a todos los frentes de la URSS asediada, México libró la guerra civil ferroviaria con voladuras de convoyes y "máquinas locas": auténticos torpedos sobre rieles. Obregón fue el gran estratega del ferrocarril. Es una lástima que sus grandes innovaciones al siniestro arte de la guerra pronto quedaran obsoletas bajo el poderío del avión que transformó al tren en antigualla.

¿Antigualla? Ante la crisis energética, la agresión de los coches y nuestro cotidiano envenenamiento por la contaminación de todo tipo, en este fin de siglo el ferrocarril puede brotar de sus cenizas. Es barato en comparación, no contamina, no derrocha, funciona en cualquier temperatura, transporta de todo, tiene posibilidades infinitas de metamorfosis (pensemos en qué sería del D.F. sin el metro) y es nuestra única alternativa para impedir que el automóvil nos expulse de las ciudades. El *Tokaido*, el "tren-bala" entre Tokio y Osaka (209 km por hora), el *Mistral* (París-Niza: 120) y el *Aerotren* (que avanza por levitación magnética en un tubo donde se ha hecho el vacío) son apenas tres ejemplos entre muchos capaces de demostrar que, a 150 años de su nacimiento, el ferrocarril no ha muerto y en vez de ser nostalgia es esperanza.

De Montgolfier a Zeppelin:
doscientos años de vuelo

A la memoria de Juan O'Gorman

El hambre, la violencia y la miseria de aquí abajo le han quitado a la carrera espacial todo el brillo que tuvo en los doce años transcurridos entre el lanzamiento del Sputnik (1957) y la llegada a la luna (1969). Según Hannah Arendt, se rompió entonces la premisa de la condición humana que nos ataba al ínfimo planeta llamado Tierra. De hacerse una encuesta en las calles ¿cuántas personas sabrían decir el nombre de los cosmonautas soviéticos que hoy se encuentran en el espacio y definir el objetivo de su misión?

Al convertirse en polvo el peso mexicano ya nunca más se verá el dulce espectáculo de los DC-10 llenos de turistas que entraban muy circunspectos a su primer vuelo trasatlántico y a las pocas horas revivían el ambiente campirano del ferrocarril a Huipanguillo. En noviembre de 1983 hablar de aviones, ya no digamos viajar en ellos, parece un insulto más a un pueblo al que sus gobernantes y comerciantes tratan como si creyeran en lo que dijo Vasconcelos: ¿de verdad somos "la más resignada casta de borregos que habita la tierra"?

En condiciones tan impropicias, este lunes 21 se cumplen dos siglos desde que Jean Pilâtre de Rozier y el marqués D'Arlandes efectuaron el primer viaje aéreo de la historia. Volar dejó de ser privilegio de aves, dioses y demonios; imán de la envidia que desahogamos con flechas, postas, jaulas y halcones.

Si para los griegos las drogas fueron el *pharmacón nepente*, el elixir del olvido, la ambición de volar apareció ante ellos como la tentativa de huir del insoportable laberinto que tejen las relaciones humanas: no en balde Ícaro fue hijo de Dédalo. Al derretir las junturas de cera de sus alas, mudamente el sol le dijo a Ícaro, y con él a toda la tribu humana: No volarán. De bruces permanecerás en el polvo como las serpientes. Su propio hijo Faetón trató de conducir el carro del sol, pero fue derribado y su caída secó la tierra y engendró el desierto. El cielo quedó para los dioses, la tierra y el subterráneo infierno para nosotros.

Los Padres de la Iglesia clausuraron la fiesta dionisiaca de la antigüedad e imprimieron en las raíces de nuestra cultura el horror al cuerpo. La falta de alas era una demostración prefabricada (como los órganos sexuales, el matar para comer, la defecación, el mal olor, la enfermedad, la decrepitud) de que no somos ángeles.

El horror engendra terror: el terror a la mujer, y la conciencia de culpa fruto de la injusticia secular a que fue sometida, se manifestaron durante la edad media en el mito de la bruja: ya que supuestamente podía volar, la hechicera estaba tocada por el ángel rebelde, por el mal. El vuelo fue sólo la recompensa de la vida sin vida: el alma de los justos *vuela* al cielo, deja atrás la sórdida envoltura terrestre, la carroña destinada a la tumba desde el momento mismo en que nace *inter faeces et urinam*.

Las fantasías del vuelo, las alfombras y los autómatas voladores de *Las mil y una noches* reaparecen bajo diversas formas en todas las culturas. De Simón Mago al carro de fuego que arrebató al profeta Elías, han nutrido por espacio de cuarenta años a los mercaderes de la plativología. Subliminalmente sirven como afirmación racista y etnocentrista: de acuerdo con el charlatán Von Däniken, las pirámides de Egipto y Mesoamérica tienen origen aéreo y extraterrestre. ¿Por qué? Porque Von Däniken supone, aunque nunca lo dice abiertamente, que los pueblos no-blancos son ineptos, o flojos, o inservibles, negados para toda grandeza.

Con el patrocinio en oro y plata de la Fundación Moctezuma y el Centro Atahualpa para las ciencias y artes europeas, las mentes excepcionales del viejo mundo (Leonardo da Vinci, Roger Bacon, Cyrano de Bergerac, el doctor Johnson) situaron la ambición del vuelo como elemento de esa edad de oro que ya nunca más fue un paraíso perdido en la prehistoria sino una tierra conquistable en el porvenir. Esto es, el vuelo se pensó como instrumento y resultado del progreso.

El Siglo de los Globos

En la época heroica de la aviación, los años de Charles Lindbergh, Amelia Earhart, Sidar y Rovirosa, Barberán y Collar y el hermanísimo Ramón France, Alfonso Reyes encontró un libro, *El ente dilucidado* (1676) del capuchino español Antonio de Fuentelapeña y publicó uno de sus capítulos: "Si el hombre puede artificiosamente volar". El capuchino halló la fórmula para construir "una barquilla de madera en la forma del corpachón de un águila", con alas "de materia ligerísima y que tengan en la longitud proporción con el peso de la barquilla, del instrumento y del hombre, como las del águila las tienen con el peso de su cuerpo". Sin embargo, Fuentelapeña llegó a la conclusión negativa: "No pueden darse alas al hombre que puedan suspender en el aire tan desproporcionada gravedad; ni puede hallarse ingenio artificial que, con su impulso, pueda vencer el desproporcionadísimo peso del hombre, de las alas y de sí mismo. Luego el hombre no puede volar".

Las alas de la imaginación ahora constituyen un enormísimo lugar común pero durante siglos fueron el único instrumento de vuelo. En ellas volaron el Clavileño de Cervantes y todos los aeronautas de las fábulas. Hasta que en 1783 el Siglo de las Luces se convirtió a su vez en el Siglo de los Globos.

Joseph-Michel (1740-1810) y Jacques-Étienne Montgolfier (1745-1799), fabricantes de papel en Annonay, cerca de Lyon, gracias a su genio y buena educación científica, descubrieron que una bolsa de papel ligero podía elevarse a los cielos si llevaba dentro aire caliente. El 4 de junio de 1783, en el mercado de Annonay, los Montgolfier elevaron un globito que se mantuvo diez minutos en el aire. El 19 de septiembre, en Versalles, lanzaron un globo de mayor tamaño, tripulado por una oveja, un gallo y un pato. Pilâtre de Rozier y el marqués D'Arlandes se ofrecieron como voluntarios. Y el 21 de noviembre de hace dos siglos sobrevolaron París durante veinticinco minutos. Los suyos fueron los primeros ojos humanos que contemplaron la tierra a vuelo de pájaro. Rozier y D'Arlandes descendieron sanos y salvos. El mundo no volvió a ser el mismo después de aquel día.

Un especialista *global*, C. H. Gibbs-Smith, describe el montgolfiero o globo de aire caliente: antes de ascender estaba suspendido entre dos postes, su abertura se mantenía por encima de una hoguera. En el cuello del globo había un brasero para suministrar aire caliente en el curso del viaje. Los globonautas regulaban la altitud manteniendo o sofocando el fuego durante la travesía.

El profesor J. A. C. Charles, también francés, al enterarse del ascenso, sin comprender que el medio de propulsión era el aire caliente inventó en aquel mismo año el globo de hidrógeno y el primero de diciembre navegó en él.

A diferencia del otro, el globo charlero llevaba al cuello un aparato en que el ácido sulfúrico arrojado sobre limaduras de hierro producía el gas. Más tarde se empleó el gas carbónico (la industria de los refrescos y el agua mineral fue una consecuencia indirecta de la aeronáutica) y hoy se utiliza el helio pues tiene la ventaja de no ser inflamable.

La moda del globo se propagó inmediatamente a los demás países. En 1784 se realizó el primer vuelo entre Londres y Standon. Al año siguiente el canal de la Mancha fue cruzado por el globonauta Jean-Pierre Blanchard. En 1793 Blanchard se convirtió en precursor de la aviación norteamericana al volar en Filadelfia. Su hija, Madame Blanchard, fue célebre durante el imperio napoleónico por sus vuelos sobre París.

El balón derivó su nombre de bala. Sin embargo, el gran corso no pensó en sus posibilidades militares. En cambio, los austriacos bombardearon a Venecia desde un globo en 1839. Compiten con los italianos en Eritrea (1911) y con Álvaro Obregón en Guaymas (1913) por el abominable título del primer bombardeo aéreo de la historia.

En 1871, durante el sitio de París y la Comuna, los globos se emplearon para huir de la ciudad y enviar correo aéreo. Fueron también un punto de observación excepcional para litografías y daguerrotipos. No se recuerda ningún poema al globo o desde el globo. El gran poeta aerostático fue un novelista: Jules Verne, naturalmente. *Un drama en los aires* relata el primer secuestro aéreo del mundo. Al partir de Fráncfort el globonauta encuentra en la barquilla a un aeropirata que lo aterroriza, arroja todo el lastre y corta las cuerdas. El malo muere al estrellarse con la barquilla, en tanto que el héroe se salva aferrado a la red.

Cinco semanas en globo narra el vuelo transafricano del Dr. Ferguson en un aerostato de su invención. El *Victoria* puede elevarse y descender gracias a una pila de Bunsen que produce oxígeno e hidrógeno. Pero en éstas y otras novelas Verne se había ocupado de la aerostación, es decir el vuelo de lo más ligero que el aire cuyo ejemplo por excelencia son las nubes. Luego Verne comprendió genialmente que el porvenir estaba en la aviación: el vuelo de lo más pesado que el aire. *Robur el conquistador* sufre la rechifla del

Weldon Institute en Filadelfia cuando hace esta sugerencia. Se venga a bordo del *Albatros*, barco de papel que vuela gracias a dos hélices a proa y a popa y setentaicuatro que le permiten bajar y subir gracias a la energía derivada de sus acumuladores eléctricos.

En 1900 el conde Zeppelin inventó el globo dirigible. Durante muchos años el Zeppelin compitió con los aviones derivados del aeroplano que echaron a volar en 1903 los hermanos Orville y Wilbur Wright. Durante la primera guerra el avión se utilizó como aparato de caza, en combates que podrían calificarse de cuerpo a cuerpo, en tanto que el bombardeo de las ciudades se hizo desde los dirigibles. Los zeppelines parecieron el medio ideal para superar el trasatlántico en tanto que medio de transporte seguro, cómodo y eficaz de gran número de pasajeros. El desastre del *Hindenburg* en 1937 terminó en sus aspectos bélicos y comerciales la historia de la aerostación. Aunque los japoneses emplearon globos para bombardear durante la segunda guerra, el horror de las ciudades reducidas a polvo y de las dos bombas atómicas fue obra de la aviación. Hoy subir en globo es un vistoso deporte con mucho de estampa antigua y de nostalgia. A pesar de todo, en 1983 una familia ha huido de Checoslovaquia por este medio y se habla en Alemania de resucitar el Zeppelin para los vuelos comerciales.

Vida y muerte de Cantolla

Ni siquiera una nota al vuelo y exenta de pretensiones puede omitir a un personaje mexicano, "también inolvidable y ya olvidado": Joaquín de la Cantolla y Rico (1837-1914). Don Joaquín fue un patriota de los de antes: subía en su armatoste, *El Vulcano*, con una banderita y a veces lo hizo también vestido de charro y, cuando menos en una ocasión, a caballo.

La familia temía razonablemente por la vida de Cantolla. Desde que ascendió en 1863 con su maestro Wilson, su hermano Manuel trató de atarlo a tierra por todos los medios, incluso prender fuego a sus globos: el *Moctezuma* (primero y segundo) y el célebre *Vulcano*. Ni el quebrantamiento de huesos ni la pérdida de un ojo en sus caídas detuvieron a don Joaquín. El 31 de diciembre de 1900 Cantolla se despidió del siglo XIX volando del Salto de Agua al Palacio Nacional. Los nuevos profesionales del periodismo, los entonces llamados todavía en semiinglés *reporters* le pidieron declaraciones. Dijo: "Yo que conozco perfectamente el elemento aire, puedo asegurar que el hombre no llegará nunca a dominarlo".

No obstante, Cantolla celebró en 1910 al primer aviador mexicano, Alberto Braniff, y en 1914 hizo con él su último vuelo, de la Reforma a Tlalpan. Al volver a su casa, don Joaquín de la Cantolla y Rico, que había dedicado 51 de sus 77 años a desafiar los peligros del aire, rodó por las escaleras y se mató. Deberían recordarlo cada mexicano y cada mexicana que se deslicen por "ese océano navegable sin tregua que llega al umbral de toda morada humana".

VINDICACIÓN DE LAS CUCARACHAS

En su vida somos un episodio molesto, una presencia incómoda, un martirio que pronto se disipará. Nos ven como los extranjeros invasores, los ocupantes bárbaros de su viejo planeta. Son las dueñas de la tierra. Están aquí desde hace por lo menos 345 millones de años. En cambio, el *Ramapithecus*, nuestro más remoto ancestro directo, empezó a tambalearse hace apenas 14 millones de años. Para medir lo insondable recordemos que la memoria humana comenzó sólo 5,000 años atrás de este día, cuando aparecieron la escritura, la rueda y las ciudades. Mil novecientos ochenta y siete años son una diezmilésima de segundo para quien ha vivido 345 millones de años.

EL PODER Y EL ABISMO

La cucaracha es el insecto sin nombre: llamamos así a unas dos mil especies distintas. Entre los ortópteros, los insectos masticadores de alas rectas, la cucaracha es el lumpen, mientras que el saltamontes es la aristocracia, el grillo la burguesía y la langosta el vigoroso proletariado campesino. Tal vez al hablar sólo de langostas la Biblia se refirió a veces a las cucarachas. En Números 13:33 está prefigurado su destino tercermundista: "Y éramos como langostas y así les parecíamos a los gigantes". Proverbios 30:27 alude al triunfo de su bien organizada anarquía: "No tienen rey, y salen todas por cuadrillas". Como las hormigas, los conejos y las arañas, son "de las cosas más pequeñas de la tierra y más sabias que los sabios". Finalmente, en Apocalipsis 9:3, cuando el quinto ángel abre el pozo del abismo, "salieron y se les dio poder".

Otro pozo, otro abismo tan vertiginoso como el tiempo, es el que nos entreabren los diccionarios. Su nombre en alemán es *schabe* o *kakerlak*, adaptación fonética del castellano. Pero hay una cucaracha nativa de esos países, la *Blattella germanica*, que dio nombre a su sub-orden, el de las blatarias. El italiano recogió *blatta* (aunque la llama también confusamente *scarafaggio*) y el francés *blatte*, pero nadie emplea el término. Se usa *cafard*, tan lleno de negatividad que significa también el "mal del siglo" xix: la melancolía, el *spleen*, la *noia*, la acidia de los monjes medievales. Por si esto fuera poco *cafard* es también sinónimo de hipócrita, gazmoño, delator. *Cafarder* es delatar, traicionar.

La ínsula Barataria

De *blatta* y *blatte* parece derivarse el portugués *barata*, que en la Zamora española, en Chile y en Perú es más usual que "cucaracha". En Brasil, no sabemos si lo mismo ocurre en Portugal, *barata* designa también despectivamente lo mismo a una anciana que al sexo femenino (la atroz dualidad bruja/hechicera, anciana/muchacha, que es responsable de tantos crímenes y torturas). En un torpe juego de palabras diríamos que abaratar mentalmente algo es denigrarlo, cucaracharlo, reducirlo al nivel de un insecto a quien se pisotea de inmediato.

Barataria, que podríamos traducir del portugués al mexicano como transa y mordida, remite a un término español en desuso: "baratería", es decir soborno, fraude, cohecho, delito cometido con engaño. ¿Algún cervantista se ha preguntado qué tendría en mente Cervantes cuando en la segunda parte del *Quijote* hizo a Sancho gobernador de la ínsula Barataria?

Para el fracasadísimo escritor que aspiraba a un puesto en el Soconusco y murió sin saber que sería la suprema gloria del idioma, la isla de las cucarachas, las transas, los abusos y los fraudes sólo podía ser un lugar: la Nueva España, el país del obedézcase pero no se cumpla, el lugar en donde todo está prohibido y todo se puede hacer, la cuna del llamado "unto de México", la mordida que abre todas las puertas y engrasa todas las voluntades.

En capítulos llenos de expresiones que hoy son mexicanismos ("dar batería", "porro", "placeras", "trabajo" en la acepción de "pena", etcétera), Don Quijote propuso a Sancho como plan global de gobierno para la ínsula Barataria "procurar la abundancia de los mantenimientos, que no hay cosa que más fatigue el corazón de los pobres que la hambre y la carestía". La renuncia de Sancho y su orgullo de haber entrado desnudo en el gobierno y salir desnudo de él, sin ganar ni perder, parece una crítica no tan velada a los virreyes y al saqueo colonial. Lo más interesante para los fines de esta nota es la barata asociación cucaracha-colonizados.

La miseria y el coco

La historia de la cucaracha la saben los entomólogos, la leyenda recorre subliminalmente todo el planeta. Según ella, la cucaracha es un insecto tropical que se coló en las bodegas de los barcos europeos e infestó las metrópolis. La cucaracha es el precio de la división mundial del trabajo entre norte y sur, entre países industriales y países proveedores de materias primas. Más que simple símbolo, la cucaracha es el signo de la miseria y el subdesarrollo. Como antes la sífilis y ahora el sida, como el trabajo (la bomba de tiempo cancerígena que los derrotados prepararon contra sus vencedores), la cucaracha, en la imaginación del mundo actual, es un producto de América y más específicamente del Caribe.

Basta ojear la más modesta enciclopedia para saber que en efecto existe una cucaracha oriunda de esta región, la *Periplaneta americana* en feroz competencia o armónica cooperación, vaya usted a saber, con nuestra amiga la *Blattella germanica* y la *Blatta orientalis*. Estas sutilezas no quitarán de la mente de nadie su idea fija: la cucaracha es latinoamericana, ni su corolario inevitable: Latinoamérica es una cucaracha. Se aducirá como presunta prueba que la palabra, y por tanto el insecto, no existían en inglés: *cockroach* (en el habla común generalmente se contrae a *roach*) es una evidente adaptación de "cucaracha". Hay una zona erógena cubierta de tinieblas en la dialéctica entre la conservación de "cuca" y la supresión de cock, el yin y el yang.

Porque "cucaracha" viene de "cuco". "Cuco" es "coco" y demasiadas cosas más al mismo tiempo. "Coco" entomológicamente quiere decir "gorgojo" (del griego *kókkos* y el latín *cocum*), pero es también El Coco, el fantasma universal con que en la cuna se nos instila el miedo que no nos dejará nunca. Ya que ninguno de los otros sentidos de "cuco" ("mono", "taimado", "astuto") se ajustan a la cucaracha, insecto indefenso si lo hay, quedan la nocturnidad, el espanto, el género femenino (en contraste con "el" grillo, "el" saltamontes) y la sorprendente información de que en tiempos coloniales "cucaracha" quería decir también "mujer morena".

COLOR, ESCLAVITUD, SEXUALIDAD

En algunos dialectos del español de México la "cuca" es, o fue hasta los cincuenta, el sexo femenino, como la *barata* lusobrasileña. La relación entre el color y la sexualidad nos lleva a la historia infame de la esclavitud latinoamericana. No hay, como escribió Gilberto Freyre sobre el Brasil, esclavitud sin depravación sexual. Apenas comienza a estudiarse el horror que fue la vida para las mujeres no blancas. Ellas también son seres sin nombre. Las llamaron "indias" y "chinas" aunque no nacieron en el Oriente, y estaban infinitamente disponibles para el amo.

Aquí la cucaracha apunta hacia el otro "cuco": el cucú o cuclillo que empolla en el nido ajeno. La ignominia cayó sobre los mulatos y las mulatas porque su color y sus rasgos eran pruebas vivientes de la infidelidad y de la sexualidad no sacramentada. Otra vez la dialéctica "barata" de la bruja/hechicera: lo que más horroriza es lo que más atrae, nada codiciamos tanto como lo que fingimos despreciar. La mulata, rotunda y perfecta refutación del racismo, sigue siendo el gran sueño erótico latinoamericano.

Gracias al Seminario de Historia de las Mentalidades del INAH y sus libros más recientes, *La memoria y el olvido*, *De la santidad a la perversión*, empezamos a conocer la sexualidad colonial, elemento indispensable para explicarnos por qué estamos como estamos. Tres siglos de sometimiento indio y negro en América llevaron a la inevitable asociación de todo lo blanco con la superioridad innata y automática. Nada tiene de extraño, pues, que en los "comerciales" los consumidores de los peores y más caros productos del mundo, la silenciosa mayoría mexicana, esté representada no por Pancho y Lupita sino por Sigfrido, Erick el Rojo, Lorelei o Hans y Fritz; ni que los nombres españoles hayan desaparecido en nuestros niños y adolescentes para intentar borrarles el estigma de la mexicanidad y la "latinidad".

Nadie le negará a la televisión el triunfo de haber logrado que los mexicanos se avergonzaran de sí mismos, se abarataran hasta sentirse literalmente cucarachas ante la suela del amo blanco. Quien hasta ayer se hubiera llamado Francisca hoy es Tatiana o Natacha, María Luisa es Elizabeth, Alberto es Cristián, Antonio es Jean Paul o Werner, y así hasta el infinito.

BARBARIE Y LATINIDAD

La tiranía del abolido santoral transformó los maravillosos nombres griegos, romanos y bizantinos en nombres del campo; por tanto indios, por tanto de siervos. Ya nadie quiso llamarse Petra, Basilisa, Procopio. Algunos adquirieron incluso connotaciones risibles: Pompeyo, Pomponio, Pancracio. Sólo por la fuerza y el prestigio de las armas conservaron su dignidad Alejandro, Marco Antonio, Julio César.

Los bárbaros del norte esperaron 2,000 años para su venganza final contra los opresores romanos. Hoy "latino" no evoca el poder incontrastable de las legiones, los discursos de Cicerón, los hexámetros de Virgilio, los mármoles eternos y los estándares triunfales. No, ahora "latino" es sinónimo de miseria, suciedad, delincuencia, ropa tendida a secar en la ventana, hacinamiento, promiscuidad, deterioro, ignorancia, torpeza, rumberas emplumadas, bongós, todo lo que usted quiera, y en primer lugar cucarachas.

A esto contribuyó sin quererlo la canción revolucionaria de 1914. Aquel año Rafael Sánchez Escobar reveló a los carrancistas un son que había aprendido de niño en Campeche, letra lasciva que habla de la prostitución y probablemente tuvo algunos versos mucho más explícitos: "La cucaracha, la cucaracha, / ya no puede caminar, / porque le falta, por que no tiene / cuartilla para almorzar. / Si te ves con Severiana / le dices que aquí le traigo, / le dices que aquí le traigo, / para que haga su mañana". Si "la cucaracha" original fuera conseguible, tal vez apoyaría las hipótesis de trabajo aquí expuestas. Suena como perteneciente al ciclo de canciones de doble sentido que estremecieron a los puertos mexicanos a fines del xviii; el chuchumbé, el pan de jarabe, el sacamandú, las boleras y zarabandas.

En Monterrey "La cucaracha" se transformó en himno de guerra contra Victoriano Huerta. Le decían precisamente "La cucaracha" (¿por ser feo o por ser indio? En nuestra historiografía abundan las referencias a su crueldad como herencia "azteca", aunque Huerta era huichol. Huerta no admite reivindicación pero tampoco deben esgrimirse contra él insultos no menos racistas que las injurias lanzadas por la izquierda a los moros que asaltaron a España bajo las órdenes de Franco). Como unía a los vicios del soldado raso las costumbres oligárquicas, Huerta, mariguano y bebedor incansable de Hennessy-extra, es la cucaracha que "ya no puede caminar, / porque le falta, porque no tiene / mariguana que fumar".

Renovación y continuidad

Austin, la ciudad amada por Borges, es la capital mundial de las cucarachas. Los tejanos, maestros y modelos del México actual, atribuyen el indeseable campeonato a la herencia de cuando era San Felipe de Austin y a nuestra presencia mexicana. Pero contra las cucarachas no hay ley Simpson-Rodino que valga. Fracasados todos los cucarachicidas, todas las fumigaciones, todas las medidas higiénicas (Austin es una ciudad limpísima), algunos propietarios desesperados incendian sus casas y las reconstruyen con materiales traídos de muy lejos de la frontera. El día del reestreno allí están las invencibles ocupándolo todo.

En Texas y en donde quiera los venenos ideados contra ellas nos causan daños gravísimos y arruinan nuestros alimentos, pero son asimilados por la cucaracha que a la siguiente generación ya es inmune. La sociedad de las cucarachas —como la nuestra, el hormiguero, la termitera y la colmena— es una sociedad cerrada: los individuos deben sacrificar el presente en aras de un futuro que no llegará nunca porque la cadena es irrompible. Para las cucarachas y para nosotros la muerte es una catástrofe individual pero un júbilo colectivo, un beneficio y un requisito indispensable: sin muerte no se daría la renovación y continuidad de la especie.

Realismo y austeridad

Una migaja, una brizna, un pedacito de papel le bastan para vivir seis meses. La cucaracha es por definición austera, ajustable, realista y transparente. Deja de comer pero no de reproducirse. El hambre siempre exacerba la lujuria. El único objeto de su existencia es afianzarse sin razón ni sentido sobre la tierra. A las cucarachas y a los mexicanos de cualquier color nadie los quiere.

Pero nuestra opinión las tiene sin cuidado. Ellas siempre ríen al último. Nos están viendo desaparecer como observaron regocijadas a los dinosaurios que se extinguían. A ellas no las afecta la contaminación, la violencia, el desastre económico, la hambruna, los terremotos, las guerras ni todas las unidades roentgen de la mayor megasuperbomba nuclear. Por lo pronto devoran estas líneas que se les consagran con horror y admiración. Primero (¿1976?, ¿1982?) tímidas, vulnerables, aisladas; poco después arrogantes, invencibles, multitudinarias, las cucarachas se han adueñado de todas las cosas y todos los departamentos de lo que fue la clase media mexicana. Signo irrefutable de proletarización generalizada, noche a noche dicen a la gente, que de acuerdo con un ya viejo anuncio, iba para arriba: "de ahora en adelante no hay más ruta que la nuestra. Ustedes y el país van cuestabajo".

RUSHDIE Y JOMEINI:
MORIR POR EL LIBRO

E l 14 de febrero el ayatola Jomeini ordenó a todos los musulmanes que lo reconocen como imán ejecutar a Salman Rushdie y a los dirigentes de las empresas Viking Penguin por las blasfemias, reales o supuestas, proferidas en la novela *The Satanic Verses*. El 20 se formó en Londres el Comité Internacional para la Defensa de Salman Rushdie y sus Editores. El grupo espera movilizar la opinión mundial y publicar el 2 de marzo en todos los países un manifiesto. Antes de cualquier matiz y aun del planteamiento mismo del problema es indispensable, a sabiendas de que se asume un riesgo concreto en este asunto de vida o muerte, solidarizarse con la declaración que en su parte esencial dice:

En la medida en que defendemos el derecho a la libertad de opinión y de expresión en concordancia con la Declaración Universal de los Derechos Humanos, nosotros los firmantes nos declaramos partícipes en la publicación del texto, aprobemos o no el contenido del libro. Sin embargo, tomamos en cuenta el dolor que ha causado esta obra y lamentamos profundamente la pérdida de vidas, a consecuencia del conflicto que ocasionó su publicación.

Pedimos que la opinión pública mundial apoye el derecho de todo individuo a expresar sus ideas y creencias y a discutirlas con sus adversarios en condiciones de mutua tolerancia, libres de censura, intimidación y violencia. Asimismo solicitamos a los líderes mundiales que sigan repudiando las amenazas formuladas contra Salman Rushdie y sus editores y actúen de manera decidida para asegurar que estas amenazas sean retiradas.

Personas y organizaciones que deseen solidarizarse con el Comité o ayudar de alguna manera deben comunicarse cuanto antes por fax o télex con Article 19: The International Centre on Censorship, 90 Borough High Street, London SE1 1LL, United Kingdom, teléfono 01 403 4882. El director es Kevin Boyle; los enlaces internacionales Saeed Ramandane y Ahmed Motala. No hay tiempo que perder. Todos estamos moralmente obligados a intentar impedir el derramamiento de sangre en uno y otro bando.

Hace 20 años, cuando a la sombra de teorías francesas que ya nadie recuerda hablábamos de la "muerte de la novela" y aun de la "muerte del relato", estábamos muy lejos de suponer que en el invierno de 1989 el género se revelaría tan vital, o tan letal, que puede desencadenar una ruptura de hostilidades entre Oriente y Occidente y que toda relación humana depende de que aceptemos o rechacemos un relato, llámese Biblia, Corán, historia universal, historia patria o íntima confesión de nuestras vidas.

Vivimos y morimos por las palabras. Lo que nos ha puesto al borde de una nueva tragedia mundial es un conflicto entre la Gente del Libro, como se llaman a sí mismos los musulmanes, y un hombre que ha escrito un libro para practicar en él un arte llegado a Europa gracias precisamente a la ocupación de la península ibérica por los árabes. Sobre las narraciones de Scherezada pende otra vez la sentencia de muerte.

EL RETORNO DE LOS GALEONES

Como había ocurrido a principio de siglo, en los ochenta algunos de los mejores libros británicos son obra de escritores ingleses por su dominio magistral de la lengua pero de etnias muy diferentes a la anglosajona. Entre ellos han sobresalido un par de nigerianos, Wole Soyinka y Chinua Achebe, así como dos autores caribeños, el poeta Derek Walcott y el novelista y ensayista V. S. Naipaul, y un hindú, Salman Rushdie, mucho más joven que los anteriores. El único que ha adoptado el punto de vista imperial es Naipaul en libros devastadores sobre su natal Trinidad, la India de sus ancestros (*An Area of Darkness*, *A Wounded Civilization*) e incluso acerca de los musulmanes: *Among the Believers: An Islamic Journey* (1981).

Rushdie nació en el gran puerto hindú de Bombay en 1947, el año en que terminó el dominio británico sobre la India. Su familia se trasladó a Inglaterra y él pudo estudiar en Rugby y en Cambridge, donde siguió la carrera de historia, no la de literatura. Actor y redactor de textos publicitarios, a los 28 años publicó su primera novela, *Grimus*, en torno a un indígena norteamericano que por ser inmortal tiene aun más problemas que nosotros para hallar el sentido de la existencia.

La revelación de Rushdie ocurrió en 1981 con *Midnight's Children*, traducida por Miguel Sáenz en Alfaguara como *Hijos de la medianoche*. Toda novela importante es producto del talento y la capacidad de trabajo que tiene su autor, sí, pero también de las tradiciones nacionales y del estímulo para cambiarlas y enriquecerlas que un escritor sólo puede encontrar en la literatura de otra lengua. En el caso de Rushdie la iluminación fue *Cien años de soledad*, la misma novela cuyo influjo partió en un antes y un después la narrativa árabe.

Dueños y víctimas

Hijos de la medianoche no salió nada más de García Márquez y del don verbal, la memoria y la imaginación de Rushdie. También es fruto de un goce de narrar e inventar y una capacidad verdaderamente dickensianos (y Dickens, no se olvide, fue el maestro de Griffith y con él de todo el cine posterior a *Intolerancia*), de una lectura irónica de la novela inglesa que trató de la India, al punto de que un personaje se llama el Dr. Aziz como el de E. M. Forster en *A Passage to India* (1924) y también de los novelistas hindús que escogieron como lengua literaria el inglés: R. K. Narayan, Raja Rao, G. V. Desani y Mulk Raj Anand.

Se trata de una novela histórica en el nuevo sentido que nuestra agonizante década confirió al término. Su protagonista, Saleem Sinai, nació en la medianoche del 15 de agosto de 1947, momento justo en que Lord Mountbatten, el primo de la Reina, supremo comandante aliado en Asia durante la Segunda Guerra Mundial, último virrey de la India, volado por el IRA en 1979, da fin al dominio británico que empezó en 1774. La India queda libre de ingleses y enfrentada a su división básica entre los hinduistas del Mahatma Mohandas Karamchand Gandhi y los musulmanes de Mohammed Alí Jinnah, fundador de Pakistán a raíz de la secesión.

La vida de los hijos de aquella medianoche estará indisolublemente ligada a las de sus dos países que a partir de 1971 serán tres cuando el Pakistán bengalí se convierta en Bangladesh. A la pesadilla de la historia y a las matanzas de un siglo que las ha multiplicado hasta el horror, Rushdie opone la fantasía, la peripecia, la risa. Esta novela trágica es también profundamente cómica.

Y de alguna perturbadora manera resulta visionaria en muchos aspectos. Ninguno tan sobrecogedor en estos momentos como el final: "Soy la bomba de Bombay, mirad cómo exploto. Mis huesos se parten, se rompen bajo la presión espantosa de la multitud… Sólo soy una criatura rota que esparce pedazos de sí misma por la calle, porque he sido tantas demasiadas personas… Sí, me pisotearán bajo sus pies, los números avanzarán uno dos tres, cuatrocientos millones, quinientos seis, reduciéndome a partículas de polvo mudo porque es privilegio y maldición de los hijos de la medianoche ser a la vez dueños y víctimas de su tiempo, renunciar a la intimidad y ser absorbidos por el remolino aniquilador de las muchedumbres, incapaces de vivir o de morir en paz".

Con *Hijos de la medianoche* Rushdie tuvo de golpe y a los 34 años la fama y la fortuna, los premios más respetados, el elogio de críticos eminentes como V. S. Pritchett y un gran éxito popular en ediciones de bolsillo. Pudo dedicarse enteramente a escribir y en 1983 apareció *Shame* (*Vergüenza*, en la traducción del propio Miguel Sáenz, también publicada por Alfaguara). La envidia y la malevolencia que constituyen el indispensable IVA de un triunfo como el de Rushdie esperan siempre que la segunda novela sea un desastre capaz de permitir la quema de lo que ayer se había adorado.

Shame no les dio el gusto. Es una novela menos vasta y ambiciosa pero tan trágica, doliente y divertida como *Hijos de la medianoche*. Al escribir siempre se ofende a alguien, máxime si el tema es todo un país y sus dirigentes. *Vergüenza* es la novela de Pakistán y sus líderes enemigos, Zulfikar Alí Bhutto y Mohammad Zia-ul-Haq. Entre las increíbles aventuras de un poeta que se llama nada menos que Omar Khayyam y una mezcla de la Bella y la Bestia que responde al nombre en sí mismo irreverente de Sufiya Zenobia, el libro contiene ya muchos desafíos al ayatola Jomeini. Citemos nada más uno:

El llamado fundamentalismo islámico no brota, en el Pakistán, del pueblo. Los regímenes autocríticos encuentran útil abrazar la retórica de la fe, porque el pueblo respeta ese lenguaje y se resiste a oponerse a él. Así es como las religiones apuntalan a los dictadores; rodeándolas de palabras poderosas, de palabras que el pueblo se resiste a ver desacreditadas, privadas de sus derechos, ridiculizadas.

Pero lo de hacer tragar por la fuerza es verdad. Al final uno se harta, se pierde la fe en la fe, si no como tal fe, desde luego como base de un Estado. Y entonces el dictador cae, y se descubre que ha arrastrado a dios con él, que se ha deshecho el mito justificador de la nación. Eso deja sólo dos opciones: la desintegración o una nueva dictadura, no, hay una tercera, y no seré tan pesimista que niegue esa posibilidad. La tercera opción es sustituir el antiguo mito por otro nuevo. He aquí tres de esos mitos, todos ellos disponibles, en almacén para su rápida entrega: libertad, igualdad, fraternidad. Yo los recomiendo vivamente.

EL 89 Y EL 68

Aquí está el principio del drama: los lemas de la Revolución francesa no quieren decir nada para un mundo islámico que no conoció, y no por culpa suya sino del reparto del mundo, ni el Renacimiento ni la Reforma ni la Ilustración. Fallan quienes suponen que Kipling se equivocó al escribir: "West is West and East is East / And they shall never meet". Rushdie habla en inglés como un inglés de su generación y el Ayatola, de la misma edad que don Fidel Velázquez, no entiende ni puede entender: le responde en la única lengua que conoce. No hay comunicación posible.

Rushdie no sólo es un hindú de Occidente sino un joven de los sesenta, un producto del "Swinging London" en que la irreverencia y la burla de lo más sagrado eran cosa de todos los días. Si muchos de los que entonces pedían "uno, dos, más Vietnams" hoy imploran para maquilar a nuestros países "uno, dos, más Taiwáns", en el fondo (monetario) de sus conciencias siguen creyendo que todo puede hacerse con impunidad.

Para ilustrar una crónica que este redactor envió desde el París de 1968 Carlos Monsiváis eligió una foto de Charles de Gaulle y Georges Pompidou y le puso como pie: "La momiza se organiza". Llevamos una década viendo de qué manera se organizó. Los ochenta han sido la más cruenta vergüenza contra todo lo que significó el 68.

¿Cambiarán las cosas en 1990 como supone Arthur Schlesinger? Tal vez pero antes debemos esforzarnos por impedir la guerra que puede desatarse a causa de una novela.

The Satanic Verses, "Los versículos satánicos", la tercera o cuarta según se vea, novela de Rushdie apareció en Londres a fines de 1988 y en Nueva York a principios de febrero. El fragmento que se reproduce de *El País* muestra que la realidad ha plagiado el método novelístico de Rushdie: en la tragedia que estamos viviendo hay un aspecto de farsa que la hace aún más espantosa. Vemos gente que ha muerto y gente que está dispuesta a matar por un libro que no ha leído y por algo que Rushdie no dijo. La furia, los sangrientos motines, la quema hitleriana de ejemplares, la sentencia de muerte se deben a la creencia de que "Los versículos satánicos" insultan al Islam y a su profeta Mahoma al presentar a sus doce esposas como prostitutas. En realidad, lo que sucede en el libro es que doce prostitutas adoptan los nombres y las personalidades de las doce mujeres del profeta.

Dicho lo anterior, la misma tolerancia que se reclama obliga a admitir que la irreverencia tan buscada y admirada en los años juveniles de Rushdie hizo que no tomara en consideración la herida que su humor iba a causar en sentimientos religiosos enteramente respetables. Pero el pasaje ofensivo ocurre en un sueño dentro de un sueño y es apenas un episodio en una novela cuyo objetivo no es denigrar el Islam sino plantear el choque sin encuentro entre Oriente y Occidente.

El centro de "Los versículos satánicos" es la presencia de los antiguos súbditos en las metrópolis de los viejos imperios, el racismo que resulta de la condición *sine qua non* y la herencia del orden colonial. Lo verdaderamente satánico del libro es el odio y la violencia que dominan en las relaciones entre los blancos y los no blancos.

Cuando esta nota entra en la imprenta la situación es desesperada
y tiende a empeorar hora tras hora. Todas las posibles salidas pare-
cen atroces: (1) Para salvarse del asesinato inminente o de vivir el
resto de sus días prisionero del miedo y de Scotland Yard, Rushdie
retira su libro y se arrepiente en los términos dictados por el Ayato-
la. Así muere no en Inglaterra sino en todo el planeta la libertad de
expresión, que no es una libertad "formal" ni "burguesa" sino una
conquista de la humanidad entera, pues sin ella todo intento de de-
mocracia se evapora. La novela deja de ser forma de conocimiento
y crítica del mundo y por medio de la violencia se sofoca una expre-
sión de libertad y defensa de lo realmente humano. Para escritores,
periodistas y editores se abre una época de terror como no la hubo
ni siquiera bajo Hitler y Stalin. (2) Salman Rushdie es asesinado
por el delito de escribir una obra de imaginación. El racismo que se
respira en todas las ciudades europeas encuentra un maravilloso pre-
texto para lanzarse a su propia "noche de cristal" contra los árabes
que habitan en ellas. Irán es bloqueado o bombardeado y el pueblo
iraní añade un capítulo más a su ya desmedido sufrimiento.

Hay desde luego "escenarios", proyecciones de lo que puede ocu-
rrir, infinitamente peores. Se diría ingenuo rechazar en estas con-
diciones la tentación de la desesperación. Pero si de lo que se trata
es que no corra una gota más de sangre por la causa de "Los versícu-
los satánicos", la única posibilidad es recordar a todos, musulmanes
y europeos, que de la tolerancia y de la convivencia y la colabora-
ción entre árabes, judíos y españoles nació la Escuela de Traducto-
res de Toledo. Gracias a este hecho fundamental, tan ocultado por
la leyenda negra de España, la presencia de los árabes en tierra de
Europa permitió el nacimiento de la ciencia nueva, la poesía nueva
de los trovadores y Dante, el arte narrativa que de don Juan Manuel
pasó a Boccaccio hasta llegar a García Márquez y Salman Rushdie.
O regresamos a Toledo o nos dirigimos hacia Armagedón.

El *Titanic* y Rasputín,
grandes mitos del siglo agonizante

U
n mito, dicen Robin Gardiner y Dan Van der Vat, es un relato cuya verdad resulta secundaria ante su simbolismo. En este sentido pocos mitos se han adentrado tan hondo en la imaginación del siglo a punto de terminar como el hundimiento del *Titanic* y el asesinato de Rasputín.

Cuando tiene nueve o diez años usted se entera de ellos en una revista de papá o en un programa de televisión. A partir de entonces se necesita una voluntad de hierro para no convertirse en adicto y no buscar cada libro, artículo, película o video sobre estos temas. No importa que usted crea saberlo todo acerca de ellos: como en su primera edad, le encantará que le repitan una y otra vez el cuento. Vicente Leñero tituló *Nadie sabe nada* una obra que se adelantó a los acontecimientos mexicanos. En efecto, de lo que nos pasó y de cuanto nos ocurre nadie sabe nada. Tampoco del *Titanic* ni de Rasputín.

El fin de la Bella Época

Dos libros de 1996 vuelven a narrar desde otro ángulo la historia interminable: *The Titanic Conspiracy: Cover-Ups and Mysteries of the World's Most Famous Sea Disaster* de los citados Gardiner y Van der Vat (Carol Publishing Group) y *The Man Who Killed Rasputin: Prince Felix Youssoupov and the Murder that Helped Bring Down the Russian Empire* de Greg King (A Birch Lane Press Book).

El mayor y el más lujoso de los trasatlánticos, el más acabado fruto del progreso y la tecnología, chocó con un iceberg, es decir un enorme témpano desprendido de un glaciar, en su viaje inaugural entre Southampton y Nueva York y se fue a pique el 14 de abril de 1912. Mil quinientas trece personas murieron, 705 fueron rescatadas. En su dimensión mítica el naufragio marcó el fin de la Bella Época y puso el siglo veinte bajo el signo del desastre. El *Titanic* se consideraba insumergible y en dos horas y media se hundió como poco después, en la Primera Guerra Mundial, se vendrían abajo los imperios seculares de Europa.

En su interpretación casi automática, el *Titanic* simboliza la inestabilidad de toda empresa humana, el castigo de la *hybris*, el orgullo demoníaco, y el daño que causa el progreso. Cuando los habitantes de una ciudad que fue arrasada para abrir paso a los automóviles se ven privados de usarlos por la contaminación letal que provocan, esta versión del *Titanic* parecería indiscutible. Sin embargo *El País* y *The New York Times* nos han recordado que el 16 de octubre se cumplieron 150 años del descubrimiento de la anestesia por los norteamericanos William T. G. Morton y John Collins. Antes de maldecir en bloque el progreso pensemos en lo que era y podría ser un mundo sin anestesia.

Los restos del *Titanic* fueron descubiertos el primero de septiembre de 1985, 18 días antes del gran terremoto que destruyó la capital mexicana y señaló el principio del fin de un sistema nacido con la escuadra de León Toral y sepultado con el revólver de Aburto. Hace algunas semanas fracasó el intento de izar los restos del casco. Mientras tanto ha aumentado el saqueo y ya hay empresas que venden *souvenirs* del naufragio.

La comercialización de la vida entera no es invento del siniestro fin de siglo. Ya navegaba viento en popa cuando se hundió el *Titanic* y la polarización social estaba en auge como hoy. Una suite en el barco (viaje sencillo) costaba 4,350 dólares, cantidad inimaginable para 1912. Y sin embargo no tenían baño privado. Uno de los horrores de la servidumbre en esos tiempos era limpiar las bacinicas de los patrones. Podían pagar los lujos del *Titanic* los millonarios que se ahogaron —J. J. Astor, Benjamin Guggenheim, Isidor Straus, dueño de "Macy's", la mayor tienda departamental de la época—, no desde luego los inmigrantes irlandeses, holandeses, escandinavos, mediterráneos y balcánicos que se hacinaban en tercera clase en busca de la tierra prometida. Como el *Titanic* estaba seguro de su invulnerabilidad (las desgracias por definición siempre ocurren a los demás, nunca a nosotros) sólo llevaba veinte botes salvavidas. La inmensa mayoría de los muertos iba en el entrepuente o formaba parte de la tripulación.

LOS ENIGMAS SIN RESPUESTA

Gardiner y Van der Vat están conscientes de que la teoría de la conspiración nace de la imposibilidad humana de aceptar hechos intolerables. Pero también tienen la certeza de que nadie puede creer que los asesinos de Dallas o de Lomas Taurinas hayan actuado solos. El hallazgo de las ruinas (aquí cabe el término arqueológico) del *Titanic* ha producido, como era inevitable, un replanteamiento de lo que creíamos saber acerca de esta historia.

Hay en la proa aún sepultada en las profundidades del Atlántico norte un agujero que sólo pudo haber sido provocado por una explosión. Los restos no se encuentran en el sitio donde suponíamos que se hundió el trasatlántico. Los testigos sobrevivientes fueron sobornados para que nunca se supiera la verdad y el más incómodo desapareció.

Existe la inquietante posibilidad de que en el abismo marino no se encuentre el *Titanic* sino su hermano gemelo el *Olympic* que, a diferencia del otro, no estaba dotado de compartimentos capaces de impedir que la entrada del agua hundiera al inmenso navío. (Puesto de pie, equivalía a un edificio de once pisos.) El capitán E. J.

Smith recibió el mando del barco cuando tenía el mayor récord de accidentes entre sus colegas. Subsiste cada menú de cada comida pero extrañamente no se conserva el libro de bitácora. La cofa para la vigía, lo que llaman el "nido del cuervo", no estaba dotado de binoculares en un hotel flotante que contaba hasta con baños turcos, piscinas, gimnasio, cancha de squash.

Todas las predicciones fallan, los augurios nunca se cumplen. Sin embargo el desastre está contado desde 1898 en una novela corta, *Futility*, en que el marino y místico Morgan Robertson describe el choque con un iceberg de un navío llamado *Titán*. A pesar de la abundancia de titanófilos nacionales nos falta una visión mexicana del *Titanic* y de nuestros compatriotas que se ahogaron en él. Un dato escalofriante: entre los barcos que recibieron las llamadas de auxilio y estaban en los alrededores figura el *Ypiranga* que se llevó a Porfirio Díaz en 1911 y en 1914, al desembarcar armas alemanas en Coatzacoalcos, fue el pretexto para la invasión de Veracruz por los *marines*.

La competencia y el lucro

Según los autores ocurrió lo siguiente: la White Star Line, propietaria del *Titanic*, estaba en feroz competencia por la ruta noratlántica con la Cunard Line. El auténtico dueño de la Star y todos sus trasatlánticos era J. Pierpont Morgan, el llamado padre de las multinacionales, banquero, archiempresario y uno de los amos de México. Morgan, a última hora, canceló su viaje. En cambio, el director inglés de la línea, J. Bruce Ismay, iba a bordo y fue él quien incitó al capitán Smith a acelerar en un mar sembrado de icebergs, como se lo habían advertido muchos barcos. De lo que se trataba era de romper las marcas de velocidad impuestas por el *Mauretania* de la Cunard, humillar al rival y ponerse en el primer sitio de la competencia.

Codicia, sabotaje, descuido, ineptitud, ansia de lucro, nada alcanza a explicar por qué Smith (que se hundió con su barco) e Ismay (sobreviviente) tardaron veinte minutos en echar a andar las bombas de extracción que pudieron haber evitado el hundimiento; 35 antes de pedir auxilio y 45 antes de preparar los botes salvavidas.

Otra causa del retraso en la ayuda puede haber sido la moda de enviar "marconigramas". El gran inventor italiano acababa de establecer su empresa de telegrafía sin hilos. Gracias a Marconi, recibir o mandar un telegrama desde el barco era un símbolo de *status* como lo es ahora hablar por teléfonos celulares. Los "marconigramas" coparon las redes de comunicación. El CQD ("Come quick, danger") competía con el SOS, empleado desde apenas cuatro años antes. Sea como fuere, el *Titanic* se hundió en el amargo Atlántico. Pero en nuestra memoria siempre estará a flote. Nunca nos cansaremos de su historia.

EL SEDUCTOR Y EL CHAMÁN

El mito del naufragio de todos los poderes y todas las vanidades se une al mito del hombre providencial o fatal. Según él, la historia es producto de los individuos más que de las colectividades. Los enemigos de esta teoría atribuyen a un simple azar lo que otros ven como producto de una personalidad.

Historia es sólo lo que ocurrió, no lo que pudo haber sucedido. Nadie podrá decirnos nunca qué hubiera pasado si el 28 de junio de 1914, en el preciso instante en que Gavrilo Princip mataba en Sarajevo a Francisco Fernando, archiduque de Austria y heredero del imperio, una supuesta mendiga coja no apuñala a Rasputín en Prokoskoye. ¿Era tan poderoso Rasputín como para impedir que Rusia acudiera en auxilio de Serbia y se desatara la gran guerra de 14-18?

Grigori Yefímovich, llamado Rasputín (que podría traducirse como "el libertino") nació en Siberia. Pronto adquirió la doble fama de *starets*, santo laico, chamán, curandero, y de herético sectario capaz de predicar que sin pecado no hay salvación y que los excesos sexuales limpian, purifican y conducen a la vera de Dios.

El cambio de siglo propició un auge del esoterismo tan intenso como el actual. Cuando Rasputín llegó a San Petersburgo la nobleza y la aristocracia quedaron fascinadas con él por sus dones adivinatorios y sus poderes curativos. El zarévich Alexis había heredado la hemofilia que la reina Victoria trasmitió a algunos de sus descendientes masculinos. Significaba la posibilidad de morir desangrado al menor corte y sobre todo que hasta el más leve golpe provocara en el niño inflamaciones y dolores insoportables.

Rasputín logró lo que no habían conseguido los mejores médicos de Europa. Se hizo un personaje indispensable en la corte imperial de Tsárskoye Seló y su influencia sobre el zar y la zarina llegó a ser inmensa. Ante la familia real se presentaba como un místico todo humildad y sencillez. Lejos del palacio era un seductor insaciable, tan persuasivo que hasta las más bellas y castas damas de sociedad llegaron a creer que recibir sus fluidos las santificaba.

La profecía de Rasputín

El odio, la envidia y la maledicencia cercaron a Rasputín y establecieron la leyenda negra que es difícil separar de la realidad. Resulta dudoso que haya ejercido sus poderes sexuales en el palacio imperial. Sin embargo las cartas de la zarina son testimonio de una dependencia absoluta: "Mi adorado, inolvidable maestro, redentor y mentor: ¿Volverás pronto cerca de mí? Ven ya, te estoy esperando y me atormento por ti. Te pido tu Sagrada Bendición y beso tus sagradas manos. Te envío mi amor eterno".

Cuando el zar Nicolás dejó el imperio en manos de su esposa para asumir el mando supremo del ejército, se culpó a Rasputín de todas las medidas torpes o desastrosas que tomaba Alejandra. En una sociedad de desigualdades mexicanas como era la rusa de 1916 el exacto opuesto de Rasputín se hallaba en el príncipe Félix Yusúpov (1887-1967), el hombre más rico del país después de Nicolás Romanov y emparentado con la familia real gracias a su matrimonio con la bellísima princesa Irina Alexándrova.

Yusúpov y otros jóvenes aristócratas decidieron exterminar a Rasputín para salvar a Rusia. La noche del 16 de diciembre de 1916 Yusúpov lo invitó a su palacio de Moika que, como tantas otras propiedades familiares, se conserva a manera de ejemplo de gran arquitectura zarista. En *The Man Who Killed Rasputin* Greg King afirma que el cebo fue la promesa de entregarle a Irina. Allí lo envenenaron, lo apuñalaron, lo balearon (y de acuerdo con versiones extremas Yusúpov lo violó y castró). Rasputín se negaba a morir a despecho de heridas y venenos. Por último lograron ahogarlo en las aguas del Neva. Antes de ir a la cita con el desastre Rasputín escribió una nota al zar. En ella afirma que si los campesinos le daban muerte todo iría bien para Rusia; pero si los nobles lo asesinaban, en menos de dos años los Romanov serían víctimas también y el país entero se ahogaría en un baño de sangre.

Yusúpov sobrevivió medio siglo a la noche del palacio de Moika. Cuando se acabaron las joyas que logró sacar del país, único vestigio de su inmensa fortuna, vivió gracias a que era el hombre que mató a Rasputín. Escribió libros y demandó a productores de cine y televisión que lo mostraban en condiciones desfavorables. Los soviéticos transformaron en letrinas el lugar del crimen. En los noventa el palacio se convirtió en museo. Dos figuras de cera representan al príncipe y al chamán. Aun en la muerte Yusúpov no puede separarse de Rasputín. No hay vínculo humano como el que ata al asesino con su víctima.

En torno al Himno Nacional

L a garita de Belén fue en 1847 el último punto que defendió el ejército mexicano en la batalla por la capital. A partir de entonces la resistencia quedó en manos del pueblo. A 150 años del tratado de Guadalupe Hidalgo, lo que fue la garita, hoy esquina de Avenida Chapultepec y Bucareli, destaca por los anuncios de sus "franquicias": Kentucky Fried Chicken, McDonald's y demás. *Almighty fast food*, qué débiles frente a ellas las huestes invictas del general Scott.

La humillación de 1847-48, tan grande como la que sufrió España en el 98, explica la belicosidad de nuestro Himno Nacional que ha llamado la atención de muchos, entre ellos Martín Luis Guzmán. Se dice que se cantó por primera vez en Puebla, el 5 de mayo de 1862, y estimuló a las tropas de Ignacio Zaragoza y Porfirio Díaz que al vencer a los franceses compensaron los desastres de Padierna y Molino del Rey.

Poesía conservadora y música española

En nuestro inconsciente colectivo, o nuestro imaginario como se dice ahora, el Himno se asocia al México liberal y a la continuidad Independencia-Reforma-Revolución. Las obras tienen vida propia más allá de la voluntad y las circunstancias de sus autores. Mejor enseñarnos desde la infancia la leyenda dorada (su novia encerró al poeta Francisco González Bocanegra y no le permitió salir hasta que le entregó completa la letra del Himno) y dejarlo todo allí sin entrar en detalles.

Porque tan paradójico como el hecho de que en las bodas civiles se lea la *Epístola* de Melchor Ocampo, mártir y prócer impecable pero que ni como hijo ni como padre conoció la institución del matrimonio, es que el Himno de la República liberal y revolucionaria sea el producto y el triunfo de la poesía neoclásica conservadora y de la música militar española.

Los niños de Ruiz Cortines

El 15 de septiembre de 1954 los niños y las niñas de todas las primarias y secundarias capitalinas atestaron el Zócalo para conmemorar con su canto el centenario del Himno. Presidía la ceremonia un gobernante al que aquellos entonces nuevos mexicanos veían como el más vetusto de los ancianos de la tribu, aunque en realidad no estaba muy lejos de la edad que ellos y ellas tienen ahora. A su lado brillaba el austero, el implacable, el moralista "regente de hierro" que acabó con la Sodoma y Gomorra que había sido la capital durante el alemanismo y exterminó gran parte de la ciudad antigua para implantar aquí el modelo de lo que era para él la ciudad luz y el *non plus ultra* de urbe automovilística: Los Ángeles.

Prohibir la sexualidad es como abolir por decreto la maledicencia y el catarro. Lo único que logró Uruchurtu fue que todo se hiciera clandestino o pasara a las orillas del D.F.: el "cinturón del vicio". Pero lo ignoraban los niños arrasados en lágrimas patrióticas al cantar el Himno. Y nadie sabe para quién trabaja, la emoción nacionalista se mezclaba en ellos a otro impulso sin el cual hoy México no estaría sobrepoblado.

Por espacio de cinco horas esperaron en las calles aledañas a que apareciera el Presidente. Su única ocupación fue ver a las muchachas imposibles y cercanas. Alguien hizo un gran negocio al obligarlas a ponerse la misma ropa. Ese alguien hoy sería acusado de paidofilia. En una época austera y lopezvelardeana de faldas hasta los tobillos, la persona que hizo el diseño se adelantó en once años a Mary Quant y a Carnaby Street: todas las niñas llevaban una micromini, al parecer inspirada en las que salían en los cómics de ciencia ficción.

Sea como fuere, México estaba ante otra gran oportunidad que perdió. Esos niños y niñas se pensaban como mexicanos y nunca hubieran creído en la reaparición de términos como indios, mestizos, criollos, etnias, castas. La violencia moraba en el pasado, en los libros de historia, las novelas, los murales, las películas —y en la letra del Himno, pero transfigurada por la música verbal.

Algunos de ellos conservaron hasta bien entrada la juventud la creencia en los poderes mágicos del Himno. Creyeron en él como en un manto divino que en las manifestaciones podía frenar la carga de los granaderos y disipar los gases lacrimógenos. Tampoco se hubieran imaginado que cuando alcanzasen la edad de Ruiz Cortines y el tiempo de pedir su credencial del INSEN, el Himno serviría para situar el honor nacional en los guantes de un boxeador que será noqueado o de unos futbolistas que harán el ridículo.

MÉXICO GATOPÁRDICO

También en 1954 monseñor Joaquín Antonio Peñalosa escribió en San Luis Potosí y publicó en la UNAM *Francisco González Bocanegra. Su vida y su obra* y *Entraña poética del Himno Nacional*. No tardaron en agotarse. Cuarenta y cuatro años después, al tiempo que monseñor Peñalosa nos da su excelente edición de las *Obras completas* de Manuel José Othón y llena con *Copa del mundo: Cantigas de Santa María* el sitio de Carlos Pellicer como nuestro mejor poeta católico, la Universidad Autónoma de San Luis Potosí reimprime el primero en una nueva edición aumentada que se beneficia con los descubrimientos de Fernando Tola de Habich y otros poemas proporcionados por Claudio Lenk, descendiente directo de González Bocanegra. El libro contiene pues la biografía, el estudio crítico, la única serie de "poesías eróticas" (eróticas quería decir nada más amorosas en el sentido más platónico y petrarquista), *Vida del corazón*; poemas no coleccionados, el drama *Vasco Núñez de Balboa*, fragmentos de otro inconcluso, sus textos como censor de teatros, tres discursos y cuatro artículos.

Entre ellos destaca un cuadro de la calle de Roldán, apto para enfriar cualquier nostalgia. El lugar adonde llegaban las canoas con las verduras y frutas se ve hermosísimo en las litografías. Pero las aguas que eran cristalinas estaban ya "estancadas, negras, inmundas. El mal olor que a veces despiden es materialmente insufrible…". México gatopárdico en que todo cambia y todo sigue igual: a las 9 de la noche la calle de Roldán huele aún peor, ahora con los detritus del desempleo y la nueva basura plástica del consumismo de la miseria. En 1855 asaltaban por allí. En 1998 siguen asaltando pero con más resentimiento y mayor violencia.

Santa Anna y García Márquez

México vive y ha vivido siempre en crisis. Tan desastrosa era la situación post-tratado de Guadalupe-Hidalgo que hubo necesidad del "Santa Anna, vuelve: te perdonamos todo". Una comisión fue a rogarle que volviera a salvarnos. El generalísimo al que le encantaba el poder pero le repugnaba la tarea de gobernar se había reinventado como personaje de García Márquez 70 años antes de que naciera García Márquez. Mezcla de *El otoño del patriarca* y *El coronel no tiene quien le escriba*, medraba como gallero en Turbaco, cerca de Cartagena en una casa que había sido de Bolívar.

En abril de 1853 se resignó a volver a Palacio Nacional. Se inventó una corte digna de Rafael Leónidas Trujillo, se autodesignó alteza serenísima, acribilló de impuestos a la población (tenencias por ventanas, ruedas, perros, gatos, pericos) y confío la administración a Lucas Alamán. El general Juan Álvarez, a quien Santa Anna llama en sus memorias "pantera del sur", perteneciente "a la raza africana por parte de madre y a la clase ínfima del pueblo", lo amenazó: si Alamán, el asesino de Vicente Guerrero, continúa en el ministerio, el sur se levantará en armas. Lo cumplió.

Fue la última batalla del ejército realista español (el alférez Santa Anna) contra los insurgentes (Álvarez). En su delirio su alteza serenísima fue a sitiar Acapulco al mando de unas tropas a las que disfrazó con un modelito Barbie-Hércules-Rambo: pelucas y barbas postizas rubias, gran impedimento para el clima que rodea el castillo de San Diego. Santa Anna volvió derrotado y mientras se extendía por todo México la sublevación que fue el origen de la Reforma inició, nueva paradoja, la modernización: ferrocarriles, caminos, telégrafos. Y el Himno Nacional.

Letra y música

Francisco González Bocanegra era hijo de un oficial realista y una señora criolla. Nació en San Luis Potosí en 1824. El decreto de expulsión de los españoles lo obligó a vivir durante ocho años en Cádiz. En 1846 se trasladó a la capital para seguir su vocación literaria. Se relacionó con los miembros de la Academia de Letrán y llegó a presidir el Liceo Hidalgo.

En sus cartas al Duque de Rivas, primera crítica literaria española de la naciente literatura mexicana, José Zorrilla exaltó a González Bocanegra entre los jóvenes poetas y señaló entre sus composiciones más notables el Himno y algunas otras, "escritas con sentimiento y filosofía, en versos bien construidos". Zorrilla era el antipromotor de sí mismo: vendió por una bicoca el *Don Juan Tenorio* con que muchos se hicieron millonarios. Le dio un solo consejo a Bocanegra: "que huya cuanto pueda de imitar mis escritos".

El joven potosino ganó el concurso al que llamó Santa Anna para elegir la letra del futuro Himno Nacional. Los jurados fueron los poetas neoclásicos por excelencia, las glorias del Partido Conservador, Manuel Carpio y José Joaquín Pesado, y José Bernardo Couto, uno de los primeros críticos de la pintura mexicana. En el Teatro Oriente se cantó por vez primera con música de Juan Bottesini el 18 de mayo de 1854. El 15 de septiembre de 1854 se estrenó la música de Jaime Nunó en el Teatro Nacional, demolido durante el porfiriato para abrir 5 de mayo.

Porfirio Díaz fue también el que ordenó que el Himno acompañara al presidente en las ceremonias y borró del poema las menciones a Iturbide y el elogio de Santa Anna. "Del guerrero inmortal de Zempoala / te defiende la espada terrible, / y sostiene su brazo invencible / tu sagrado pendón tricolor. / Él será del feliz mexicano / en la paz y en la guerra el caudillo, / porque él supo sus armas de brillo / circundar en los campos de honor."

El compositor catalán Jaime Nunó nació el mismo año que Bocanegra y lo sobrevivió hasta 1908. No quedaron más composiciones suyas pero la música del Himno es una obra maestra que basta para justificar una vida entera. Nunó dirigía la banda del Regimiento de la Reina en La Habana. Su alteza serenísima lo trajo a México. Luego se fue a vivir a Estados Unidos. Fue profesor de música en Buffalo y murió en Nueva York. Hace 30 años, gracias a Salvador Moreno, se erigió una fuente monumental que honra su memoria en su lugar natal, San Juan de las Abadesas.

Durante el régimen de Miguel de la Madrid el Himno quedó reducido a unas cuantas estrofas y se limitó su ejecución pública, aunque inexplicablemente se permite su degradación como música de fondo en las pachangas del gángster Don King.

Otro problema es la erosión del vocabulario. Los niños de ahora nunca han visto un bridón (un caballo de guerra, un charger en inglés; aunque tienen a la vista al Rolls Royce de los bridones del Bajío: el formidable caballo "El Tambor" que sirvió de modelo a Tolsá para la estatua de una bestia indigna de su montura) y no se les puede culpar de lo que conviertan en "bribón", quizá como recuerdo de Santa Anna. Alguien corrigió "centro" en donde decía "antros". En la época de Bocanegra "antros" eran nada más "cavernas subterráneas" y no los sitios historiados para nuestra fortuna por Armando Jiménez.

Para hoy, para mañana, para el siglo XXI queremos un México de paz y de justicia en que el Himno Nacional se cante sólo por su valor simbólico y no vuelvan a existir "las olas de sangre" ni "los sangrientos combates". Mientras tanto debemos agradecerle a monseñor Joaquín Antonio Peñalosa una más de sus contribuciones indispensables a la historia de la literatura mexicana.

L os ingleses ya dieron su parecer: el invento del milenio es el sándwich. Quedaron atrás la imprenta, la máquina de vapor, la anestesia, el periódico, el empleo de la energía eléctrica, el automóvil, la fotografía, el teléfono, el cine, el aeroplano, la aspirina, la bomba nuclear, la televisión, la píldora, la computadora, la internet... lo que usted quiera.

Para ellos, fuera de Shakespeare, lo más importante producido por el ingenio humano en estos mil años es el sándwich: "*two or more slices of usually buttered bread with a filling of meat, cheese, etc., between them*", según el *Oxford Dictionary*. O, de acuerdo con el *Diccionario de la Lengua Española*, "emparedado hecho con dos rebanadas de pan de molde entre las que se coloca jamón, queso, embutido, vegetales u otros alimentos".

El hombre que superó a Edison y a Einstein se llama John Montagu, es decir Montesco como en *Romeo y Julieta*. Fue el cuarto conde (*earl*) de Sándwich, y vivió entre 1718 y 1792. Como primer lord del almirantazgo, le tocó la parte marítima de la derrota en la guerra de independencia norteamericana. El capitán Cook le dio su nombre a las islas Sándwich. En vida recibió muchos ataques por su libertinaje y su pasión por el juego.

Vicio y beneficio, porque a las cartas le debemos el invento genial: en 1762 el hombre Sándwich pasó 24 horas a la mesa de naipes. Para comer sin moverse de su asiento, se le ocurrió unir lo que ya estaba allí pero nadie había imaginado juntar. Cortó dos rebanadas de pan, les puso una lonja de jamón o de roast beef y les añadió mostaza. Con este golpe de genio John Montagu creó la invención del milenio.

LAS METAMORFOSIS DEL SÁNDWICH

A pesar de todo, habría que esperar al siglo agonizante para asistir al triunfo del gran invento. En el orbe anglosajón hamburguesas y hot dogs entran en la categoría de sándwiches, aunque para nosotros son cosas distintas. Del mismo modo, para ellos una pizza es un pay (*pie*) con un relleno salado y no dulce. Las hamburguesas se adueñaron de casi todo. No existen en México cadenas de sándwiches. El sándwich pierde su rango de *fast food* y tiende a transformarse en algo que no se come en puestos sino en restaurantes y cafeterías.

La historia de estos alimentos resulta poco firme y está sujeta a polémicas. Se sabe que no hay (o más bien no había) hamburguesas en Hamburgo ni milanesas en Milán ni enchiladas suizas en Suiza (el adjetivo se debe al añadido de la crema.) El nombre de las primeras proviene de que la inmensa mayoría de los inmigrantes centroeuropeos llegaron a Nueva York en barcos alemanes de la Hamburg Line.

Viajaban hacia los Estados Unidos en el *steerage*, la tercera clase (dieron su mayor contingente a los ahogados del *Titanic*) y por supuesto no comían ostras ni faisanes como los pasajeros de lujo sino lo más barato: carne molida. En los días iniciales de pobreza extrema, ya en la tierra de su esperanza, se acostumbraron a consumir el picadillo en un bollo (*bun*). Alguien preservó el nombre de la naviera y llamó a la combinación "hamburguesa".

Patrick Hickman Robertson tiene otra versión: la hamburguesa apareció con el siglo en "Louis' Lunch" de New Haven, Connecticut. A su dueño, Louis Lassen, se le ocurrió servir la carne molida entre dos rebanadas de pan tostado. En la exposición de San Luis Misuri (1904) la hamburguesa adquirió su aspecto actual gracias a los *buns*. Cien años después "Louis' Lunch" continúa en New Haven y aún sirve las hamburguesas primigenias entre dos tostadas.

En 1921 se estableció la cadena original, "White Castle", de Wichita, Kansas, que fue tal vez la última en llegar a México. Sus minihamburguesas costaban cinco centavos de dólar. Fueron las primeras en ser exactamente iguales en las miles de concesiones (término mejor que "franquicias") en todos los Estados Unidos.

El pan prerrebanado no apareció hasta 1928. La *cheeseburger* nació en plena Depresión, cuando en "Kaelin's" de Louisville, Kentucky, se le añadió a la carne molida el queso procesado cuya invención data de 1915.

Gracias al automóvil surgió el *Drive-In Restaurant*. Desde 1921 J. G. Kirby de Dallas, Texas, llenó las carreteras con "Pig Stands" que vendían *barbecue* (no, por supuesto, barbacoa). En 1948 los hermanos McDonald convirtieron su restaurante de San Bernardino, California, en una cafetería de autoservicio y ofrecieron hamburguesas a quince centavos. Como dice Robertson, lo demás es historia.

EL BURRITO Y EL HOT DOG

Pero una historia aún está por escribirse y sigue en cambio perpetuo. Lo único equitativo en el TLC, pacto de igualdad entre la ballena y la sardina, es la invasión mutua de *fast food*. Los puristas se quejan de que la Mexican Food no sea el equivalente exacto de la comida mexicana. No es ni podría serlo. Se trata de una adaptación basada en originales fronterizos, sobre todo Tex-Mex, que debe apreciarse, o no, en sus propios términos en vez de exigirle fidelidad a sus remotos, imposibles modelos. Por eso el único fracaso en su género fue el intento de la allá popularísima y excelente cadena "Taco Bell" por redefinir para nosotros el sentido y razón del imbatible taco mexicano.

Queda en pie el hecho de que la salsa picante se ha vendido por tres años consecutivos más que el ketchup, en su origen una salsa malaya. Hay que celebrarlo pero no forjarse a partir de allí ilusiones de concordia y acuerdos binacionales. El auge de la comida china en los Estados Unidos se dio durante lo más enconado del racismo antichino. El único antídoto contra el desprecio es la riqueza triunfal. Hoy todos comen sushi y miran con el mayor respeto a los antes discriminados japoneses.

Al observador angloamericano le llama la atención el hecho de que en México y en toda Iberoamérica las hamburguesas sean consideradas algo elegante, juvenil y de buen gusto. Los equivalentes de allá de quienes las celebran aquí no se dejarían ver ni muertos en un puesto de esas cadenas. Sin duda las consumen pero en la clandestinidad. (Los tabloideros que hurgaron en la basura del "vegetariano" Michael Jackson encontraron cajitas de McDonald's en abundancia.)

Otro tanto sucede con las salchichas y con los hot dogs, inventados en 1906 en el estadio de los Gigantes de Nueva York: se comen pero a escondidas. Aceptar el gusto por ellas, solas o en el *roll* que aquí llamamos "medianoche", es declararse *redneck*, *white trash*, el equivalente anglo de nuestro infamante "naco".

POR QUÉ COMEMOS LO QUE COMEMOS

La esperanza de que el siglo próximo vea el triunfo de la diversidad y los intercambios tiene un firme apoyo en el libro de Raymond

Sokolov *Why We Eat What We Eat*. Comemos lo que comemos porque el encuentro (se llama como quieran: descubrimiento, conquista, invasión, genocidio) entre el nuevo y el viejo mundo cambió la manera en que se alimentan todos los habitantes del planeta.

Redentor, asesino o lo que sea, Colón es la figura más importante en la historia de la comida. Él puso en movimiento la migración transoceánica de ingredientes sin la cual, por ejemplo, los italianos no tendrían pizza ni los mexicanos tacos de carnitas.

Sokolov exalta a México. Ve a nuestro país como el auténtico crisol que en el suyo es sólo aspiración. México mantiene sus raíces indígenas pero es abrumadoramente mexicano, una civilización mezclada que se forma por partes iguales de lo autóctono y de lo ibérico. Sokolov admira a Novo y se basa en su *Cocina mexicana*.

Nada dice, no obstante, acerca de otro encuentro invasor. El sándwich debe de haber llegado a México (si no lo trajo Poinsett que a cambio se llevó la flor de Nochebuena) con las tropas de Winfield Scott. No está documentado pero es probable que se haya comido por primera vez en 1847, en el hotel y restaurante de "La Bella Unión".

LA TORTA O LA VICTORIA DEL BARROCO

Como el proyecto español fue transformado por la mano de obra indígena en la maravillosa arquitectura barroca novohispana, el sándwich se convirtió en otro prodigio en peligro que hoy como nunca debemos defender: la torta mexicana. La torta es al sándwich (y al austero pan con mantequilla y carne que hace sus veces en Europa), lo mismo que el santuario de Tonantzintla es a la catedral de Buckingham, o el Sagrario Metropolitano a una frugal iglesia protestante de Nueva Inglaterra.

A reserva de lo que digan los especialistas y los investigadores que revisen las crónicas de Valle-Arizpe, Novo y Monsiváis, el clásico en este campo es *La cultura del antojito* de José N. Iturriaga. Parece irrefutable situar el nacimiento de la torta en los tiempos de la intervención francesa (1862-1867). La única discrepancia con Iturriaga (y con todo México) sería que el llamado "pan francés" que la hizo posible debe llamarse en realidad "pan vienés". No lo importó el mariscal Bazaine sino el archiduque Maximiliano de Habsburgo. Es natural que lo llamemos "francés" por la abrumadora presencia de este ejército y la falta de poder del austriaco.

Sólo hay una autoridad para apoyar esta afirmación: el novelista Pío Baroja. Los Baroja fueron grandes panaderos. Alcanzaron fortuna al introducir en España el pan vienés, es decir el que viene en piezas individuales y no en forma colectiva que se distribuye rebanándolo como la hogaza o la baguette.

¿DÓNDE NACIERON LAS TORTAS?

La telera, que ya sólo subsiste para este solo fin, inspiró la torta compuesta. Por desgracia, si nos interrogaran, los mexicanos no diríamos como los ingleses que es el invento del milenio. Pero lo es en el sentido de que resulta una adaptación y una superación barroca y original de lo que creó el jugador en su noche febril de 1742.

Iturriaga cita a Rafael Solana: las tortas son de Puebla como el mole, las chalupas, los chiles en nogada y tantas otras delicias. Las inventó una tortera cuyo nombre había que rescatar e inscribir en letras de oro. Iturriaga no discute la poblanidad de la maravilla. Sin embargo, considera la torta compuesta como algo ya típico de la ciudad de México.

Aquí sería útil conocer la opinión de Guadalajara. Si México es desde la colonia una de las capitales mundiales de la *fast food* porque siempre la han poblado multitudes sin casa ni posibilidades de cocinar, Guadalajara ha sido por siglos un emporio para los consumidores de *antojitos* (Iturriaga preserva este mexicanismo prodigioso en tanto que privilegia lo superfluo sobre lo estricto, el placer sobre la necesidad). Las cosas deben de haber cambiado mucho pero hasta hace algunas décadas las tapatías llamaban la atención de las capitalinas porque se negaban a guisar de noche e invariablemente salían con su familia a comer tacos y tortas, y porque llamaban a sus esposos por sus apellidos en vez de los horrores habituales ("papi", "viejo", "gordito", "güero", "mi rey").

Don Artemio en *Calle vieja y calle nueva* consagró a Armando como el rey de las tortas y describió la ética y estética de su preparación. En 1978 Cristina Pacheco entrevistó al heredero de la estirpe, Armando Martínez, cuando aún se levantaba su tortería frente a la extinta glorieta de Miravalle. En la entrevista, recogida en *La rueda de la fortuna*, Armando Martínez dice que la inventora de la torta fue su abuela: Soledad Centurión la creó en 1892 y en la colonia Guerrero.

Fruto de una conquista y dos invasiones, la torta es otro tesoro que no supimos defender. Nadie sabe por qué no hay en toda la república grandes cadenas de torterías, por qué no entran las tortas en los mercados de Norteamérica y Europa, por qué no existe el gran movimiento de apoyo y reivindicación. Sólo habría una manera de hacer que el autor del invento del milenio abandonara su mesa de juego: invitarlo a probar una torta compuesta mexicana.

El *Titanic* o el infinito naufragio

> Hasta que se inundó de sal
> el diapasón del violonchelo,
> la orquesta del *Titanic*
> no dejó de tocar
> "El fox de los ahogados sin consuelo".
>
> SERRAT & SABINA,
> "La orquesta del *Titanic*" (2012)

El barco es el símbolo universal de nuestro viaje por el Mar de las Tormentas: la vida. Evoca a un tiempo la cuna y el féretro y la movilidad siempre amenazada por el abismo.

No hay historia de barcos que supere la narración del *Titanic*. Como el Evangelio de san Juan o *El conde de Montecristo*, es de aquellos relatos que nos sabemos de memoria y sin embargo, al igual que los niños, queremos escucharla, leerla o verla una y otra vez. Y, a sabiendas de que es imposible, siempre abrigamos la esperanza de que ahora sí tendrá otro desenlace. Jesús no será crucificado. Un milagroso zepelín logrará salvar al *Titanic*.

La era de los trasatlánticos la inició en 1840 la Cunard Line y terminó en 1956 al hundirse el *Andrea Doria* frente a Terranova. A partir de entonces su lugar fue ocupado por los aviones y el barco de pasaje sobrevive nada más en la Disneylandia de los cruceros.

En 1888 la White Star Line sustituyó el buque de madera por el navío de hierro y suprimió las velas. John Pierpont Morgan, el supermillonario inventor de las transnacionales y uno de los dueños de México, en 1902 adquirió para su vasto imperio industrial y financiero la White Star Line y la hizo parte de su International Mercantile Marine. A fin de ganarle a la Cunard —que con el *Lusitania* había logrado en 1906 el cruce del océano en menos de seis días— la ruta del Atlántico norte y hacerse de las inmensas ganancias que representaba, Morgan financió la construcción en Belfast, Irlanda, del barco más grande, más moderno y lujoso del mundo.

Era arrogante hasta en su nombre: *Titanic*. Funcionaba gracias a tres inmensas máquinas de vapor y una turbina. Para mantenerlo en funcionamiento requería de 200 hombres y 600 toneladas diarias de carbón. Estaba diseñado para la seguridad. Sus mamparas anticolisión lo hacían insumergible. Llevaba cantidades asombrosas de comida: 34 mil kilos de carne, 5 mil de pescado, 40 mil huevos, 40 toneladas de papas…

LA BELLA ÉPOCA

Con él llegaban a su culminación la Bella Época y una década en que el progreso parecía haber alcanzado su *no más allá*: telegrafía inalámbrica de Marconi, transmisión de la voz humana a través de las ondas de radio, 122 mil teléfonos en uso en Gran Bretaña, primera película dramática, ya no sólo documental; primer submarino, primer Mercedes Benz, primer Modelo T de la Ford Motor

Company, primeros autobuses de motor, tranvías, ferrocarriles subterráneos, primer programa radiofónico con voz y música, fotografía en color, inicio de la edad de los plásticos con el celofán y la baquelita, popularidad de la pluma fuente que asesinaba al lápiz y al manguillo, Salvarsán como remedio contra la sífilis, semana de cuarenta horas e invención del *week end*, primer vuelo en avión Múnich-Berlín… Junto a todo esto el terror perpetuo: la bomba anarquista y el asesino en serie, también producto de la modernidad sin fronteras. Y, ayer como hoy, lo impredecible: el terremoto de San Francisco y sus 700 muertos.

El superbarco, el gran trasatlántico insumergible, iba a ser la corona de la Edad de Oro dominada en todo el planeta por los anglosajones. Eran los amos del progreso y los dueños de la electricidad que iluminaba el mundo y dejaba atrás el siglo del vapor.

El *Titanic* era una gran torre horizontal, un rascacielos flotante, un hotel de lujo que representaba un microcosmos de la sociedad. En la cúspide los ricos cada vez más ricos (primera clase), abajo la pequeña burguesía, clase ansiosa de *status* (segunda clase) y en el fondo los emigrantes pobres (tercera clase) que cruzaban el mar en busca de un porvenir dorado en la América, gran promesa de Europa.

COMERSE AL MUNDO

La última cena del barco (14 de abril de 1912) da idea del paraíso que fue para algunos la Bella Época: entremeses, ostras, crema de cebada, salmón, medallones de filete, pollo a la leonesa, cordero en salsa de menta, pato asado con compota de manzana, solomillo de ternera, papas, chícharos, zanahorias, arroz, parmentier y papitas cocidas, ponche a la romana, pichón asado con berros, espárragos a la vinagreta, foie gras, pastel Waldorf, gelatina de durazno al Chartreuse, éclair de chocolate y vainilla, helado francés, vino de Borgoña…

¿Será posible que hace cien años comieran todo esto? ¿O elegían uno u otro plato o bien tomaban pequeñas cantidades como en un menú chino o un smörgåsbord? Si el agasajo no bastaba para saciar la gula, el barco tenía restaurantes franceses a la carta. Para después, alberca, gimnasio, baño turco.

Por algo el ideal de madurez masculina no eran, como ahora, la esbeltez sin la panza de los años, la cara operada y la ilusoria facha adolescente, sino el parecer trasatlánticos humanos. Con proas en ristre y popas descomunales, para estos barcos de guerra diabéticos, cardiacos, dispépticos y gotosos la desbordada corpulencia resultaba el signo del triunfo absoluto en la lucha por la vida y la muestra inequívoca de la supremacía del más fuerte y el más apto. Ellos, en efecto, se habían comido el mundo.

LA HELADA MONTAÑA OSCURA

La navegación por un mar en calma hizo más grata la experiencia. El bienestar aumentaba porque el *Titanic* no iba lleno. Al cuarto día se recibió por telégrafo, en código Morse, la advertencia de que el mar estaba lleno de icebergs, no simples témpanos sino verdaderas montañas flotantes de hielo de las cuales sólo la décima parte es visible en la superficie.

La información no llegó a manos de los oficiales. El telegrafista Jack Phillips estaba ocupadísimo enviando telegrama tras telegrama de los pasajeros ("Viaje de ensueño. Felicidad absoluta. Nos gustaría que estuvieran con nosotros aquí") cuando el *California* le informó: "Estamos detenidos y rodeados por el hielo". Phillips respondió: "Tengo mucho trabajo. No molestes". El operador del *California* apagó su equipo y se fue a dormir. El barco siguió avanzando a toda máquina, a gran velocidad (40 kilómetros por hora) y con todas las calderas encendidas. La orden era romper el récord de la competencia y aplastar a la Cunard.

A las 11:40 del domingo 14 de abril el vigía Fred Fleet tocó el gong y avisó por teléfono al puente de mando: "Iceberg al frente". No informó antes porque no llevaba prismáticos. Se los habían robado en Southampton. El viceoficial Murdoch ordenó al timonel virar a estribor y a la sala de máquinas que metiera reversa. Al mismo tiempo accionó la palanca que cerraba las compuertas herméticas. Logró así reducir la velocidad del barco y librarlo del choque frontal; pero la inmensa montaña oscura de agua congelada rozó el *Titanic* que pasaba velozmente junto a ella. Pareció como si el buque resbalara encima de millones de canicas.

El capitán Smith corrió al puente de mando y preguntó qué había pasado. "Un iceberg, señor", respondió Murdoch. Los pasajeros creyeron que nada grave había ocurrido. Siguieron bailando, charlando, bebiendo, jugando a las cartas o ya dormidos en sus camarotes o haciendo el amor con sus parejas. "No se preocupen, el *Titanic* jamás se hundirá."

En la sala de calderas núm. 6 el agua entró de improviso por la derecha, las puertas herméticas se cerraron y los fogoneros sólo pudieron salvarse gracias a las escaleras de emergencia. El agua inundó también las dependencias del correo y los camarotes de tercera clase. El iceberg había abierto el costado del barco bajo la línea de flotación y a lo largo de los primeros seis compartimentos estancos. La mar entraba indetenible y uno tras otro se anegaron esos compartimentos. Su peso hundía la proa.

A las 12:05 el capitán Smith ordenó preparar los botes salvavidas. Se enviaron la vieja señal de auxilio CQD y la nueva SOS. Muchos barcos respondieron que se dirigían a auxiliar al *Titanic* pero el más cercano estaba a 90 kilómetros de distancia. Uno de los que llegaron tarde en socorro del *Titanic* fue el *Ypiranga*, de la Hamburg American Line, el barco que se llevó a Porfirio Díaz y trajo a Victoriano Huerta las armas que provocaron la invasión de Veracruz.

Stanley Lord, capitán del *California*, vio los cohetes de señales pero no pudo hacer nada porque estaba acorralado por el hielo. En el *Titanic* la tripulación despertó a los pasajeros y les puso a todos chalecos salvavidas. La mayoría llevaba ropa de dormir. Algunos alcanzaron a vestirse con sus abrigos de pieles. La orquesta del *Titanic*, dirigida por Wallace Hartley, empezó a tocar como si nada sucediera.

La mayoría ignoraba qué bote le correspondía. Todos pensaron que el incidente no tenía importancia porque el *Titanic* era insumergible. Muchos consideraron más sensato quedarse en el barco en vez de arrojarse al océano helado en una cáscara de nuez.

La orden de "¡mujeres y niños primero!" fue interpretada como que se debía evitar a los hombres subir a los botes; sin embargo, los primeros seis que se echaron al agua llevaban exclusivamente pasajeros de primera y miembros de la tripulación. Ninguno de los botes iba lleno, por tanto los últimos se atestaron más y más con pasajeros de segunda y de tercera que habían logrado abrirse paso contra las puertas cerradas que incomunicaban a las clases y los golpes e injurias de la tripulación. El *Titanic* se hundía cada vez más y resultaba evidente que era imposible salvar a todos.

A las dos de la mañana del lunes 15 el mar ya inundaba la cubierta. Por último se bajaron los botes plegables "A" y "B". Las luces permanecieron encendidas ya que los operarios, como los telegrafistas, trabajaron hasta el último instante. La orquesta siguió tocando su pieza del adiós: el himno "Más cerca de ti, Dios mío". A medida que el barco se inclinaba y se hundía hubo escenas de pánico y de heroísmo como el del único pasajero mexicano, Manuel Uruchurtu. Algunos se abrían camino a golpes hacia los últimos botes, otros cedían su sitio y los más simplemente optaban por rezar.

A las 2:17 el *Titanic* quedó en posición vertical. Muchos cayeron o se echaron al mar. Todo se llenó de tinieblas. Tres minutos después el trasatlántico desapareció y dejó un gran remolino. Se escuchaban desesperados gritos de auxilio, maldiciones y sobre todo plegarias. Quienes no murieron bajo la turbulencia que dejó el *Titanic* al sumergirse se aferraban a todo objeto flotante. Unos cuantos se salvaron porque sólo un bote regresó para intentar el rescate. Quienes iban en el resto de las embarcaciones impidieron el regreso por el temor de que los hundieran aquellos que se mantenían a flote en las aguas heladas.

Un extraño presagio

Catorce años antes de esa noche un novelista sin fortuna, Morgan Robertson, describió con pavorosa exactitud *El hundimiento del Titán*. Nadie se explica cómo pudo hacerlo ni cómo previó en otro libro, *Más allá del espectro*, el ataque a Pearl Harbor y la guerra por el dominio del Pacífico entre Japón y los Estados Unidos.

El *Carpathia* logró recoger a todos los tripulantes de los botes y llevar a Nueva York a 711 sobrevivientes. Según las investigaciones no hubo un deliberado abandono de la tercera clase; sin embargo, sus muertos fueron 533 contra 121 de la primera y 167 de la segunda (los pobres siempre pagan el mayor precio de los desastres) y de la tripulación murieron 678 miembros. Es decir, murió el setenta por ciento de las personas que iban a bordo, entre ellos el capitán Smith y el primer oficial Murdoch.

Tampoco hubo fallas de construcción. Ahora se cree que el iceberg desgarró pero no agujereó el casco sino que lo dobló e hizo que al saltar los remaches se abrieran las junturas en las planchas de acero.

Marino y gran novelista, Joseph Conrad no fue el único en culpar del desastre a la excesiva confianza que la humanidad deposita en sí misma. En 1985, en vísperas de nuestro propio naufragio, el terremoto de septiembre, los restos del *Titanic* fueron descubiertos por Robert Ballard. En su interior se halló todo excepto cadáveres. Los peces devoraron a los muertos. Los únicos que sobrevivieron son los humildes zapatos. Corroídos por el mar, siguen allí como mudos testigos de nuestra arrogancia humana siempre derrotada por la fuerza invencible de la naturaleza.

NOTICIA EDITORIAL

Los poemas, relatos e "inventarios" que integran esta antología fueron seleccionados de los siguientes libros y publicaciones periódicas:

POEMAS

Los elementos de la noche, México, Universidad Nacional Autónoma de México, colección Poemas y Ensayos, 1963.

El reposo del fuego, México, Fondo de Cultura Económica, colección Letras Mexicanas, 1966.

No me preguntes cómo pasa el tiempo, México, Joaquín Mortiz, colección Las Dos Orillas, 1969.

Irás y no volverás, México, Fondo de Cultura Económica, colección Letras Mexicanas, 1973.

Islas a la deriva, México, Siglo XXI Editores, 1976.

Desde entonces, México, Ediciones Era, 1980.

Los trabajos del mar, México, Ediciones Era, 1983.

Miro la tierra, México, Ediciones Era, 1986.

Ciudad de la memoria, México, Ediciones Era, 1989.

El silencio de la luna, México, Ediciones Era, 1994.

La arena errante, México, Ediciones Era, 1999.

Siglo pasado (Desenlace), México, Ediciones Era, 2000.

Como la lluvia. Poemas, 2001-2008, México, Ediciones Era / El Colegio Nacional, 2009.

La edad de las tinieblas. Cincuenta poemas en prosa, México, Ediciones Era / El Colegio Nacional, 2009.

Relatos

La sangre de Medusa y otros cuentos marginales, México, Ediciones Era, 1959.
El viento distante, México, Ediciones Era, 1963.
El principio del placer, México, Ediciones Era, 1972.
"La niña de Mixcoac", en *De algún tiempo a esta parte. Relatos reunidos*, México, Ediciones Era / El Colegio Nacional, 2014.

Inventarios

"Mister Universo: Voltaire", *Proceso*, sección Cultura, 3 de julio de 1978.
"Lizardi o el fundador, a dos siglos de su nacimiento", *Proceso*, sección Cultura, 13 de noviembre de 1976.
"Rimbaud en Abisinia", *Diorama de la Cultura*, suplemento cultural de *Excélsior*, 14 de julio de 1974.
"La apoteosis de Oscar Wilde", *Diorama de la Cultura*, suplemento cultural de *Excélsior*, 22 de febrero de 1976.
"Retratos en miniatura I", *Proceso*, sección Cultura, 19 de julio de 1982.
"Para acercarse a Alfonso Reyes", *Proceso*, sección Cultura, 22 de mayo de 1989.
"Retratos en miniatura II", *Proceso*, sección Cultura, 26 de julio de 1982.
"Albert Camus y la tormenta de la historia", *Proceso*, sección Cultura, 1 de diciembre de 2013.
"Rosario Castellanos o la literatura como ejercicio de la libertad",

Diorama de la Cultura, suplemento cultural de *Excélsior*, 11 de agosto de 1974.

"Simone de Beauvoir: la ceremonia del adiós", *Proceso*, sección Cultura, 21 de abril de 1986.

"Francisco Villa, 1878-1923. La entrevista de Xochimilco", *Proceso*, sección Cultura, 5 de junio de 1978.

"Alfonso Reyes y José Vasconcelos", *Proceso*, sección Cultura, 24 de diciembre de 1979.

"Entremés del centenario de Kafka", *Proceso*, sección Cultura, 4 de julio de 1983.

"Una conversación sobre la violencia: vigilantes y asaltantes", *Proceso*, sección Cultura, 21 de enero de 1985.

"Conversación en Pornotopia", *Proceso*, sección Cultura, 12 de agosto de 1991.

"Internet, una historia de amor: una velada con Chéjov", *Proceso*, sección Cultura, 29 de noviembre de 1998.

"Columbine High School. Una interrogación", *Proceso*, sección Cultura, 2 de mayo de 1999.

"La hora de todos. Entremés del 11 de septiembre", *Proceso*, sección Cultura, 16 de septiembre de 2001.

"No fumarás", *Proceso*, sección Cultura, 23 de diciembre de 2007.

"Conversación en las tinieblas", *Proceso*, sección Cultura, 17 de julio de 2011.

"El destino del terrorismo", *Proceso*, sección Cultura, 22 de mayo de 1978.

"Narciso o el ahíto insaciable", *Proceso*, sección Cultura, 19 de febrero de 1979.

"El romance del ferrocarril (1830-1980)", *Proceso*, sección Cultura, 8 de diciembre de 1980.

"De Montgolfier a Zeppelin: doscientos años de vuelo", *Proceso*, sección Cultura, 21 de noviembre de 1983.

"Vindicación de las cucarachas", *Proceso*, sección Cultura, 4 de mayo de 1987.

"Rushdie y Jomeini: morir por el libro", *Proceso*, sección Cultura, 27 de febrero de 1989.

"El *Titanic* y Rasputín, grandes mitos del siglo agonizante", *Proceso*, sección Cultura, 20 de octubre de 1996.

"En torno al Himno Nacional", *Proceso*, sección Cultura, 15 de marzo de 1998.

"El invento del milenio", *Proceso*, sección Cultura, 18 de julio de 1999.

"El *Titanic* o el infinito naufragio", *Proceso*, sección Cultura, 15 de abril de 2012.

Índice

Esta obra se imprimió y encuadernó
en el mes de octubre de 2019,
en los talleres de Impregráfica Digital, S.A. de C.V.,
Av. Coyoacán 100–D, Col. Del Valle Norte,
C.P. 03103, Benito Juárez, Ciudad de México.